一鬼夜行　鬼の福招き

小松エメル

ポプラ文庫ピュアフル

目次

登場人物紹介

喜蔵《きぞう》

古道具屋「荻《おぎ》の屋《や》」店主で、若干二十歳ながら妖怪も恐れる閻魔《えんま》顔。明治五年の初夏、自宅の庭に小春が落ちてきて以来、妖怪沙汰《ざた》に巻き込まれる羽目に。

小春《こはる》

見た目は可愛らしくも大食らいの自称・大妖怪。元は龍《りゅう》という名の猫股だったが、とある事情から鬼に転身。猫股の長者との戦いで力を失い、「荻の屋」に居候している。喜蔵の曾祖父・逸馬《いつま》とも関わりがあった。

深雪《みゆき》

人気牛鍋屋「くま坂」の看板娘。喜蔵の異父妹で、ともに暮らしている。

彦次《ひこじ》

喜蔵の幼馴染の貧乏絵師。男前なのに情けない性格。勘が鋭く、しばしば妖怪に目をつけられる。

綾子《あやこ》
裏長屋に住む美貌の未亡人。男を呪い殺す妖怪・飛縁魔《ひえんま》に憑《つ》かれている。

初《はつ》
喜蔵に持ち込まれた縁談の相手。強大な力を宿す土地に建つ引水《ひきみず》家の跡継ぎ。

「荻の屋」の妖怪たち
最古参で皆のまとめ役である硯《すずり》の精《せい》を筆頭に、堂々薬缶《どうどうやかん》、前差櫛姫《まえざしぐしひめ》といった付喪神《つくもがみ》や、女の生き血を吸う妖怪・桂《かつら》男《おとこ》など、さまざまな妖怪が出入りしている。

弥々子《ややこ》
神無川《かんながわ》に棲《す》む河童《かっぱ》の女棟梁《とうりょう》。喜蔵の曾祖父・逸馬とも交流があった。

七夜《しちや》
九官鳥の経立《ふったち》。裏長屋の大家・又七《またしち》に飼われている。

猫股《ねこまた》の長者《ちょうじゃ》
化け猫たちを束ねる大妖怪。当代の長者は、小春の弟である義光《よしみつ》。

多聞《たもん》
腕にある複数の眼で他者を操る妖怪・百目鬼《どうめき》。できぼし、勘介《かんすけ》という人外の者と行動を共にしている。喜蔵を気に入り、事あるごとにちょっかいを出してくる。

鬼の福招き

一鬼夜行

小松エメル

序

　ある暑い夏のことだった。

「……大丈夫かい？」

　浅草寺《せんそうじ》の境内の右奥にある社《やしろ》の木陰《こかげ》を覗《のぞ》いて言ったのは、髪に白いものが交ざりはじめた女だった。目許《めもと》や口許に皺《しわ》はあるものの、顔立ちは美しく、声にも張りがある。大きな風呂敷包みを背負い、ござを抱えていた。境内で定期的に行われている、市に出ている女なのだろう。

「おっかさんはどうしたんだい？　さっきから見てたが、一向に戻ってこないね……」

　しゃがみ込んだ女は、ござを横に置き、目の前で蹲《うずくま》っている真っ白な猫に語りかけた。

「一寸《ちょっと》触るよ……熱いね。陽を浴びすぎたのかい？　それとも、熱があるのかな……」

　子猫の身体《からだ》を確かめるように撫《な》でた女は、眉尻を下げて泣きそうな顔をした。

（……どうしてあんたがそんな顔をするのさ）

　薄目を開けてぼんやりとしていた子猫は、己《おのれ》を撫でてくる女を見て、不思議に思った。

子猫は生まれて間もなかったが、己の死が近いことを悟っていた。女が言う「おっかさん」は、子猫を産んで間もなくどこかに消えた。他にも数匹生まれたが、この子猫だけがひどく弱いことに母猫は気づいたのだ。

——私はこの子たちを守るので手一杯だ。だから、弱いお前はここに置いていくよ。ごめんね……。

母猫がそう言って子猫を置いていったのは、数刻前のことだった。置いていかれた子猫の一生は、そこで決まった。

（おらの命日は今日だ）

子猫は脆弱《ぜいじゃく》に生まれたが、その代わり大変聡明だった。己の命運を呪《のろ》うことも、母猫を恨むこともせず、しようがないことだと溜息《ためいき》一つで受け入れた。弱い身で生きていけるほど、この世は優しくない。それは、母猫の腹に入っている時に感じた、母猫や周囲の様子から分かっていた。子猫の聡さは、生まれる前からのものだったのだ。

（おらはきっとこうして生まれる前にも、他の誰かとして生きたことがあるんだろう）

根拠などなかったが、子猫はなぜかそう確信した。前世でそれなりに生きたのならば、今世がたった一日でもしようがない——そう得心した時に、この女が現れたのだ。

「おっかさんがいないんだね……なら、あたしがあんたのおっかさんになろう」

女はそう宣言するや否や、子猫を抱き上げた。ござを境内の端《はし》の方に転がしておくと、そのまま急いで歩きはじめる。

「大丈夫だよ、きっと助けてあげるからね……お前は強い子だから大丈夫だ！」

（……無理だよ。おらは今日死ぬさだめだもの）

何とか得心したばかりなのだ。心を乱すようなことを言わず、このまま静かに死なせておくれ——そう思いながら、子猫は目を閉じた。次に目を開いた時には、また誰かの胎内《たいない》にいるのかもしれぬ。

（それとも、何もない真っ暗闇《やみ》か……）

女の忙《せわ》しい足音と必死の息遣いを耳にしながら、子猫は意識を失った。


「さくら」

子猫が次に目を覚ました時、見たのは泣き笑いを浮かべた女の顔だった。

「よかったね……さくら。お前は助かったんだよ」

（さくら……おらの名前か）

さくらと名付けられたことを悟った子猫は、ゆっくり首を動かし周囲を見回した。そこは、粗末な長屋の中だった。女の他に、もう一人若い男がいた。女の後ろからひょいっとさくらを覗き込んだ男は、眉尻を下げて安堵《あんど》したような表情を浮かべた。

「さくら、腹が減っているだろう？　めでたいから、鯛《たい》でも買ってこようかね」

「いきなりそんなもん食えると思えねえが……」

男が困ったように述べたが、女は気にした様子もなく、懐《ふところ》から財布を探り出した。

「さあ、買ってきておくれ」

「鯛は無理だろう……鰹節《かつおぶし》なんかがいいんじゃないか？……聞いてねえな、こりゃあ」

はあ、と息を吐いた男は、女から財布を受け取って、長屋の外に出ていった。

（鯛……確か、大きな魚だ。白身の美味《おい》しい魚……）

いつのものかも分からぬ記憶を手繰《たぐ》りよせ、さくらは思った。男の言う通り、今は鯛など口にできそうもない。どれほど寝ていたか分からないが、さくらは先ほどまで生死の境を彷徨《さまよ》っていたのだ。

「さくら……お前が助かったのは、あの桜の木のおかげさ。あの木が作った影に救われたんだ。あの木はあんたの恩人だよ。だから、さくらと名付けたんだ」

女はさくらを撫でながら、嬉《うれ》しそうな声音を出した。

（……恩人というなら、あんたの方じゃないか）

さくらは今日死ぬつもりでいた。母猫もそう思ったから、さくらを置いていったのだ。今朝《けさ》から数度他の猫や人間が通りかかったが、皆さくらを見て見ぬ振りをした。助からぬと思ったのだろう。

（あんただけだ……おらが生きると信じたのは）

さくらは己を優しい目で見つめ、撫でてくる女をじっと見据《みす》えた。

「大変な時を乗り越えたんだ。さくらはきっと長生きするよ」

女はそう言ったが、さくらには分かっていた。

(おらはきっと長く生きられない)

この身がそこまで持つとは思えなかった。多少持ったとしても、他の猫の何分の一かしか生きられぬだろう。

(それでも、共にいていいの……?)

さくらは女に問うた。いくらさくらが聡いといえど、人と会話することはできない。通じるわけがないと知りながら、さくらは心の声を上げた。

(おらはそのうち死んでしまうよ。あんたの寿命が尽きるよりもずっと早くにおらはいなくなる。あんたはその頃、今よりもっと年老いて、きっと心も弱くなってる。情を寄せた飼い猫が死んで、あんたの心はもっと弱くなってしまうかもしれない。……それでも、最《さい》期《ご》まで共にいてくれるの?)

「何だろう……おかしいね」

微笑《ほほえ》んだ女は、さくらに顔を近づけて言った。

「出会ったばかりなのに、お前と共にいると何だか心がぽかぽかするよ。お前があんまり可愛《かわい》いからかな?　とても幸せな心地がするんだよ」

(……おらも)

窄《すぼ》まった口から小さな舌を出したさくらは、女の顔をぺろりと舐《な》めた。ありったけの親愛を込めて繰り返すと、女は「くすぐったいねえ」と笑った。

「可愛いね、お前は。温かいね……さくらはいい子だね、温かいね」

（あんたこそ――）

さくらは女の頬《ほお》を舐めながら、ぽろりと涙を零《こぼ》した。生まれてまだ一日と経《た》っていないが、さくらは今が一等幸せだと思った。この幸せができるだけ長く続くように、頑張って生きなければならない。さくらはまた嬉し涙を流した。


「さくら……さくら、逝《い》かないでおくれ……！」

五年経ったある日、さくらの命はついに尽きようとしていた。女からすれば、前触れもないことだったのだろう。誕生こそ弱々しかったものの、それからさくらは健やかに生きてきた。あと十年――頑張れば、十五年は生きそうに見えたかもしれぬ。

「……おっかあ、もう引き留めてやるな。可哀想《かわいそう》だ」

さくらを抱きしめて離そうとしない女に言ったのは、彼女の息子だった。

「何かの間違いだよ……あんなに元気だったんだ。すぐによくなるよ！」

「そいつはもう死にかけてる……静かに逝かせてやろう」

「あんたは薄情者だよ！　さくらは、さくらはまだ生きて……ううう……」

段々と小さくなっていく女の声を、さくらはどこか遠くで聞いていた。

（ごめんよ……やはり、長くは生きられなかった。これでも頑張ったんだけれど）

できるだけ長く女の姿を瞳に映していたい――そう思い、薄目を開けていたが、それもそろそろ無理なようだった。抗えない眠気に引っ張られ、さくらは静かに目を閉じた。

「さくら……嫌だ……もっと一緒にいておくれよ！」

女の叫びに、さくらは内心（おらも）と頷《うなず》いた。

（おらももっと一緒にいたかった。でも、駄目なんだ。この世に生まれた以上、死からは逃れられないんだよ。……けれど、安心しておくれ。おらはまた会いにくるから……きっと、また生まれ変わるから、そうしたらあんたの許に真っ先にやってくるからね）

前の世の時のように、さくらは転生しようと思った。願ってできるものなのかは分からぬが、願わずにはいられなかった。

（今度生まれ変わる時には、元気のいい子になりたいな。賢くなくてもいいから、身体は強くありたい。できたら、皆を幸せにする力が欲しいな。その時は、真っ先にあんたを幸せにしてあげるからね。生まれ変わっても忘れないから、あんたも覚えていておくれよ）

ねえ、お願いだよ――。

さくらの身から抜けでた魂《たましい》は、ふわりとどこかに飛んでいった。

「さくら……さくら……！」

女の哀しい叫びが、粗末な長屋に響き渡った。

一、妖怪相談処

　明治六年十一月初旬――季節は初冬を迎えたが、長らく続いた暑い夏がまだ尾を引いているのか、例年ほどの寒さはない。

「夜は流石《さすが》に冷えるけれど、朝昼は過ごしやすいね。通年こんな風だったらいいのに」

　肩を竦《すく》めて言ったのは、浅草《あさくさ》のとある裏長屋に住んでいるさとだった。まくった袖《そで》から覗く腕は細いが、力は裏長屋一と評判だ。浮気性の旦那《だんな》を日々懲《こ》らしめているから――という理由を知らぬ者はいないが、口にはしないのが裏長屋の決まりである。「本当にね」と同調した菊《きく》も、さとと同じ裏長屋の店子《たなこ》だ。

「いつもこんなお天気だったら、うちの子もこうして大人しくしてくれるんだろうけど」

　紐《ひも》で背負っている子を一瞥《いちべつ》しながら、菊は苦笑を零した。背にいる赤子は、気持ちよさそうな顔で寝ている。声をかけられたのが分かったのか、口許ににこりと笑みが浮かんだ。

「可愛いねえ」

　あどけない赤子の顔を見た一同は、揃《そろ》って声を上げ、笑った。裏長屋の前にある井戸を囲んでいる彼らは、ここでこうして洗い物などをしながら、よもやま話をするのが日課だ。

「子は鎹《かすがい》というが、正にその通りだね。ただ寝ているだけなのに、こんなにも可愛いんだからさ」

くすりとしながら述べた江《ごう》は、先ほどから熱心に茶渋のついた湯呑《ゆのみ》を洗っている。今年六十二になる彼女は、生まれた時からこの地に住んでいるという。裏長屋一の古株だ。

「確かに子は鎹だ。だってさ、子が取り持ってくれるのは夫婦《めおと》の縁《えん》だけじゃあないんだよ。まさか、鬼の性根まですっかり平定しちまうとは。いやはや、驚いたよ」

この場で唯一の男である仁三郎《じんざぶろう》は、水を汲《く》みながら、面白そうな口ぶりで言った。仁三郎は人が好いものの、口が軽い。井戸端《いどばた》の集いによく参加する彼のおかげで、近所の噂《うわさ》はいつも皆に筒抜けだ。

「鬼だなんていくら何でも失礼だよ……確かに怖い顔をしているけどさ。性根は悪かないだろ。一寸愛想《あいそ》がないだけさ」

仁三郎の隣に住むよねが、手ぬぐいを洗いながら呟《つぶや》いた。よねはいつも俯《うつむ》いてばかりいるが、人と話すのは好きなようで、この集いには必ず参加している。

「あれが一寸かい!? 暗闇であの人を見て失神した奴《やつ》の言葉とは思えねえな」

「嫌だね……昔の話なんかして」

「昔って、ありゃあ確か二年前だったろ？」

「昔だよ、昔……」

呆《あき》れ声の仁三郎に、よねは顔を赤らめてぼそりと答えた。

「仁三郎さんは頭が固いね。二年ありゃあ、鬼も仏に変わるんだよ。立派な昔さ」

そう言ったのは、子守のミチだ。菊よりも一回り大きな赤子を背負っている。まだ十四と歳若いが、非常にしっかり者だ。

「鬼をも変える子どもか……そりゃあ、鎹と言うわけだ」

「あの子は可愛いもの。あんな子がそばにいてくれるなら、鬼も穏やかになるさ」

しみじみと述べたさとに、ミチはしたり顔で頷いた。

「何だ……結局鬼なんじゃないか」

ますます呆れ声を出した仁三郎に、女たちは顔を見合わせて言った。

「だって、あんなに怖いじゃないか」

裏通りに、ハハハと明るい笑い声が響いた。

鬼と言っても、勿論《もちろん》本物ではない。人間だが、鬼と見紛《みまが》うばかりの姿をしている——というだけだ。最近井戸端で交わされている噂話は、もっぱらその鬼が中心だった。

「そう笑っちゃいけないよ。あの人は真面目《まじめ》な人だもの……顔は鬼みたいだけれど」

「また鬼って言った！……でも、しようがないよね、鬼か閻魔《えんま》か区別がつかない顔をしているんだから」

皆はくすくすと肩を震わせながら言った。鬼は怖いが、怖いものの話をしている時ほど盛り上がることはない。話に夢中になっていたせいで、すぐ近くに噂の人物が立っていることにはまるで気づかなかったほどだ。

「……ひいっ!!!」

何気なく横に視線を向けたよねは、悲鳴交じりの声を上げ、後退《あとじさ》った。彼女とぶつかったミチは勿論、さとたちも「わっ」と飛び上がった。

青く染まった細面、額《ひたい》に浮かんだ幾重もの筋、眉間に寄った深い皺、ぎゅっと結ばれた血のように赤い唇、この世の闇を一身に背負ったような昏《くら》い瞳――皆の背後に立っていた鬼こと荻野《おぎの》喜蔵《きぞう》は、常にも増して恐ろしい表情を浮かべていた。もっとも、当人は少々眉間に皺を寄せただけで、平素と変わらぬつもりだったのだが――。

「鬼……! じゃない、喜蔵さん! ご、ごめんよ……あたし、本物の喜蔵さんが現れたかと思っちゃってさ! あ、違う、本物の鬼の間違いだ!」

よねが慌てた声を上げた途端、他の者は揃って己の口を覆《おお》った。ふきだすのを堪《こら》えたのだろう。せっかくの皆の気遣いをぶち壊したのは、喜蔵の傍《かたわ》らにいる者から発された盛大な笑い声だった。

「お、お前ってば、やっぱり鬼だったんだな! 皆に気づかれてるぞ! ただ通りかかっただけなのに、『ひいっ』だって……本物の鬼だって! くく……あっはっは!」

屈み込み、膝《ひざ》をばしばしと叩《たた》きながら言ったのは、ミチが褒《ほ》めていた「あの子」だ。

金と黒と赤茶の斑《まだら》模様の髪と、鳶《とび》色の目、新調した黄《き》浅緑《あさみどり》色の袖口が広がったつんつるてんの着物――出で立ちの奇妙さは折り紙付きだが、当妖の持つ愛嬌《あいきょう》と明るさが皆にそれを忘れさせてしまうのかもしれぬ。つい半月前まで床《とこ》に臥《ふ》せ、一時は命も危ない状態だったものの、喜蔵を馬鹿にして笑うまで快復した。妖力の大半を失っても、生命力は妖怪のまま——ということなのだろう。

「あははは……苦しい……腹が捩《よじ》れて、死にそう……あはははは っ！」

地面に仰向けになったあの子こと小春《こはる》は、足をばたつかせながら途切れ途切れに言った。

そんな小春の前に立った喜蔵は、拳《こぶし》を振り上げながら、低い声音を出した。

「……それほど苦しいなら、俺が一思いに息の根を止めてやろう」

「あはは……へ!?」

笑い声の代わりに響いたのは、わあああっという悲鳴だった。

＊

浅草の古道具屋「荻《おぎ》の屋《や》」には、鬼が住んでいる——という噂がある。それは、店主の荻野喜蔵を指してのことだと近所の皆は思っているが、事情を知っている者たちが思い浮かべるのは、違う人物——否、妖物の方だった。

「……鬼はあ奴だ。俺はかかわりない」

ぶつぶつと述べた喜蔵は、帰ってからずっと店内の掃除をしている。

「そう落ち込むな」

慰めてきたのは、硯《すずり》に手足が生えた妖怪・硯の精だ。喜蔵よりも長く荻の屋で暮らしている彼は、喜蔵や他の妖怪たちが落ち込んでいると、こうして真っ先に言葉をかけてくる。

「お主は鬼や閻魔が驚くほどに恐ろしい顔をしているが、れっきとした人間だ。皆もそこを疑っているわけではなかろうよ」

「そんなことを疑われてたまるものか。それに、落ち込んでなどいない」

そう答えつつ、はたきで棚《たな》の上の埃《ほこり》を払っていると、「うふふ」と笑い声が響いた。

「ちょ、ちょこちょこと撫でるな……くすぐったい」

「煩《うるさ》い。昼間に姿を現すな」

はたきの先にあった小太鼓《こだいこ》に向けて、喜蔵は文句を言った。

「お前がくすぐるせいだ——あ、あはは！　脇はやめてくれ！」

小太鼓からにょきっと手足を生やして笑い転げたのは、付喪神《つくもがみ》の小太鼓太郎《たろう》だ。付喪神は妖怪の一種で、ここ荻の屋には何妖も存在している。長らく使いつづけた道具や物に命が宿り、付喪神となるらしいので、他の古道具屋にも小太鼓太郎のような者がいるのかもしれぬ。

「俺は掃除をしているだけだ。小太鼓をくすぐって遊ぶ趣味などない」

「太郎をくすぐっても面白くはなかろうな。しかし、お前は掃除をしすぎだ。もっと汚れている方が古道具屋らしくていいんじゃないか？」

「小汚い己が目立たなくなっていいということか？」

「まこと意地が悪い人間だ……一寸ばかり姫に好かれているからといって、えらそうに」

ふんと鼻を鳴らしたのは、右の棚の上に並べられている薬缶《やかん》だ。目だけぱちっと開いたこの妖怪は、堂々《どうどう》薬缶という。喜蔵はとある事情から、薬缶の付喪神である彼に、勝手に「恋敵《こいがたき》」だと思われており、事あるごとに嫌みを言われている。

「だから、鬼や閻魔と呼ばれるんだ。面《つら》の恐ろしさだけではなく、意地の悪さを言われているんだ。俺はこれまで大勢人間を見てきたが、こんな性根と口の悪い男を知らん」

ぶつぶつ言う堂々薬缶を無視して、喜蔵は掃除を続けた。はたきを置き、代わりに雑巾《ぞうきん》を手にする。店の中央に置かれた台の脚を軽く持ち上げて拭《ふ》きはじめると、「うわっ」と焦《あせ》った声が聞こえた。

「そのままひっくり返すでないぞ!?」

「そんなことをするものか。商品が駄目になる」

「そこは、『お前たちが怪我《けが》をしてしまう』じゃろうに……まったく」

呆れ声で言ったのは、机の上に並んでいる茶杓《ちゃしゃく》の怪だ。硯の精のように身体の側面から両手足を生やして立ち上がったはいいが、よろけて尻餅《しりもち》をついた。そんな間抜けな茶杓の怪を、近くに並べられている釜《かま》としゃもじが笑う。

「ご老体なのだから、無理して変化《へんげ》しない方がいいぞ」

「俺たちはまだ若いから安心だな、兄者！」

喋《しゃべ》る釜と元気よく相槌《あいづち》を打つしゃもじ——ではなく、釜としゃもじの付喪神である釜の怪としゃもじもじは、目鼻口だけを道具の表面に浮かべて、にやにやとして言った。血の繋《つな》がりはないが、この二妖は兄弟であるという。

「腑抜《ふぬ》けた妖気しか出せん小童《こわっぱ》妖怪らのくせに、大きな口を叩きおって」

ふんと鼻を鳴らして言った茶杓の怪は、立ち上がりかけてまた尻餅をついた。

（……年老いて力が弱ったというのはまことなのか？）

ほんの少しだけ気になった喜蔵は、店の中央に行き、茶杓の怪に顔を寄せた。

「と、取って喰《く》らう気か!?　わしは美味《うま》くないぞ！　いや、きっと美味いに違いないが、お前の貧乏舌にはきっと合わん！」

そう叫んだ茶杓の怪は、瞬時に立ち上がり、隣の棚にひょいっと飛び移った。

（動けるではないか）

むっと口の下に皺を寄せた喜蔵は、雑巾の代わりに布巾《ふきん》を手にし、近くにあったたらいを磨《みが》きはじめた。これはただのたらいで、魂は宿っていない。付喪神が憑《つ》いている道具は、「もっと丁寧にやれ」だの「くすぐったい」だの「恐ろしい顔をして磨くな」だのと注文をつけてくるので、後回しにすることにした。

「どうしてただの道具ばかり綺麗《きれい》にするんだ。俺たちから先にやるべきだろうに。こっちは魂があるのだぞ。偉いんだぞ。もっと敬《うやま》ったらどうだ」

「魂があるだけで偉いなら、人間も偉くなっちまうよ。偉いかどうかは妖気の強さが決めるもんさ。あんたも妖怪の端くれなら分かるだろ？　まあ、てんで弱くて話になりゃしないけどさ」

文句を並べる堂々薬缶を嘲笑《あざわら》って言ったのは、撞木《しゅもく》という妖怪だ。今は姿が見えぬが、撞木鮫《ざめ》そっくりの顔をしている。もっとも、そっくりなのは顔だけで、首から下は妖艶《ようえん》な人間の女そのものだ。以前、喜蔵の幼馴染《おさななじみ》で貧乏絵師の彦次《ひこじ》が来た時、女好きの彼が扇《おうぎ》で顔を隠した撞木を見て、「何と美しい女だ！」と嬉々《きき》として声をかけたことがあった。

――あら、可愛い坊や……アタシと夫婦になりたいって？

くすくすと笑って扇を取った撞木を見て、彦次は大きな悲鳴を上げたものだ。撞木は小太鼓太郎たちのように付喪神ではないが、なぜか荻の屋に居ついている。あれほど鮫に似ているのだから、おそらく本来は海に住まう妖怪なのではないかと喜蔵は思っている。

「あーら。確かに堂々薬缶は弱っちょろいけれど、そう言うご自分はどうなのかしら？」

ふふんっと鼻を鳴らしながら口を挟んできたのは、台の上に突如《とつじょ》現れた前差櫛姫《まえざしぐしひめ》だった。櫛の付喪神である前差櫛姫は、人間の少女とほとんど変わらぬような見目をしている。もっとも、身の丈《たけ》は喜蔵の手のひらの半分くらいしかない。愛らしい顔をしているが、撞木に負けず劣《おと》らず口が悪い。そして、二妖は犬猿の仲だった。

「うふふふ……姫が庇《かば》ってくれた」

前差櫛姫に惚《ほ》れている堂々薬缶は、その身を真っ赤に染めて、湯気をふきだした。その傍らで、撞木と前差櫛姫の口合戦の火蓋《ひぶた》が切られた。

「おやおや、可哀想な付喪神だね。弱すぎて、アタシがいかに強い妖気の持ち主かということも分からないんだ」

「そっちこそ可哀想な鮫ね。あんたの持っている妖気なんて、この店に溜《た》まっている埃くらいなものよ」

「山のようにあるってことか」

「喜蔵が隅から隅まで綺麗にしちゃうから、塵《ちり》一つ落ちてないわよ！」

「汚いのもどうかと思うが、塵一つ落ちてないのは気持ちが悪いね」

「気持ち悪いわよ！　でも、そこが喜蔵のいいところなの！」

「気持ちが悪いところがかい？　鬼面なところじゃなく？」

「気持ち悪いところも、鬼面なところもいいのよ！」

何度も気持ちが悪いと連呼された喜蔵は、掃除をする手に力を込めつつ、ますます眉間に皺を寄せた。

（鬼、鬼と煩い）

何もしていないのに、今日は朝から何度も連呼されている。否、今日だけではない。

「……あ奴が居候《いそうろう》するようになってからだ。あれのせいで、皆面白がって好き勝手なことを申す」

あ奴こと小春は、外に出かけている。井戸端で殴らなかった代わりに、買い物を言いつけたのだ。四半刻《しはんとき》（三十分）もかからぬ用だが、出ていってからすでに半刻（一時間）が経った。井戸端での一件もあり、喜蔵の苛立《いらだ》ちは増すばかりだ。

「すべてあ奴のせいだ」

顔を顰《しか》めて述べた喜蔵に、硯の精が小首を傾《かし》げて言った。

「そうは申すが……小春を迎え入れたのはお主じゃないか」

硯の精の言葉に、喜蔵はぐっと詰《つ》まった。

「……元々はあれが勝手に他人の庭先に落ちてきたせいだ」

喜蔵は低い声音で答えつつ、一年半近く前のことを思いだした。


――俺は百鬼夜行《ひやっきやこう》に欠かせない……鬼だ！

ある初夏の深夜、荻の屋の庭に突如現れた少年は、訝《いぶか》しむ喜蔵に堂々と宣言した。金、赤茶、黒の斑模様の髪に、時折赤や青に染まる鳶色の瞳、刃物のように鋭く伸びる牙《きば》や爪、頭からぬっと飛びだした角――小春の言葉が嘘《うそ》でないことに、喜蔵は早いうちに気づいた。大妖怪であるらしい小春が百鬼夜行から荻の屋の庭に落ちてきた理由は、小春当妖でさえ分からぬようだったが、喜蔵は知りたいとも思わなかった。

――さっさと出ていけ、居候の穀潰《ごくつぶ》し。

常にそんな台詞《せりふ》を吐き、小春を追いだそうとした。だが、共に過ごす時が増えるにつれ、二人の間には友情のようなものが育っていった。互いにそれを認めた時、突然の別れが来た。

――喜蔵、それじゃあ猫招きだぞ。

明るく無邪気な笑みを浮かべて言った小春は、手招きをする喜蔵を振り返りもせず、夜行に帰った。それからというもの、喜蔵は毎夜空を見上げた。また間抜けな小鬼が落ちてくるかもしれぬ――そう思ったのだ。

それが現《うつつ》のものとなったのは、半年後のことだった。

――わああああああ――――。

騒がしい声を上げて再び空から降ってきた小春は、喜蔵に「俺の仕事を手伝え」などと言い、嫌がる喜蔵をあちこち引っ張りまわした。その一件が解決しても、小春はたびたびこちらの世にやってきた。小春と喜蔵が共にいると、必ず妖怪にまつわる事件が起きた。喜蔵は嫌々ながら、いつもその渦中に巻き込まれたのである。

小春が荻の屋に居つくこととなったのは、ひと月前の出来事がきっかけだ。数々の妖怪沙汰《ざた》を経て、小春はついに因縁《いんねん》の相手である猫股《ねこまた》の長者《ちょうじゃ》と戦った。猫股の長者は南の方にある洞窟《どうくつ》を住処《すみか》とする妖怪で、妖怪の世で五指に入るほどの妖力の持ち主だ。

――人間の首を持ってきて、猫股の長者と共に食すんだ。その首というのも、一番身近な、多少なりとも情の通じ合った人間の首でなければならん。

元は普通の猫だった小春は、猫股になるために厳しい修業をしたのだという。だが、情を交わした飼い主――喜蔵の曾《そう》祖父である逸馬《いつま》の首を取ることができず、先代の猫股の長者を何とか誤魔化《ごまか》して猫股になった。「三毛《みけ》の龍《りゅう》」と畏怖《いふ》されるほどの大妖怪になった小春だったが、ある時猫股をやめ、鬼に転身したのである。

話を聞いた喜蔵は、いまひとつ得心がいかなかった。人間の首を喰らいたくないという理由は、小春の優しい性質から納得できた。だが、せっかく得た猫股の力を捨てて、一から違うもの――鬼にならずともいいのではないかと思ったのだ。過去に囚《とら》われ、閉ざされた世の中で生きてきた喜蔵は、わざわざ新天地に飛び込もうとする小春の選択が最良のものであったのか、今でも分からない。

だが――。

――……簡単に殺しはしない。俺が全力を出させてやろう――お前はここで死ね。

当代の猫股の長者であり、小春の弟である義光《よしみつ》は、抜け道を使って猫股になった上に、その力を捨て、勝手に鬼へと転身した実兄に、深い嫉妬《しっと》と怨《うら》みを抱いていた。小春が喜蔵たちと出会い、新たな情を育《はぐく》んでいると耳にして以来、事あるごとに手を出してきた。小春が己よりも周りが傷つくことを厭《いと》う性質なのを承知していた義光は、喜蔵たちを狙った。黙っていられなかった小春は、長きにわたる因縁の決着をつけようと、義光の許に向かった。それまで散々引きずり込んできた喜蔵を置いて――。

――これが猫股鬼《ねこまたおに》最後の一撃だ！

そう叫んだ小春は、義光との戦いに勝利した。先代の猫股の長者を騙《だま》して手に入れた力は、小春の意思で義光に返却した。並外れた強さを持つ義光に勝つほどの力をあっさり捨てた小春は、今や人間とさほど変わりない身になった。

――……約束はもう守れない。

泣き声交じりに言った小春に、喜蔵はこう言い返した。

——……力などなくてもいい。守れぬのが辛いと言うなら、俺たちが守ってやる。家に来い。皆、お前を待っている。

ただの子どもと変わらぬ身になってしまった小春を放ってなどおけなかった。力があろうとなかろうと、喜蔵にとって小春は小春だ。ただの人間のくせに大きな口を叩いたと、後々悔いる事態になるかもしれぬ。だが、その時の喜蔵は、それでいいと思ったのだ。

「……それが間違いだった」

ぼそりと呟いた喜蔵に、荻の屋の妖怪たちはびくりと肩を震わせた。

——あーあ……長者にやられた身体が痛んでしようがない。

小春が辛そうな声音で呟いたのは、荻の屋に住まうようになって間もなくのことだ。

——肉をたくさん食わなきゃ駄目のようだ……力がまるで出ない。

喜蔵は仕方なく、小春を牛鍋屋《ぎゅうなべや》に連れていった。くま坂《さか》というその店には、喜蔵の異父妹である深雪《みゆき》が働いている。

——深雪ちゃん、牛鍋四人前よろしく！

——この馬鹿鬼！　二人で四人前も食うものか。

——何言ってんだ？　俺が四人前食うんだぞ？

なおのこと悪い、と突っぱねると、小春は肩を押さえながら眉を顰《ひそ》めて言った。

――やはり、駄目だよな。牛の肉をたくさん食らえば、力が出そうだと思ったけど……。

喜蔵はここでも仕方なく小春の言う通りにした。

（あの戦いから間もない……今日だけは大目に見てやる）

心の中で誓った喜蔵だったが――。

――いやあ、思いのほか力が出ねえなあ……困ったもんだ……こりゃあ、しばらく畳の上でごろごろしているしかない……すまんな。

昼間から寝るなと叱《しか》ると、青い顔をしてそう答え、

――義光に開けられた風穴がひゅーひゅーして寒い！　もう穴は塞《ふさ》がったけれど、身体は痛みを覚えているんだな……こんな時は、酒を飲んで身体をあったためなきゃ駄目だ！

だが、この家には酒がねえ。だから、買ってきた！

使いに行かせると、頼んでもいない酒を買ってくる。

――俺はな、喜蔵……力がなくなったといっても、やはり妖怪なんだ。悪戯《いたずら》しないではいられねえのさ。悪いとは思ってる。だが、これが俺の哀しい性《さが》なんだ……くっ。

悪さをしたのを見つけて怒鳴《どな》った時など、しゅんと肩を落として手のひらで顔を覆った。

――何も泣くことはないだろうに……。

むすりとして呟くと、小春は「許してくれるか？」と小声で問うた。こくりと頷いた直後、小春はぱっと顔を上げた。そこに、涙の跡は見られなかった。常の喜蔵だったら、

「嘘泣きめ」と小春の頭を叩くところだ。しかし、喜蔵はここでも何も言えず、何の手出

しもできなかった。

小春が妖怪として赤子同然になってしまったのは、事実だ。小春の師である青鬼《あおおに》がその事実を告げ、小春自身も認めた。だから、喜蔵は小春が図々しい振る舞いをしても、頭ごなしに怒れなかった。

(……無理に明るく振る舞っているだけなのではないのか?)

そんな風に思ってしまうからだ。だから、喜蔵は小春がいつもぐうたらしていても、飯を強請《ゆす》っても、怒らずなるべく願いを聞いた。

——喜蔵、お前は閻魔よりもおっかない面をしているが、優しい奴だなあ……。

親切にすると、小春は感じ入ったような笑みを浮かべた。きらきらした目で見つめられると、余計に何も言えなくなったが、内心は苛々としていた。なぜ、己が気を遣ってやらねばならぬのか——と。

口に出さぬものの、喜蔵の苛立ちは顔に出ていた。気配を察するのが聡い妖怪たちからすると、顔以外にも出ているらしい。

「……店主はやはり人間ではないのだろう。妖気より恐ろしい気が立ちのぼっているぞ」

荻の屋の妖怪たちは、青い顔をしてこそこそと言い合った。そのくらい、喜蔵の様子は恐ろしかった。しかし、当人は無論気づいていない。今、頭の中を占めているのは、小春や己に対する苛立ちだけだ。

「ただいまー」

表戸がガラリと開いたと同時に、呑気な声が響いた。仏頂面で振り向いた喜蔵は、そこに立っている小春を見て、眉間にぐっと皺を寄せた。

「頼まれてた葱《ねぎ》と大根を買ってきてやったぞ。頼まれてないけれど、鯖《さば》も買った」

えへへ、と笑った小春は、喜蔵に近づき、両手に抱えた荷をどさっと渡した。

「……おい」

喜蔵の口から漏れたのは、地獄の使者のものと聞き間違うような低い声音だった。ひっと声を上げる妖怪たちとは反対に、小春はきょとんとした。

「なぜ余計なものばかり買ってくる」

荷の中には、鯖の他に、これまた頼んでいない烏賊《いか》や蜆《しじみ》が入っている。

「『小春ちゃん、安くしてあげるよ。寄ってってよ』と言われたから」

「安くしてもらっても、金は払う。その金は誰のものだ？」

「金は天下の回り物だろ？　だから、天下にいる俺の物！」

「……………」

喜蔵の睨《にら》みが鋭くなった。小春は未《いま》だ喜蔵の怒りに気づかぬのか、首をこくりと傾げた。

「つ、ついに堪忍袋《かんにんぶくろ》の緒が……！」

妖怪たちのざわめきが、荻の屋に響いた。雷《かみなり》が落ちる——誰もがそう思ったが、

「……蔵の片付けをしろ」

幾分苛立ちを抑えた声で、喜蔵は言った。

「蔵って、庭にあるあの蔵か？」

「よその家の蔵の片付けなど頼まぬ」

「じゃあ、随分と汚れているんだ？　重たい壺《つぼ》なんかをぴかぴかに磨けってか？」

「お前はただ掃除をすればいい。物は動かさず、そのままにしておけ。塵だけ拾い、床を拭いて戻ってくるのだ」

「……へえ」

小春は頬を掻《か》いて呟いた。嫌がってはいないが、かといって嬉しそうでもない。眉尻を下げ、口許をむずむずとさせ、言い表しがたい表情を浮かべている。

「何だ？」

問うても、「いや……」と言葉を濁《にご》すだけだった。はっきりしない様子にまた怒りを募らせた喜蔵は、野菜や魚を作業台の上に置き、雑巾や箒《ほうき》を手に取って小春に押しつけた。

「――やれ」

眉を顰めて命じると、小春は喜蔵の手から道具を受け取り、裏に駆けていった。

「……どうも調子が狂うな」

「雷を落とさぬ鬼なんて鬼じゃないよ」

「閻魔だから、そのうち舌を抜くんだろ」

ぼそぼそと話し合う妖怪たちを一睨みで黙らせた喜蔵は、小春が買ってきたものを持って土間に向かった。

（……蔵ならよそに迷惑をかけることもないだろう）

喜蔵はふた月に一度は蔵の掃除をする。この前したのは、ついひと月前だ。三畳ほどの蔵の中には、日常的には使わぬ物や、商品としての価値はないが捨てるには忍びない物、曾祖父や祖父の気に入っていた思い出の物などが置かれている。もっとも、二人とも物欲が乏しかったらしく、後者はごくわずかだ。

「まったく、古道具屋らしくない……」

呟いた喜蔵は、仕方なく烏賊を捌《さば》きはじめた。夕餉《ゆうげ》ができる頃には、仕事を終えた深雪が帰ってくるだろう。大してやることのない蔵の片付けも、とっくに終わっているはずだ。


店を開きつつ、夕餉の支度を終えた喜蔵は、そろそろ小春を呼び戻そうと庭に向かった。

「……何だ、これは――」

蔵の前に立った喜蔵は、呆然《ぼうぜん》としながら呟いた。戸が開け放たれた蔵の前には、たくさんの古道具が置かれていた。慌てて中に入ると、案の定がらんとしている。蔵の中に収納されていた物が、なぜかすべて外に出されていたのだ。

「何をやっているんだ、あの馬鹿鬼は……物を動かすなと言っただろうに」

せっかく片付いていたところをわざわざ散らかす意味が分からなかった。喜蔵は怒りを覚えながら、蔵の外に出ている物を中に入れはじめた。

何往復かしてようやくすべてを収納し終えた喜蔵だが、蔵の中を見回して首を傾げた。

（……これほど少なかったか？）

確かに元々物は少なめだったが、それでも蔵の棚の三分の二近くは埋まっていた。それが、今は半分くらいにまで減っている。

「……懐かしいな」

耳許から声が聞こえ、喜蔵は少々驚いた。横を見ると、棚の上に硯の精がいた。

「我もここで数年を過ごした。その時は力を抑え込み、ただの硯として生きていたが……お主が我を日の下に連れだしてくれた」

硯の精はただでさえ小さな目を細めて言った。

「……店の中だ。日の下ではなかろう」

「お主は屁理屈を申してばかりだ。可愛い奴め」

くすくすと笑い声を漏らした硯の精を、喜蔵はじろりとねめつけた。

「この中は、お前がいた頃とさほど変わっていないはずだが、物が減ったと思わぬか？」

「そりゃあそうだろう。あ奴が店の中にいくつか持ち込んだからな」

平然と答えた硯の精に、喜蔵は眉を顰めて問うた。

「……あ奴というのは、あの役立たずの元小鬼のことか？」

「うん――いや、役立たずなどと本当のことを申すのは忍びないな」

素直に頷いた硯の精は、首を横に振った。

「……役立たずどころではない」

低く呻《うめ》いた喜蔵は身を翻《ひるがえ》し、店に駆け戻った。

「おお……何だよ!?　びっくりするだろ！」

店の中に飛び込んできた喜蔵を見て、小春は驚いた声を上げた。蔵の片付けを命じた時にも増しての恐ろしい表情に、流石の小春もびくりとした様子だ。

「……それは何だ」

喜蔵が指で示した先には、小春が勝手に陳列を並べ替えている棚があった。蔵の中とは違い、店の中には物が増えている。

「壺だよ、壺。なかなかいいだろ？　不恰好な鳥の画が描いてあるのが面白いよな。何の鳥だろうな、これ」

「そういうことを申しているのではない」

喜蔵の答えに首を傾げた小春は、「じゃあ、こっちか？」と小箱を指差した。

「少々歪《ゆが》んだ形をしているが、色はいい。血みたいに真っ赤！　こっちもなかなかだぜ」

右手を伸ばした小春は、棚に勝手に並べた簪《かんざし》を手に取った。

「一寸先が欠けてるが、立派な細工が施してあるじゃねえか。何でしまい込んでたんだ？　お前なら、ちょちょいのちょいで直せるだろ。売れなかったら、深雪にやればいい」

「おい──」

喜蔵の口から漏《も》れた低い声は、小春の「そうそう！」という大声にかき消された。

「変わったもんも見つけたんだ。ほれ、これだこれ！」

簪を置いた小春が手に取ったのは、鬼の像だった。喜蔵の手のひらより一回りほど大きく、くすんだ赤銅《しゃくどう》色をしている。頭頂部には角が生え、両手足には枷《かせ》が掛かっていた。肩を怒らせ、仁王《におう》立ちしている様は猛々《たけだけ》しい。しかし、よく見ると、曇《くも》った表情を浮かべていた。

「鬼の像！　俺の像！……でもなあ、どうにも辛気《しんき》臭い面してるんだよな。鬼のくせに、眉尻が下がって、こう哀しそうに見えるというか……きっと、作った奴が辛気臭えんだろうな。どっかの閻魔商人みたいにさ」

へへへ、と笑った小春は、俯いた喜蔵を気にも留めず、蔵から持ち込んだ物の説明を続けた。

「一押しは――これだ！」

鬼の像を店の中央にある台の上に載せた小春は、その横にあった面を取り、掲《かか》げた。

「見ろ、この不細工な面！　ひょっとこでもねえ、おかめでもねえ。何だこれ!?　誰が買ったんだ、こんなもん！　今までよく取っておいたなあ」

小春は馬鹿にしたような顔つきで、何とも言えぬ奇妙な表情の面をつけながら、鼻歌交じりに言った。

「どうせ逸馬だろ？　あいつは間が抜けているから、変な物掴《つか》まされちまったんだ。もしくは、この不細工な面を可愛いと思って買っちまったか……あいつは変わっていたからなあ。片方しかない夫婦茶碗《ちゃわん》に、妙にでかい印籠《いんろう》……こっちの妙なのは、からくり人形か？　これ、どうやって動くんだよ？　あ、こいつの顔もこの面に劣らず変てこりんだ！」

ぎゃはは、と笑い声を上げた小春だが、面を取るなり、固まった。

「……な、何だ……!?」

小春は驚きの声を上げげつつ、後退りした。目の前に立っている男が、世にも恐ろしい形相に変わっていたからだ。

「お前は元から怖いけど……その面！　ひえっ……！」

ひっくり返ったような声音を漏らした小春に、鬼も震えあがる凶悪な顔をした喜蔵は、低く唸った。

「この役立たずの妖怪もどきめ……！」

がつん――という音が響いた。前のめりになった喜蔵が、小春に拳骨《げんこつ》を落としたのだ。

「い……ってえ……！」

呻き声を上げながら、小春はしゃがみ込んだ。拳を握ったまま、喜蔵は肩で息をした。

「な……何すんだよ!?」

ようやく我に返ったらしい小春は、頭を抱えながらきゃんきゃんと怒鳴った。

「……それはこちらの台詞だ」

喜蔵は眉間に深い皺を寄せながら、店のあちこちを指差して言った。

「蔵の物には触れるなと言ったはずだ。なぜ、店の中に持ち込んだのだ？　蔵も店も余計に散らかしおって……どういうつもりだ！」

　小春は頭を擦《さす》りながら、唇を尖《とが》らせて言い返した。

「……せっかく行ったのに、蔵の中まるで汚れてねえんだもん。丁寧に掃除しても、四半刻の半分と持たねえ。時が余ってしまうがねえから、善意で片付けてやったんだよ！」

「何が善意だ。言われたこと以外するな。せっかく気を遣って仕事を申しつけてやったというのに――」

　喜蔵が途中で言葉を止めたのは、小春が歪んだ笑みを浮かべたせいだった。

「へっ……気を遣ったって？　人の気持ちすら分からん男が、妖怪の気持ちを察したというのか？　ちゃんちゃらおかしいぜ」

「……居候の身で大きな口を叩くな」

「居候ねえ……さっきは随分とひでえこと言ったじゃねえか。もう一度言ってみろよ」

　立ち上がりながら言った小春は、数歩前に進み、喜蔵の顔を下から覗き込んだ。

「知ってるか？　一度口から出した言葉は消せねえんだぞ。お前が言えねえなら、俺が言ってやろうか？――『放逐《ほうちく》決定だ。もう二度と敷居は跨《また》がせぬ』」

　喜蔵はぽっかりと口を開けた。

「間違えた。これはずっと前にお前が俺にかけた言葉だったな。じゃあ、こっちか？『迎えにこずともよいのではないか？　ここにいても構わぬ――と申している』だっけ？放逐するというのを撤回《てっかい》したんだよな。一度口に出した言葉は消せねえって言うのに」

「……黙れ」

喜蔵は唸《うな》るような声を出した。

「いや……『お前は五本の指を持っているが、やはりそのうち二本はまやかしなのだな』だったっけ？　その後に確か『下種《げす》め』と罵《ののし》られた気がするぞ……『妖怪など信用ならぬ』と言われもしたな。そのくせ、約束は守るとか何とか言っちゃって。俺が一寸いい言葉をかけたから、ほろりと来たんだろう？」

「黙れ」

「あー違う違う。俺が言いたいお前の台詞はこれじゃねえな――お前に首などやるものか……」

「黙れ、この役立たずの妖怪もどきめ……！」

過去に小春と交わしたやり取りを一言一句再現され、気恥ずかしさにカッとなった喜蔵は、小春の言を遮《さえぎ》って怒鳴った。

「力を失くしたのは自業自得のくせに、同情を買うような振る舞いばかりしおって……何が猫股鬼だ、何が大妖怪だ！　他妖より少しばかり力を持っていたからといって、えらそうに。大体、お前はその力をほとんど失ったではないか。今やただの小童だ。傷が癒《い》えたくせにあれこれ理由をつけて何もしようとせず、寝るか食うかしているだけではないか。もはや妖怪とも言えぬくせに、悪戯ばかりしおって……少しは働け！　この役立たずの妖怪もどきめ！」

三度同じ台詞を吐いた喜蔵は、そこで我に返った。

（……しまった）

「あーあ……やはり緒が切れた……」

ぽつりと聞こえた撞木の声で、喜蔵はぐっと詰まった。

――……力などなくてもいい。守れぬのが辛いと言うなら、俺たちが守ってやる。家に来い。皆、お前を待っている。

己が口にした言葉を、喜蔵は忘れていない。覚えているからこそ、ずっと我慢しつづけていたのだ。どんなに腹が立っても、声を荒らげなかった。小言を述べることはあったが、これまでに比べたら小言のうちにも入らない。鉄拳制裁などもってのほかだった。

猫股の長者との戦いで小春が死にかけたことを、忘れることができなかった。まだたったひと月しか経っていない。忘れられなくて当然だ。

（否――）

一年経っても十年経っても、喜蔵はあの日のことを忘れることがないだろう。喜蔵でさえそうなのだ。戦いの当事者である小春はもっと忘れがたいはずだ。身体と心に刻まれた傷の深さを窺《うかが》い知れるからこそ、喜蔵は小春の好きなようにさせていたのだ。いくら腹が立っても見守ろうと誓っていた。それなのに、簡単に心の内を漏らしてしまった。煽《あお》られたからとはいえ、言葉を放ったのは喜蔵の意志だ。

俯いた小春を見下ろした喜蔵は、小さな肩が震えていることに気づき、息を呑んだ。

「……今、申したことは――」

喜蔵が口を開いた瞬間、小春はばっと踵《きびす》を返し、裏に駆けていった。

「おい……！」

ハッとした喜蔵は、慌てて小春の後を追おうとしたが――。

「――ごめんくだされ」

表戸の向こうから声が響いた。

（こんな刻限に客か……）

喜蔵が蔵を覗いた時、すでに日が暮れかけていた。今はすっかり暗くなった頃だろう。

「もうし、もうし」

客はそう言いながら、コツコツ、と小刻みに戸を叩いた。急ぎの用なのかもしれぬ。喜蔵は裏の方を見遣った。すでに小春の気配はない。外に出ていってしまったのだろう。

「もうし……もうし……頼もう……」

段々と悲愴《ひそう》感を帯びてきた声音を聞き、喜蔵は頭をがしがしと掻き、溜息を吐《つ》いた。どしどしと歩き、勢いよく表戸を開くと、そこには小柄な男が立っていた。ぎょろりとした大きな目が、おどおどと揺れている。上を向いた鼻は潰れ気味で、口は小さく窄まっている。童子のような顔つきをしているが、歳はそこそこいっているのだろう。額と目尻と口許に、細かい皺がたくさん刻まれていた。

「……どうぞ」

喜蔵は眉を顰めつつ、頷いた。

客の男は、店に入るなりきょろきょろとした。

「何をお探しですか」

問うた喜蔵に、男は「腰をかけるところは」と言った。どれほど長居する気なのだ、と怪訝《けげん》に思う喜蔵を尻目に、男は表戸の横にあった木箱を見つけ、勝手に座った。

(……こんなものまで持ちだしおって)

蔵に置いてあったはずなので、小春が持ってきたのだろう。数刻前までと比べ、雑然とした印象に変わった店内を見回し、喜蔵は嘆息《たんそく》した。

「悩んでいるのだ」

突然話しだした男に、喜蔵は口をへの字にした。

「どうしても相手にしてくれぬ者がいる。懸命に励んでも、ちっとも怖がってくれぬ……そもそも、わしが見えておらぬのだ。こうして人に化けていなければ、存在が認識されぬ……江戸の頃ならば、きっとこんなことはなかった。徳川《とくがわ》が負けてから、世の中は変わった。そこに住まう人間も変わった。変わらぬわしらと変わった人間——辛《かろ》うじて重なり合っていた世が、どこかに消えてしまったのかもしれぬ」

「……何の話でしょうか」

喜蔵は嫌な予感がしつつ、問うた。俯いていた男はふと顔を上げ、大きな目をぎょろっと動かして答えた。

「わしの悩みを解決してくれるのだろう？」

「……ここは古道具屋ですが」

「それだけではあるまい」

断言した男に、喜蔵はますます嫌な予感を募《つの》らせた。

「相談に乗ってくれるのだろう？　わしはあの者を驚かせたい。だが、あの者はわしを相手にしてくれぬ……わしは真実の姿を露《あら》わにして、あの者をあっと言わせたいのだ」

それが妖怪の矜持《きょうじ》だ――と男は力強く語った。額に指を当てた喜蔵は、目を瞑《つむ》って深い息を吐いた。

「つまり……あんたは妖怪だと言うのか？」

「妙なことを訊《き》く。だから、ここに来たのではないか」

喜蔵の問いに、男は不思議そうに答えた。

（一体どうなっているのだ）

喜蔵は古道具屋だ。仮に古道具屋を廃業することになっても、悩み相談の類《たぐい》を受けなければならぬ商売などする気はない。ましてや、相手は妖怪だ。喜蔵はまた息を吐き、目を開いた。半目でじろりと睨むと、男は目を逸《そ》らし、そわそわと手を動かしはじめた。

「……その態度では、誰も驚かぬのではないのか？」

呟いた喜蔵に、男はハッと固まった。

「己より気弱な様子の妖怪と出会っても、俺も驚かぬだろうな」

「……強気で行けということか？」

「わざわざ強気にならずとも、隠している本性をすべてさらけ出せばいいだけだ」

「……そうか」

思案げに頷いた男を見て、喜蔵は踵を返し、奥に向かった。

（得心したようだ。これで帰るだろう）

悩みを解決してやる気もなければ、相談に乗ってやる気もない喜蔵は、適当に続けた。

「今後は遠慮せず、思いきり驚かせばいい。さすれば、悩みなど消えてなくなるだろう」

「……うむ……分かった」

感心したような返事に気をよくしながら、喜蔵は作業台に上がった。そこに胡坐《あぐら》をかいて座りかけ、ふと表戸の方を見遣った喜蔵は、カッと目を見開いた。

「な……!?」

何がどうなった――そう続けたかった言葉は、口に出すことはかなわなかった。喜蔵の目の前に、手足を窮屈《きゆうくつ》そうに折り畳んだ巨大な人間の姿があったのだ。俯いているため顔は見えぬが、身体つきや着物からして、たった今、喜蔵に相談をしてきた男のようだった。すでに店の半分以上を占めていたそれは、喜蔵が呆気に取られている間にどんどん大きくなっていく。

「ひょえ……！　潰される！」

「逃げろ！」

わあ、と声が上がったかと思えば、棚や台の上にいた付喪神や妖怪たちが、巨大な人間の隙間《すきま》を縫《ぬ》って表戸の外に出ていった。

「……待て！」

我に返った喜蔵は、立ち上がり、土間に下りた。表戸に向かおうとしたものの、男の巨体が邪魔で前に進めない。男の髪の毛を摑んだ喜蔵は、「おい！」と怒鳴った。

「先ほどの妖怪だな!?　なぜここで変化する！　お前が言っていた、『あの者』の前でやれ！」

くすり、と響いた笑い声に眉を顰めた喜蔵は、息を呑んだ。巨大な男が顔を上げたせいで、髪を摑んでいた喜蔵の身も持ち上がったのだ。

「おい、下ろ――」

喜蔵は言いかけ、目を見開いた。間近にある巨大な顔から、眉と鼻と、あのぎょろりとした目が消えていたのだ。たった一つ残ったのは、顔中に広がった大きな口だった。紫色の唇の隙間から、お歯黒を塗ったような真っ黒な歯と、血に染まったような真っ赤な舌が覗いた。

「驚いた！　はじめて驚いたな！　やった！　やったぞ！　やったやったー！」

喜び叫んだ男は、興奮のあまり、口しかない顔をゆらゆらと揺らした。髪に摑まっていた喜蔵も同じく揺れ、ぐらりと身体が傾いた。

「あ」

男が間抜けな声を上げた瞬間、喜蔵は男の大きく開いた口の中に落ちた。

「この馬鹿妖――」

罵りの言葉は、やはり皆まで言えなかった。にわかに暗くなった視界の中、喜蔵はどんどん落下していくのを感じた。このままでは、男の腹の中に入ってしまう――。

「……！」

その時、頭上から降ってくる一筋の光を見た喜蔵は、とっさに手を伸ばした。何とかそれを摑んだ瞬間、喜蔵の身体は見る見るうちに上に引っ張られ、あっという間に元いた場所――荻の屋の中に戻った。

「……くっ」

土間の上に叩きつけられた喜蔵は、呻きながら顔を上げた。そこには相変わらず巨大な男がいたが、口を押さえて俯き、震えていた。

「――よう」

低い声音で述べたのは、男の頭の上に乗っていた、派手な頭をした少年――小春だった。啞然《あぜん》とする喜蔵に嘲笑《ちょうしょう》を向けた小春は、顎《あご》を持ち上げて言った。

「いつまで握ってんだ、放せよ」

小春の視線の先を追った喜蔵は、己の右手を見てハッとした。男の口の中でとっさに摑んだ光は、小春の伸ばした爪だったのだ。

「お前……」

あんな言葉をかけた後だというのに、小春は助けにきてくれた。ぐっと詰まった喜蔵は、礼を言おうと口を開きかけたが――。

「うう……爪が喉《のど》に触れて少々痛むが……勝利の喜びに比べたら何ともない……！」

大声を出したのは、顔を上げた巨大な男だった。男の肩にひょいっと降りた小春は、腕をすっと持ち上げて言った。

「やったな、ひとくち！」

「ふふふ……小春殿のおかげだ！」

小春と男は楽しげな声を上げて、大小の手をぱちんと叩きあった。

＊

男――ひとくちが相談に来たのは、喜蔵と小春が言い争いをする少し前のことだった。

ひとくちは、数年前まで荻の屋に出入りしていた妖怪で、喜蔵のことを何度も化かそうとしていたという。

「あの手この手を使い、いくどとなく試みたが、喜蔵殿はちっとも気づいてくれなかった。人間の身に変化して驚かせにきたこともあったが、そこで化けても何の反応もせず、『うちは見世物《みせもの》小屋ではない』と言う……わしは悔しかった。どうしても化かしてやりたいと思い、化野《あだしの》まで修行に出かけた」

　数年後、浅草に戻ったひとくちは、荻の屋を覗いた。すると、そこには大勢の妖怪たちがおり、喜蔵と和気あいあい過ごしている。

「わしにはちっとも気づかなかったくせに……と哀しくなった。それ以上に悔しくなった。やはりどうしても化かしたかった。喜蔵殿のような恐ろしい人間は他にいない……喜蔵殿を驚かせたら、失った自尊心を取り戻せると思ったのだ。悩めるわしを救ってくれたのが、小春殿だった」

　人間の姿に変化したひとくちは、小春に羨望《せんぼう》の眼差《まなざ》しを向けて言った。

「話を聞いてやったら、どこかの閻魔商人にいじめられたというじゃないか。こりゃあ、可哀想だと思って、仕返しの方法を教えてやったんだよ」

　腕組みをした小春は、えらそうに胸を張って頷いた。

「……貴様」

　土間に座り込んでいた喜蔵は、小春を睨みながら低く唸った。

「……先ほどの腹いせのつもりか？」

「はて？　腹いせ？　何のことだ？」

　馬鹿《ばか》にしたように笑って答えた小春は、来た時と同じ大きさに戻ったひとくちの肩を叩いた。

「どうだ？　悩みは解決したか？」

「おかげさまですっかり心が晴れた」

清々しい顔をして言ったひとくちは、深々と頭を下げて荻の屋から出ていった。

「また何かあったら来いよ！　そん時は今回の礼を持ってくるんだぞ！」

ひょいっと外を覗いて叫んだ小春は、くるりと振り返って、ニッと笑んだ。

「俺に言いたいことがあるのなら、聞いてやらなくもないぞ」

えらそうに、と口の中で呟いた喜蔵は、土間で胡坐をかき、そっぽを向いた。

「………」

「え？　何だって？」

小春は耳の後ろに手を当てながら、喜蔵にずいっと近づいた。

「お、謝るのか？」

「どれほど恐ろしくても中身は人間だ。悪いことをしたら謝るに決まっている」

「人間が皆正しい行いをするとは限らんぞ。特に、あんなに顔の恐ろしい奴は……」

「何よ、顔はかかわりないでしょ。それに、喜蔵はあの怖い顔が可愛いんじゃない」

「前差櫛姫……目がひどく悪いんじゃないか？　目目連《もくもくれん》に目を二つもらったらどうだ？」

「前差にやるくらいなら、店主に渡した方がいいのではないか？　黒目がちの可愛い目の玉を入れたら、少しは人相もよくなるやもしれぬ」

好き勝手話しだしたのは、ひとくちが暴れた時、喜蔵を置いてさっさと外に出ていった妖怪たちだった。いつの間にか戻ってきたらしい。喜蔵がぎろりと睨むと、皆引きつった愛想笑いを浮かべた。

（……妖怪のくせに、軟弱者どもめ）

唇の下にぐっと皺を寄せた喜蔵は、小春のまっすぐな視線を避けつつ、ぼそりと述べた。

「しょうがないので許してやる」

「……はあ!?　言いすぎたと謝るんじゃないのかよ！」

驚きの声を上げた小春は、のけ反った。

「素直に謝れば許してやったものを……信じられん捻《ひね》くれ者だな！　だから綾子《あやこ》に袖にされるんだ。こんな有様じゃあ、初《はつ》にも愛想をつかされる……まあ、あれはあれで変な奴だけど……」

「何をぶつぶつ申しているのだ」

ぶすりとして述べた喜蔵に、小春は「べつに～」と言ってそっぽを向いた。唇を尖《とが》らせ、ますます子どもっぽい顔つきをした小春を見て、喜蔵は溜息交じりにゆっくり腰を上げた。ちょうどその時、裏の戸が開く音と、「ただいま」という声が響いた。

「……妹が帰ってきたようだ。飯にするぞ。鍋を運んでこい」

「妖怪使いが荒い！　今日の昼くらいまでは、血も涙もない閻魔商人とは思えぬほど優しくしてくれたのになあ」

にやにやとして述べた小春に、喜蔵はぶっきらぼうに「もうやらぬ」と答えた。

「気を遣ってやっても、碌《ろく》なことにならぬと分かった。すでに傷は癒えたのだろう？　働け。何もせず食い扶持《ぶち》を減らしていく者をただで養ってやる義理はない」

「そう言うと思って、さっそく働きはじめた」

えへんと胸を張った小春は、表戸の方を指差して言った。

「実はさ、蔵の片付けを終えた後、外に看板を出したんだ。ひとくちの奴はそれを見て俺に悩みを打ち明けたんだよ」

訳が分からず首を捻った喜蔵は、小春の笑みに嫌な予感を覚え、慌てて外に出た。表戸の横には、「荻の屋」と書かれた看板がある。喜蔵が生まれる前からあるそれの隣に、見覚えのない紙が貼りついていた。

(これが看板か？　ただの白紙ではないか)

チッと舌打ちした喜蔵は、紙を剝《は》がそうと手を伸ばしたが――。

「……おい、居候の役立たず。一体どうやって貼りつけた？」

隣にのこのこやってきた小春に、喜蔵は不機嫌《ふきげん》な声で問うた。

「糊《のり》も何もついてねえぞ。俺の力で貼りついているからな」

「妖力で貼りつけたとでも申すのか？」

「そっ。お前はどうも勘違いしているようだが、俺は力のすべてを失ったわけじゃねえからな。身体の奥底に眠っている力を頑張って出して、そこに込めたのさ」

「ただの白紙に力を込めるなど阿呆《あほう》め。さっさと剝がせ」

すげなく言い放った喜蔵に、小春は笑顔で首を振った。

「ただの白紙？　ふっふっふっ。やはり、お前には無理か」

　にやにやと悪戯っぽい表情を浮かべた小春に、喜蔵はまた嫌な予感がした。困ったことに、その予感は高い確率で当たる。

「こいつはさ、妖力のある者には読める仕様になってるんだ。そんでもって、力を込めた俺にしか剝がせない」

　寝耳に水の答えを聞き、喜蔵は一瞬固まったが、

「……何と書いてあるのだ」

　怒るのは答えを聞いてからだと思い、押し殺した声音で問うた。

「それは――」

「へえ、妖怪相談処《どころ》やて。ええもん見つけたわ」

　小春の言に被《かぶ》さるように、よく通る声が響いた。声のした方を振り返ると、そこには見覚えのある人物――否、鳥の姿があった。

「わての相談に乗ってや」

　ばさばさと羽ばたきながらそう言ったのは、裏長屋の大家の家に住まう九官鳥《きゅうかんちょう》の姿をした妖怪・七夜《しちや》だった。

二、みつぼし

妖怪相談処――そう書かれているらしい白紙を見た九官鳥の形《なり》をした妖怪は、ふうんと鼻を鳴らした。

「小春坊《ぼん》、他妖の相談聞くんが趣味なん？　はじめて喜蔵坊んとこ落ちてきた時も似たようなことやってたやろ？　ほんま妖怪らしゅうない……あ、これはあかんかったな。今の小春坊、妖気がすっからかんやさかい。ほんまのこと言《ゆ》うてすまん。堪忍してな」

アハハと笑い声を上げた七夜は、優雅に羽ばたいて荻の屋の中に入っていった。

「しばらく見いひんうちにえらい賑《にぎ》やかになったなあ。けったいなもんぎょうさん集めてどないしたん？　宗旨変えしたんか？」

店の中を見回し、くるりと振り向いた七夜を、戸外にいる喜蔵と小春はじろりと睨んだ。

「何や、おっかない顔して。幸せが逃げてくで。喜蔵坊は特にあかん。夜道でそないな面した奴と会《お》うたら、皆気失うわ。相手が妖怪でも尻尾《しっぽ》巻いて逃げてくで。わてみたいにいつも明るく笑《わろ》うてたら、少しはこの貧乏店にも福が舞い込むと思うで。ほら、お手本はこうや。こないな風に笑うてみ」

七夜は黄色い嘴《くちばし》をぱかっと開き、ケエーと鳴き声を上げた。

「お前はやるなよ！　九官鳥の真似《まね》なんかしたら、いよいよ人じゃないと思われるぞ！」

七夜と喜蔵を見比べた小春は、青い顔をして述べた。答えるのも馬鹿馬鹿しく思った喜蔵は、溜息を吐きながら店の中に入った。小春も後に続いたが、喜蔵が剝がせと命じた紙は外に貼りつけたままだった。

「こんな刻限に何のつもりだ。どうせ下らぬ用だろう。さっさと帰れ」

「冷たいなあ、喜蔵坊は。そない遅くないやろ。まだ暮六つやで。妖怪には朝同然や」

「人様に飼われている身のくせに妖怪面するな」

「あんたこそ人間のくせにその妖怪面やめてや。皆怖がってるやないか」

ああ言えばこう言う烏《からす》だ、と喜蔵はむっと顔を顰めた。

「……おい、何で俺の頭に乗るんだ」

「これ、小春坊の頭かいな。止まり木かと思うたわ。似てるから一寸貸してえな」

小春の頭に止まった七夜は、首を傾げて店内をぐるりと見回すと、目を眇《すが》めた。

「……うーん？　何やろ……この妙な感じ……」

「何やろじゃねえ、降りろ！」

暴れる小春を無視して、七夜は再び店内を見回した。違和感を覚えているようだが、その正体が分からぬらしい。

「用件を言え。なければ即刻追いだす」

作業台に腰かけた喜蔵は、腕組みをして低い声音を出した。

「妙な感じについては訊かんのかいな。まあ、ええけど……わての用はご主人や。又七《またしち》さんのことで相談があんねん」

七夜は常通りの軽い調子で述べた。

「おいおい、ここは妖怪相談処だぜ？　人間のことは人間に相談しろよ。お前、人間に変化できるんだろう？」

小春が上目遣いで問うと、七夜ははたと気づいたような顔をして呟いた。

「あれ……わて、鳥の姿のまま外に出たんかいな」

「鳥が夜飛んでいると変に思われるぞ」

「そんくらい分かっとる。夜、人目がある刻限に外行く時は、いつもちゃんと人の身に変わるんや。今日はたまたま……ご主人のこと考えてたせいで気が回らんかったんや……」

七夜は顔を背けながら、ぼそぼそと述べた。珍しく弱々しげな様子に、喜蔵と小春は顔を見合わせた。

「お兄ちゃん、お客さん？　お夕飯召し上がるかしら？」

くま坂から帰ってきた深雪が、土間から声をかけた。

「客ではない――」

鳥だ、と言いかけた喜蔵の声は、どしんっという音でかき消された。喜蔵は目を白黒させた。瞬《まばた》き一つの間に、九官鳥が人間の男へと変化したからだ。

「……いってええ！」

呻き声を上げた小春の上には、黒い着物を着た男が座っている。

「すごい音がしたけれど、どうしたの!?」

慌てて駆けてきた深雪は、小春の上からさっと立ち上がった男を見て、きょとんとした。

「お相伴に与《あずか》ってもええですか？　あ、わては七夜と言います。よろしゅう頼んます」

手もみしながら述べた七夜は、誰の了承も得ぬままそそくさと居間に上った。


「……相談しにきたんじゃねえのかよ」

鯖の味噌煮《みそに》を頬張りながら文句を述べる小春を、喜蔵はじろりとねめつけた。

「口に物を入れて話すな。みっともない」

「だって、こいつ俺の上に思いっきり乗りやがったんだぜ!?　こんないたいけな子どもを乱暴に扱いやがって……まったく碌でもねえ鳥野郎だ」

小春は怒った顔をしつつも、食べるのも喋るのもやめない。鯖の味噌煮と白飯を交互に口に入れては、ぶつぶつと文句を言った。

「行儀悪いなあ、小春坊。口からぽろぽろ米粒落ちたで。もったいない」

「拾って食べるからいいんだ！　それより、謝れ！」

「ごめんなあ、小春坊。わてが上乗ったくらいでぺしゃんこになるなんて思わんかったさかい。ほんま貧弱になってもうて、わてても涙が――あ、まるで出てけえへんわ」

「本っ当に腹立つな、お前！」

にこにことしながら嫌みを述べる七夜は、存外綺麗な箸《はし》遣いだった。魚の骨を取るのも、炒《い》った豆をつまむのも上手《うま》い。

「化けるようになって長いのか？」

「な、何言うてんねん！　わては人間やさかい……」

喜蔵の問いに引きつった笑みで答えた七夜は、深雪をちらりと見た。

「あら……じゃあ、七夜さんは元々人だったのに、九官鳥の妖怪になったんですか？」

「へっ!?」

素《す》っ頓狂《とんきょう》な声を出した七夜は、小春と喜蔵をキッと睨んだ。

「坊たち、勝手にわての正体喋ったな！」

「俺は言ってねえよ。喜蔵だろ」

小春の答えに、喜蔵は首を横に振る。

「俺がわざわざ鳥の話などすると思うか？」

そりゃあそうだと頷いた小春は、店の方を見て問うた。

「お前らのうちの誰かじゃねえの？」

「俺だ」「あたしよ」「わしだな」と返ってきた答えに、七夜は盛大な息を吐いた。

「ここん家の付喪神は皆おしゃべりや……同族の正体わざわざ暴露するなんて、どうかしとる。小春坊が気に入って居つくだけあるっちゅうことか。ほんま妖怪らしくないわ」

「こ奴が妖怪の出来損ないなのは知っている。さっさと用件を話せ」

「何だと!?」と声を上げる小春を無視して、喜蔵はじっと七夜を見据えた。

「ほんま喜蔵坊は容赦《ようしゃ》ないなあ。もっと、優しくしてくれたってええのに。うちのご主人みたく……いや、あれはあれであかんのか」

また溜息を吐いた七夜は、箸と茶碗を箱膳《はこぜん》の上に置いた。

「大家さんに何かあったんですか?」

深雪が気遣わしげな顔をして問うと、七夜はこくりと顎を引いた。

「もう半月くらいになるやろか？　毎夜出かけていくんや。夕飯が終わって、そろそろ寝るいう時に、こっそり外に出ていきはってな……」

「へえ、又七もやるなあ……あんなに好々爺然《こうこうやぜん》としておきながら、遊所通いとは」

感心したように述べた小春を、七夜はじろりとねめつけ、「阿呆」と言った。

「ご主人には奥さんがいるんや。そないな真似せえへん」

「お前、案外純情なんだな。人間の男は不貞を働いて一人前だと言われるらしいぞ」

「そないなこと言うてへん。奥さん怒らしたらあかんいう話をしとんねん！……ああ、怖。想像しただけでさぶいぼが立ったわ。奥さん優しいけど、怒るとほんまあかんねん。そこの閻魔商人とええ勝負なんやで！」

七夜は鳥肌が立った腕を見せながら、震える声で述べた。

――大家さん、また何かやっちゃったみたいだねえ。え？　あれは誰かを待っているんじゃないよ。奥さんに怒られて外に立たされたのさ。あの家はかかあ天下だもの。それで上手くやってるんだよ。大家さんはいい人だけど、一寸頼りないところがあるからねえ。奥さんの鬼っぷり――いや、毅然《きぜん》としているところと合わさってちょうどいいのさ。

又七が恐妻家だという噂は、近所に住んでいれば皆、一度は耳にしたことがあるはずだ。人付き合いの少ない喜蔵でさえそうなのだ。今日の昼間、井戸端にいた者たちなどは、きっと嬉々として話しているに違いない。

ぶるぶると震える七夜を見て、喜蔵たちは顔を見合わせた。妖怪をこれほど怯《おび》えさせる又七の妻は一体どんな女なのだろうか――皆疑問に思ったが、訊《たず》ねる者はいなかった。

「大家さんはそんな遅くにどこに行っているんでしょうね？」

話を元に戻したのは、頬に手を当てた深雪だった。

「……蕎麦《そば》屋や」

七夜は神妙な顔をして、低い声音を出した。

「蕎麦屋？　夕飯食った後なんだろ？」

鍋に残った味噌汁を椀の中に入れつつ、小春は呑気《のんき》な調子で言った。

「もしや、飯が足りず……」

「あ、妻からの兵糧攻めか！　そいつはきつい！」

喜蔵と小春のやり取りを見た七夜は、「何言うとんねん」と冷ややかな声を発した。

「奥さんはできた人や。毎食美味いもん作って、ご主人に出しとる。ご主人は美食家やからな。そらもう嬉しそうに食べとるわ」

「それならなぜ蕎麦屋に行く？　毎夜食べたくなるようなものでもあるまい」

喜蔵が眉を寄せて述べると、

「分からへんから相談しとるんやろ！」

と七夜は苛立った声音を発し、畳をドンッと叩いた。びくりと身を震わせた深雪を見て、七夜は小声で「すまん」と謝った。

「……その蕎麦屋な、ご主人以外誰もいいひんのや。客だけやなく、店主もな。誰もいいひん蕎麦屋に、できたての蕎麦が置いてあんねん」

「気味が悪い」と眉を顰めて言った喜蔵に、七夜はこくりと頷いた。

「気味が悪いんは、それだけやないんや。その蕎麦屋がある場所な……一寸昔やけど、人が死んでるらしいねん。それも、真夜中にたった一人きりで……」

「え……!?」

驚いた声を上げたのは、深雪だった。七夜はまた顎を引き、三人を見回して続けた。

「人死にが出た薄気味悪い場所に、誰もいいひん蕎麦屋が出て、夜な夜な食いに行く人のことどう思う？　誰にも告げんと、黙って行くんやで。半月もの長きにわたって、毎夜のように……何かに憑かれてるとしか思えへんやろ!?」

拳を握って声を張った七夜に、小春は椀を片手に言った。

「確かにおかしいわな。けどさ、昨日見かけた又七は、特別変わった様子がないように見えたぜ？　半月も憑かれてるなら、流石に今の俺でも分かると思うけどな」

「……普段はいつもと変わらへんのや。それがますますおかしい言うねん。わては普段鳥やさかい、『ご主人何で毎晩蕎麦屋に通ってるんや？』なんて訊けへん。人間の身に化けて訊ねても、見ず知らずの男に答えてくれへんやろ？」

「そういや、又七はお前の正体を知らないんだっけ？」

味噌汁をあっという間に飲み干した小春は、膨《ふく》らんだ腹を擦りつつ訊ねた。七夜はむっとした表情を浮かべ、不機嫌に答えた。

「知ってるわけないやろ。……この際言うとくけどな、ほんまはあんたも正体隠さなあかんのやで。たまたま受け入れてくれる人間たちやったからええけど、そうやなかったらどないしてたん？　上手くやるにはな、隠して付き合うんが一番ええんや」

ふうん、と呟いた小春は、ちらりと喜蔵を見上げた。

「お前、俺のこと受け入れてるか？」

「なぜ俺がお前のことなど受け入れなければならんのだ」

仏頂面で答えた喜蔵に、小春は腕組みをして「だよなあ」としみじみと頷いた。

「受け入れられてるなんて感じたこと一度もねえもん」

「そら、あんたが情をもらってばかりやからや。他人の好意に鈍くなってんねん。妖怪や人間やいうけど、所詮《しょせん》同じものや思うで。自分と違うもんは受け入れられんのが普通なんや。一寸でも気に食わんことあると、いらんて切り捨てる。殺生な生き物なんや」

「それのどこが悪いんだ？」

きょとんとして問うた小春に、七夜は一瞬黙り込んだ。

「……そういう生き物やいうんは覚えとけっちゅうだけや。痛い目に遭《お》うても知らんで」

「へえ、お前が他妖に口出すとはなあ。随分とお優しくなったんじゃねえか？」

からかうように述べた小春を、七夜はぺしっと叩いた。二度、三度と続けて額を叩かれた小春は、「何すんだよ！」と腕を振り回して暴れた。

「小春坊がはよ解決してくれへんからやろ！　あの看板は偽りなんか!?」

「お前がさっさと相談しないからだろ!?　切羽《せつぱ》詰まってるなら、他人の家で飯なんか食ってないで又七のとこ行きゃあいいじゃねえか！」

「夕餉食ってからやないと外出えへんから、これでちょうどええんや！　わては賢い鳥やさかい、ええ頃合いを狙ってたんや。ほな、そろそろ行くで！」

ようやく小春を叩くのを止《や》めた七夜は、さっと立ち上がって店に出ていこうとした。その腕をガシッと摑んだのは、喜蔵だった。

「他人様《ひとさま》の家でただ飯を食らっておきながら、片付けもせずに行く気か？」

「ひっ……じょ、冗談に決まってるやろ？　お茶目な一面を見せたかっただけや。さ、はよ片付けるで！　嬢ちゃん、それもええか？」

深雪が返事をする前に、七夜は深雪の手から鍋を奪い取り、いそいそと土間に下りた。

「そうそう、ただ飯食らいは駄目だ。ついでに流しも綺麗に掃除しろよ」

小春は土間を覗き込んで言った。そんな小春の横に立った喜蔵は、派手な色合いの頭の上に箱膳を置き、低い声音を出した。

「──己に言っているのだな？」

こくこくと頷いた小春は、箱膳を抱え、土間に駆け下りた。

＊

「お前……嘴が黄色いのだな」

今まさにその嘴で額を突《つつ》かれようとしている中、男は呑気に呟いた。

「烏かと思ったが……九官鳥という奴かな？　はじめて見たよ」

（何やこいつ……生きとったんか）

七夜は嘴を引き、首を傾げた。

道端に倒れている男を見つけたのは、四半刻前のことだった。近くの木の枝に止まっていた七夜は、しばらく男の様子を眺めてから地に下りた。男の顎に足を掛け、じろじろ顔を覗き込んだ結果、七夜は（しゃあないな）と思った。七夜は普段人肉を口にしない。だが、飢えているなら話は別だ。

（食えるもんなら何でもええわ）

七夜は長らく京や大坂《おおさか》に拠点を置いていたが、故《ゆえ》あって江戸に来た。西に飽きた――突然そう思ったのだ。これまでの生活を捨てることに何の感慨も浮かばなかった。妖怪は根無し草だ。どこで生きようと大差ない。どう生きるかだ、と七夜は常々考えている。思いつきで来た江戸は、想像していたよりも楽しいところではなかった。

（将軍さんがいるところとは思えへんほど田舎《いなか》や！）

江戸城やその周囲にある武家屋敷は流石に立派だ。寺社仏閣《ぶつかく》や庭園など、名所がないわけでもない。しかし、花の都である京にいた七夜には、どれも地味に映った。特にそう思ったのは、人間だった。

（着物や髪型はそない変わらへんのに、何であない野暮《やぼ》ったくなるんや？）

強いて言えば、醸《かも》しだす雰囲気だろうか。七夜がこれまで接してきた者たちは、商人も町人も皆どことなくきらびやかだった。江戸の人間はその反対で、どことなく地味に見えた。人間は妖怪と違って妖気はないが、人気《じんき》というものがあるならその差だろう。江戸に来て早々それに気づいた七夜は、がっくりとない肩を落とした。

七夜は他の妖怪と同じく、楽しいことや面白いことが好きだった。人間と違い、妖怪は生きるための金を稼ぐ必要がない。好きなように生きて、好きなように死ぬ。一見楽なように見えるが、妖怪の好きなことの一つは戦いだ。その半数はそれに命を懸ける。つまりは、戦って死んだり、巻き添えを食って死ぬことが日常茶飯事だった。

（まあ、戦って死ねるんは、妖怪の本望やろうけど）

江戸に来て半月、七夜は飢えで死にかけていた。京坂にいた頃は、人間も妖怪も七夜の知己《ちき》だった。人間からは餌《えさ》を、妖怪からは食事を分けてもらうのが当然だった。それに慣れきっていたせいで、七夜は知らなかった。

（飯っちゅうのは、待ってて出てくるもんやないんか……）

江戸の人間は警戒心が強く、見慣れぬ形をした七夜に近づく者はいなかった。餌をもらうどころか、「薄気味悪い」と避けられる始末である。待っていても駄目なら、自ら取りにいくしかない――江戸に来て半月経った今、七夜はようやく悟った。腹の中は空っぽだ。商家通りに向かい、店先にある食べ物を失敬しようかと思ったが、先ほど日が暮れたばかりだ。店はもう開いていないだろう。

明日まで待つしかないが、それまで腹は持つだろうか？――思わず溜息を吐いた時、七夜は数間先に倒れている男を見つけた。

「お前、嘴で額を叩いて起こしてくれようとしたのか？」

（違うわ。頭かち割って、脳みそ喰うてやろうとしたんや）

「おかげで目が覚めた……『こっちだよ』と誰かの呼ぶ声がするので、この辺をずっとうろうろしていたんだ。けれど、どこにも相手の姿が見えなくてね。『ここだよ』という声が聞こえて見上げたら、屋根の上にびっしりと身の丈四、五寸の、鎧《よろい》を纏《まと》った小さな者たちがいてね。目が合うと、『こ奴が本日の本丸だ！』と叫び声を上げて飛びかかってきたんだ。……気づいたらここで寝ていたわけだから、あれは白昼夢だったんだなあ」

笑って言った男に、七夜は嘴をぱかっと開け呆然とした。

「夢といえば、この前も見たよ。庭で草むしりをしている時、うたた寝してしまったようでね……蟻《あり》が掘ったと思《おぼ》しき穴から、次々に骨が出てきたんだ。何の骨なのか分からないが、手やら足やら胴やらがじゃらじゃらと出てきた。不思議なことに、それぞれに口がついていているんだ。『ああ、やっと出られる、出られるよ。皆出てこい。また一つになって暴れよう』と歌っていたなあ。骨が喋るのは怖かったが、夢だったのならただの笑い話だ」

ふふふ、と忍び笑いをした男に、七夜はますますぽかんとした。

（……あんたそら夢やないで）

男が見たのはどれも本物の妖怪だ。空腹のせいで気づかなかったが、男の身には妖気が染みついていた。ぱっと感じる限り、一種だけではない。妖怪を見やすい性質なのだろう。

「うちの梁《はり》の上をよく走っている、人間の顔をした狒々《ひひ》がいるんだが、あれも私の夢なんだろうね。面白いね、狒々なんて縁もゆかりもないのに夢に出てくるなんてさ。そういえば、数年前まで住んでいた家にも人面の獣がいたなあ……あちらは狒々じゃなく、鼬《いたち》のような見目をしていたが。私は昔から変な夢ばかり見るんだ」

（せやから、それも夢やないわ……現や、現！）

七夜はクルルルと鳴いた。人語を発しそうになったが、いくら九官鳥といえど、流《りゅう》暢《ちょう》な会話をしたら妙に思われる。話すだけ話して満足したのだろう。ようやく起き上がった男は、七夜を腕の中に抱き、「よしよし」と頭を撫でた。

「見ず知らずの私を起こしてくれるなんて、お前はいい子だなあ……うちにおいで」

（こいつ、あかんわ）

己を喰おうとしていた妖怪を自ら懐の中に招き入れた男を見上げて、七夜は確信した。

＊

「——鈍い又七が心配になって飼われてやることにしたってわけか？」

蕎麦屋に向かう道中、七夜が話した又七との出会いを聞き、小春は欠伸《あくび》交じりに言った。

「これやから小春坊はあかんな。わては不憫《ふびん》に思うただけや。ご主人はほんま鈍いお人や。あのままやったら、そのうち妖怪に化かされて死んどったはず」

「だから、それを可哀想に思ったんだろ？」

「わてが憐《あわ》れに思うたんは妖怪たちの方や。あんたも妖怪の端くれなんやから分かるやろ。化かしたのにちいとも驚かん人間をどう思う？　一妖なら許したわ。けどな、ご主人は桁が違う。あん時で五十はいってたんやで。そんでも気づかへんかったんや」

（……鈍いにもほどがある）

黙って聞いていた喜蔵は、又七の鈍感さに辟易《へきえき》した。

「あないな鈍い人間化かして殺しても何の得にもならへん。ただの名折れや。同じ妖怪として見過ごすわけにはいかんやろ」

「最初は――だろ？」

小春は茶化すでもなく、淡々とした声音で問うた。ぐっと詰まった顔をした七夜は、俯いてぶつぶつと述べる。

「……時っちゅうもんは残酷《ざんこく》や。共に過ごす時が長ければ長いほど慣れてくる。ずっと一緒にいるつもりなんてなかったんや。しばらく遊んで飽きたら違うとこ行こ思うてた」

そう考えているうちに、三十年もの月日が過ぎた。若々しい身に輝く瞳をした男も、今や白髪の老爺《ろうや》に変わった。

「わては変わらへんのやから、ほんま不公平や」

「人間になって共に歳を重ねたかったのか？」

「何でわてが人間にならなあかんねん。どうしてもいうならご主人がなればええんや」

殊勝な態度はどこにいったのか、七夜は胸を反らせて偉そうに答えた。

「お前な……又七のことが好きなのかそうでもないのかはっきりしろよ」

「好き嫌いやないわ。あの人はわてのご主人なんや。あと何年生きるか知らへんけど、せいぜい長生きしてもらわな困るんや。急に死なれたら、どこで飯食えばええねん！」

「結局飯の心配かよ！」

わあわあ言い合う二妖の後ろを歩きながら、喜蔵は深い息を吐いた。

――よく分からないけれど、大家さんが心配だわ。お兄ちゃん、小春ちゃん、七夜さんを助けてあげて。

妹の言葉がなければ、喜蔵はわざわざ妖怪からの頼まれごとで出かけなかっただろう。

「……すべてはこ奴のせいだ」

小さな背中を睨みながら、喜蔵はぼそりと述べた。

「何か言ったか――うわっ、何だそのおっそろしい顔！　鬼が現れたのかと思ったぞ！」

振り向いた小春は、喜蔵の顰め面を見て大げさにのけ反った。

「ほんまや、怖っ！　喜蔵坊の祖父《じい》さんも強面《こわもて》やったけど、ここまでやなかったで」

「こいつの曾祖父《ひいじい》さんも大概悪人面だったけど、愛嬌はあった。そもそも、こいつより怖い顔した人間なんて見たことねえ」

「薄々思うてたんやけど……喜蔵坊、ほんまは鬼の落とし子なんやないか？」

「それか、鬼が自分の子と人間の子をすり替えたか？」

「ほな、人間の子が鬼んとこにおるんか！　そら面白……可哀想やな！」

先ほどまで喧嘩していたのが嘘のように、二妖は楽しげに話しながら歩いている。

（……さっさと終わらせて帰らねば）

また息を吐いた喜蔵は、又七を見つけたら問答無用で引っ張って帰ることを心に誓った。

四半刻ほど経って、七夜は足を止めた。

「……道を間違えたのではないか？」

喜蔵は辺りを見回しつつ、眉を顰めて言った。

「何度も来てるさかい間違いあらへん。ここやここ」

自信満々に答えた七夜は、両手を広げて掲げた。そこは、彦次が住まう割長屋《わりながや》と、小春、喜蔵とも縁の深い弥々子《ややこ》たち河童《かっぱ》がいる神無川《かんながわ》の間に位置する土手だった。下に流れている川は、神無川と繋がっている。

「川面《かわも》に向かって大声で叫べば、弥々子の奴来るかもしれねえぜ。呼ぶか？」

「姐《ねえ》さんに借り作るんは嫌や。尻子玉《しりこだま》抜かれたらかなわん……そや、あの辺に隠れとこ」

ぶるぶると首を横に振った七夜は、近くの雑木林を指差して言った。

「何から隠れるのだ。誰もおらぬではないか」

「そろそろご主人が来る頃や。気づかれたら事やろ。ほな、早う」

又七を見つけ次第連れ帰ろうと思っている喜蔵は、「否」と答えた。

「何でやねん！　駄々こねへんで言うこと聞いてや！」

七夜は喜蔵の腰に抱きつき、ぐいぐいと引っ張った。その力強さに七夜が妖怪であることを思いだした喜蔵は、腰を落とし、ぐっと踏ん張った。

「ふんぬううう……動かへんっ！」

七夜は顔を真っ赤にして唸った。勝った――と思ったが、

「――くっ」

にわかに身体が動き、喜蔵はたたらを踏んだ。七夜の力が優《まさ》ったわけではない。当妖はその場に尻餅をついて喜蔵から手を放していた。

「……妖力は使えぬのではなかったのか？」

「だから、お前は勘違いしてるんだって。こんくらいなら朝飯前だ」

いつの間にか七夜が示した木陰に立っていた小春は、赤い目をして喜蔵を手招いた。元猫股の小春は、手招きするだけで人や妖怪をおびき寄せる力を持っている。妖力を使う時、その目は赤色を帯びるのだ。

「招き猫やな、小春坊」

とことこと小春の方に歩きだした七夜は、八重歯を見せて笑った。

「俺はもう猫じゃねえっての」

「鬼でもあらへんやろ、今となっては」

「うるせえなあ！」

頬を膨らませた小春は、あと一歩で喜蔵が木陰に着くというところで、乱暴に手招きした。地に倒れ込んだ喜蔵はすみやかに立ち上がり、小春の頭を両の拳でぐりぐりと押した。

「いたたたたたっ！」

声を上げた小春の目尻に涙が浮かんだ時だった。

「――来た」

歩いてきた道を指差し、七夜は密やかな声を出した。七夜の指先を追うと、そこには行《あん》灯《どん》を持ってゆったり歩いてくる老人がいる。

「隠れろ！」

小声で叫んだ小春はさっと屈み、喜蔵の着物の裾《すそ》をぐいっと引いた。七夜も同じことをしたので、喜蔵は仕方なくしゃがみ込んだ。三人固まって木陰に潜《ひそ》んで間もなく、老人が喜蔵たちの前を通りすぎた。

（……本当に来た）

ちらりと見えた横顔は正しく又七だった。

「蕎麦屋がないのに、どこで蕎麦を食べるのだ？」

道を覗き込んだ喜蔵は、どこにも蕎麦屋がないことを確認し、振り返って七夜に問うた。七夜は難しい顔をして、首を横に振った。

「きっともう出とる」

「もう出ている？」

喜蔵が訝しんだ時、道を覗いた小春が「あ」と声を漏らした。

小春の口を手で押さえつつ、喜蔵も道を見た。

「蕎麦屋だ……！」

土手の上に、「七」と書かれた看板が掛かった蕎麦屋がぽつねんと建っていた。

（……一体どこから湧《わ》いた？）

背筋にぞくりと悪寒が走った。目を離したのは一瞬だ。屋台を引いてきたにしては音がしなかった。何より、それは屋台にしては立派で、台車がついていない。押したら倒れる張りぼてでないことは、遠目からも分かった。行灯も提灯《ちょうちん》もついていないが、その店は蕎麦を食うのに困らぬくらい仄《ほの》かに明るかった。

（今、人影が……気のせいか）

一瞬、明かりの中に、誰かがふと過ぎったように見えた。そんな不気味な蕎麦屋に、又七はゆったりとした足取りで近づいていく。まるで、そこに吸い寄せられているかのようだ。じっくり眺めても、店の中には誰もいない。だが、やはり何かの気配を感じ、喜蔵はごくりと唾《つば》を呑み込んだ。

「へえ……明治の世になったってのに、燈無蕎麦《あかりなし》かよ」

喜蔵の手を払いながら、小春は感心したように述べた。その時、ちょうど又七が蕎麦屋の前に立った。そこには湯気の立った蕎麦が置かれている。だが、肝心の店主はいない。

「燈無蕎麦とは何だ」

「本所《ほんじょ》に伝わる七不思議の一つさ。今、目の前にある店のように、無人の蕎麦屋が夜な夜な開いて、人を誘い込むんだ……まあ、無いのは人だけで、本当はよう――おわっ！　何だよ！」

小春の説明を中断させたのは、小春の胸倉を摑んだ七夜だった。

「早《はよ》う何とかしてや！　ご主人、今日も食う気や！」

七夜の言う通り、又七は椀を引き寄せ、箸を手にしたところだった。

「あの蕎麦が変なもんやったらどないするん!?」

「あれが変なもんだったら、又七はとっくにおかしくなってるだろ。美味そうな匂いしかしねえし、別段毒じゃなさそうだぞ。ここはもうちょい様子を見て――」

「ぐうう……もうええわ！　埒《らち》があかんっ！」

叫んだ七夜は、小春からばっと手を放すと、勢いよく道に飛びだした。

「おいおい……半月も我慢したってのに、ここで出ていくのかよ！」

小春は慌てて止めたが、頭に血が上った七夜は聞こえなかったようで、ずんずんと蕎麦屋の方に向かっていった。

「……一寸あんた！」

蕎麦屋の前に立った七夜は、蕎麦を食べている又七に向かって叫んだ。

「何考えてんねん！　急に店がぽっと湧くんもおかしいし、誰もおらんのに蕎麦出てくるんも変やし、こない辺鄙《へんぴ》なとこに蕎麦屋があるんも妙やし、何よりここは死人が出た場所……あんた、聞いてんのか!?」

ずるずると蕎麦を啜《すす》る音が響くばかりで、又七は振り返りもしない。

「あ、あんたなあ……鈍いにもほどがあるで！　そない鈍いからいつも騙されんねん！　昔っから色んな奴にならなわれてんのにまったく気づいてへん。鈍い！　鈍すぎる！　あんたはええわ。困るのはこっちで――」

「ご馳走《ちそう》さま」

箸を置き、手を合わせて言った又七は、くるりと振り返った。

「ま、またこないな刻限に全部食って……太るで！　丸々太らされて喰われたらどないすんねん！　ただでさえ美味そうなんやから、それ以上太ったらあかん！　喰われてまうで！」

「お前、変な心配してんだな……」

呆れ声で述べたのは、蕎麦屋の近くまで来た小春だ。喜蔵も渋々その後に続く。

「おや、小春ちゃんに喜蔵さん。あんたたちも蕎麦を食いにきたのかい？」

又七はのんびりと言った。

「そないなわけないやろ！　あんたの目覚ますためや！」

「私は起きているよ」

「寝ぼけてた方がよかったわ！　正気なのにこないなことして……何のつもりやねん！」

「どうして怒っているんだろう……あんたも蕎麦を食うか？　きっとあんたの分も――」

「いらんわ！」

くわっと嚙《か》みつくように述べた七夜は、その場で地団太を踏んで手をばたつかせた。

「おお、鳥が暴れてるみてえ」

「人間に化けても面影はあるのだな」

小声で言い合う二人を、七夜は振り返ってキッと睨んだ。

「ぼさっとしとらんで、どうにかしてや！」

「どうにかと言ってもなあ……なあ、あんた毎夜その蕎麦食って、大丈夫なのか？」

ぽりぽりと頰を掻きながら、小春は又七のそばに行って問うた。

「夕餉を控えめにしているからちょうどいいよ」

「……まあ、大丈夫ならいいけど。何でこんなとこまで蕎麦を食いにくるんだ？」

「この店の蕎麦がどうしても食べたいからさ」

「そ、そんなに美味いのか……!?」

俄然《がぜん》興味を示した様子の小春を睨みつつ、喜蔵は深い息を吐いた。

「もう二度とここには来ない方がいいと思います」

重々しく述べた喜蔵に、又七は驚いた顔をした。七夜はほっとした表情を浮かべ、小春はうんうんと頷きつつ言った。

「ま、ついおちゃらけちまったけど、喜蔵の言う通りだな。どう見ても怪しい……怪しすぎる！　もうここには来るなよ。腹壊すだけじゃ済まねえぞ」

「腹は壊してないよ」

小春の忠告を笑った又七は、懐から財布を取りだし、中を探った。

「また金払う気や！　そないなことする必要ないやろ！」

「なぜだい？　私はただ飯食らいをする趣味はないよ」

「おかしいやろ、妖怪相手に――」

七夜は途中で言葉を止め、きゅっと唇を噛んだ。又七は妖気を察する力がない。これまで散々からかわれてきたというのに、一向に気づく様子もない。それは、七夜が又七を助けつづけてきたおかげでもあるのだろう。

（こ奴は又七さんに妖怪のことを知られたくないのか……）

だからこそ、半月もの間、後をつけてきたというのに、又七を止められなかったのだろう。にわかに飛びだし、「やめや！」と叫べば、家からつけてきたことが露見し、正体を勘付かれてしまうかもしれぬ。三十年もの間、自分の正体を隠してきた七夜だ。露見したくないが、又七を助けたい――複雑な気持ちを抱えているのだろう。

（……ここにも妖怪らしくない妖怪がいた）

嘆息した喜蔵は、再び又七に同じ言葉を述べた。

「ここには二度と来ない――それは約束できませんか」

「喜蔵さんには悪いけど、止める気はないねえ」

又七は困ったような微笑を浮かべて言った。

「今は異変を感じていなくとも、これから起きるかもしれない。命にかかわるようなことがあったら、どうするつもりですか？」

喜蔵の問いに、又七はしばし逡巡《しゅんじゅん》して答えた。

「そんなことはないと思うが……人間、いつ死ぬかは分からないものだからね」

「何やねん、それ……」

ぼそりと述べた七夜は、唇を噛みしめ、俯いた。泣きだしそうな顔の七夜を横目で見つつ、喜蔵は蕎麦屋の柱に触れた。

「……しようがない。頑丈そうではあるが、何とかなるだろう」

呟いた喜蔵は、小春を見て言った。

「この店を壊すぞ」

「へ……」

驚きの声を上げたのは又七だった。七夜も目を瞬《しばた》き、口をぽかんと開けた。

「なるほど。店がなけりゃあ、来られねえもんな。お前にしちゃあ名案だ」

ぽんっと手を叩いて笑った小春は、「じゃあさっそく」と言いつつ、腕まくりした。

「壊す……？　何を言っているんだい……？」

又七はまだ状況が読めぬようで、ぽかんとしながら言った。彼に視線を向けられた七夜は、顔を背けつつ、「わてもやる」と言いだした。

「よし、三人がかりならすぐぶっ壊せるな！　木っ端《こっぱ》みじんにしてやるぞっ」

応《おう》！　と声を上げたのは小春自身だけだったが、喜蔵も七夜もやる気に満ちた目をしていた。皆の本気を悟った又七は、にわかに焦りはじめた。

「や、やめてくれ……！」

又七は両手を広げ、皆の前に立ちふさがった。しかし、小春と喜蔵はそれをひょいっと避《よ》けて、近くに落ちていた石や枝を拾い、蕎麦屋に向けて振りかぶった。

「駄目だ……これはあの子の大事な店なんだ……やめてくれー！」

又七が叫んだ時、土手の方から物凄《ものすご》い勢いで駆けてくる足音が響いた。

「やめろおおお……!!!」

又七よりもさらに大声を出したのは、にわかに現れた見知らぬ男だった。真ん丸のつぶらな目をしているが、歳の頃は三十路《みそじ》くらいだろうか。ふさふさな散切《ざんぎ》り頭と、尖った大きな耳が特徴的だ。男は近くにいた小春に体当たりをし、勢いあまってその場に倒れた。

「いてえなあ」

さほど痛くもなさそうに答えたのは、石を抱えて仁王立ちしている小春だ。ぶつかってきた男の半分くらいしか目方がなさそうだが、身体はずっと屈強らしい。

「……くっ」

ぶつけた身をさすりつつ起き上がろうとした男は、いつの間にか周りを囲い込まれていることに気づき、ハッとした表情を浮かべた。

「お前が蕎麦屋の店主だな？」

低い声音で問うた喜蔵は、冷え冷えとした目で男を見下ろした。それにたじろぎ、後退りした男は、小春の足にぶつかってぶるりと震えた。

「何が目的でこんな真似をした？　又七をどうする気だったんだろうな？」

にやりと楽しそうに笑いながら、小春は赤みを帯びた目で男を睨んだ。慌てて両手をついた男は、喜蔵と小春の間から逃げだそうとしたが――。

「太らせて喰う気やったんか？」

ぞくり、とするような声を出したのは、男の前に立ちはだかった七夜だった。身を屈め、男の首に手を掛けながら七夜は言った。

「その前に、わてがあんたを喰い殺したる……ふふふ」

「う……うわ――――!!」

恐怖の悲鳴を上げた男は、ぽんっと跳ね上がった。

「おお……!」

小春は目を輝かせ、喜蔵と七夜はむっと顔を顰めた。

着物が破け、裸身が露わになったかと思えば、茶色の毛が全身を覆った。喜蔵よりも大柄だった男は、瞬く間に半分ほどの大きさに縮んだが、その代わりに耳が何倍にも大きくなった。顔は前に伸び、口の横から髭《ひげ》が数本飛びだし、尻からふさふさの尾が生え――。

「元の姿はそれか。なかなかの化け具合だ――六十一点!」

高いのか低いのか分からぬ点数をつけた小春をよそに、犬の姿に変化した男は地に飛び降りるなり、脱兎《だつと》のごとく駆けだそうとした。

「ハッ……逃がすかよ!」

小春はそう言って、犬の尾をギュッと摑んだ。

「ぎゃんっ」

犬は悲鳴を上げつつまた逃げようとしたが、喜蔵がすかさずその胴を両腕で抱え込んだ。すっかり拘束された犬の前に立った七夜は、腰に手を当ててふっふっふっと笑った。

「観念しい。そこにあるアツアツの鍋の中放り込んで、ええ出汁《だし》取ったるで!」

わお――ん!――と悲鳴じみた鳴き声が上がった時だった。よろよろと近づいてきた又七が、七夜を押しのけ、犬に縋《すが》りついて叫んだ。

「星七《せいしち》……！」

「……何やねん、星七て」

呆然とした様子で呟いたのは、七夜だった。

「星に七で星七か？　お前の名前と似てるじゃねえか、しち――……何すんだよ！」

七夜に足を踏まれた小春は、ぴょんぴょん跳ねながら文句を言った。

「……正体が露見したら困るからだろう」

喜蔵はこそりと耳打ちした。小春は眉を顰めて「なるほど……」と頷いたが、

「おい、手を放すな！　犬っころが逃げちまうだろうが！」

両腕を前で組んでいる喜蔵を見咎《みとが》め、喚《わめ》いた。

「邪魔のようだから、どいた」

「はあ？　何――」

小春は喜蔵の後ろを覗いて、動きを止めた。そこには、犬を愛おしげに抱きしめている又七の姿があった。

「何やねん……」

再び呟いた七夜は、きゅっと唇を噛んで数歩前に出た。

「あんた、何しとんねん！　その犬っころはあんたを化かそうとしてた奴やぞ！　知った

顔なのか知らんけど、どうせいつものように騙されて――」

「騙してなんかいない！」

わんっと鳴き声を上げつつ反論したのは、又七の懐の中にいる犬だった。

「おいらはただこの人に蕎麦を食わせたかっただけだ！」

「何でそないな真似すんねん！　蕎麦なんてどこでも食えるやろ！」

「おいらの作った蕎麦はこの人の蕎麦だ。だから、特別なんだ！」

「この人の蕎麦て何やねん。あんたの蕎麦やろ！」

ぎゃんぎゃんと喚く二人を止めたのは、喜蔵の舌打ちだった。

「……又七さん、この犬のことを知っているんですか？」

人語を話しだした犬を見ても驚く気配がない又七に、喜蔵は訊ねた。

「――私は昔、蕎麦屋を開いていてね」

又七が話しだすと、彼の腕の中にいる犬は、ぴくりと身を震わせた。

「大家を継ぐ前のことさ。元々は、叔父《おじ》が蕎麦屋をやっていたんだ。私は叔父の作る蕎麦が大好きだった。叔父には妻子がいなかったから、私が跡を継ごうと思って弟子入りしたんだ。楽しかったよ、蕎麦を作るのも、叔父と働くのも。私はあまり実父と上手くいっていなかったんでね……叔父とは本当によく気があった」

叔父は犬を飼っていた。ぴんっと立った耳は大きく、ふさふさの茶色の毛並みをしたその犬は、星七という名だった。

「じゃあ、お前はその時の……？」

小春の言に、星七はふいっと顔を背けた。

「叔父は大層可愛がっていたよ。まるで自分の子どものように……私も星七が可愛くてね、よく一緒に遊んだんだ。私が叔父の許に弟子入りした時、星七はすでにいい歳だった。だが、歳を感じさせぬくらい元気な子だったよ」

――こいつは人間の歳だと俺のはるかに上のはずなんだが、俺よりよほど元気だ。俺の方が先にくたばっちまいそうだよ。

そう言って笑った又七の叔父は、又七が彼の許に弟子入りして三年後、急逝《きゅうせい》した。

「叔父は酒呑みでね、あの夜も『一寸引っかけてくる』と出ていってさ……いつまで経っても帰ってこぬ叔父を心配し、迎えにいこうとした時、開けた戸から勢いよく飛びだしたのは星七だった。尋常でない様子に驚きつつ、又七は後を追った。行き着いた先は、今喜蔵たちがいる土手だった。そこには、川に顔を浸けて死んでいる叔父の姿があった。

「酔い覚ましに顔でも洗おうとしたんだろう。叔父は大雑把《おおざっぱ》なところがあったから……死に顔は穏やかだったよ。酒を呑んでいい気持ちだったのか、笑みさえ浮かんでいてね」

突然の死に、又七は呆然とした。その年、又七は叔父の知己の娘と祝言を挙げたばかりだった。蕎麦職人としては未熟だが、叔父と妻の助けを得てやっていこうとした矢先のことだった。

「叔父にはまだまだ教えてもらいたいことがたくさんあった。何より、私は叔父が好きだったからね……この人が父だったらと思っていたんだ。もっと色々なことを語り合いたかったし、私の子どもの顔も見て欲しかった」

しかし、哀しみに暮れてばかりはいられなかった。又七は叔父に代わって蕎麦を打たなければならなかったからだ。しかし、それは上手くいかなかった。

「叔父はもういない。私なりの蕎麦を打とうと頑張ったが……お客が求めたのは、私の蕎麦じゃなかったんだ」

段々と客足が減り、店はあっという間に傾いた。嫁いできたばかりの妻に迷惑をかけるわけにはいかぬと思った又七は、離縁を申し出たが、

――……では、一時実家に戻らせていただきます。私のお腹の中にいるあなたの子が生まれるまでに、何とかしてください。蕎麦屋を続けるでも、違うことをするでも構いません。あなたのしたいことをすればいいから、そんな情けない顔で生まれてくる子を抱かないでください。……ご返事が聞こえませんが、分かりましたか？

「おお……流石近所で評判の恐妻。なかなか恰好いいじゃねえか」

感心したように述べた小春に、語っていた又七は苦笑を零した。

「言い方は恐ろしかったけれどね、あの状況で『あなたのしたいことをすればいい』とはなかなか言えるもんじゃない。叔父の知己の娘だから一緒になったんだが、この人を嫁にもらってよかったと心から思ったよ」

妻に後押しされた又七は、これからのことを必死に考えた。その間も蕎麦を打ちつづけたが、いくら励んでも叔父のような蕎麦は打てない。閑古鳥《かんこどり》が鳴く店内には、又七と星七しかいなくなった。そんな中、又七の実父が店を訪ねてきた。

「……大家を継がないかという話だった。驚いたよ。あの人は叔父の跡を継ごうとした私に『絶縁だ』と言った。それを撤回して、財産もくれてやるなどと言いだすから……夢なんだと思ったよ。叔父が死んだことも夢なのかと喜びかけたけれど、そうじゃなかった」

——俺はもう長くない。大勢の店子を路頭に迷わせるわけにはいかないんだ……頼む。

深々と頭を下げて言った実父を、又七は黙って見下ろすしかできなかった。

「親父さんは病だったのか？」

問うた小春に、又七は唇を噛みしめ頷く。腕の中にいる星七の尾が、穂のように垂れた。

「……弱った父を見たら、何で喧嘩していたのか分からなくなってね。互いに意地を張っていただけだったんだろう。私は……その時蕎麦屋を辞める決意をしたんだ」

死期の迫った父のために、又七は急いで蕎麦屋を畳んだ。妻に話したところ、「あなたのやりたいようにしてください」と微笑みながら返された。知己たちも、「その方がいい」と理解を示してくれた。誰も止める者はいなかった。

だが——。

——……う……うう……。

店を出ようとした時、又七はこみ上げてくる嗚咽《おえつ》を止められず、その場に蹲った。慌ててそばに寄ってきた星七を、又七はぎゅっと抱きしめた。又七はまだ上手く蕎麦が打てなかったが、蕎麦を打つのも食べるのも好きだった。皆が、蕎麦を「美味い」と言って食べているところを見るのが、何より幸せだった。

――お前の蕎麦は下手くそだが、俺は好きだよ。俺が蕎麦を作りはじめた時と似てるのさ。あと十年……二十年先かもしれねえが、お前の打った蕎麦を食べるのが楽しみだなあ。きっと、皆涙を流して喜ぶぜ。『親父さんとそっくりだけど、もっと美味《うめ》え！』ってさ。からからと笑って励ましてくれた叔父のことが、又七は大好きだった。

――この店は、親父さんの夢だった。親父さんの夢はおいらが繋ぐ。

又七の涙を止めたのは、己の胸許から響いた声だった。何が起きたか分からず顔を上げた時、又七の腕から星七がすっと離れた。姿形は犬のままだったが、二足で立ち、じっと又七を見下ろした。

――お前は……ただの犬じゃなかったのか……。

――おいらは犬の経立《ふったち》だ。犬と妖怪の間と思ってくれればいい――もっとも、又さんとはここでお別れだ。だから、覚えていなくていいぞ。

星七の言葉を聞いた又七は、思わず「嫌だ！」と声を張り上げた。

――お前までどこかに行ってしまうのか!?　叔父さんも蕎麦屋も失った私から、お前まで奪うのか……!?

「私は泣き喚いて、みっともなく星七に縋ったよ……あの時のことを思いだすと、今でも顔から火が出そうだ。お前もさぞや迷惑だっただろう？」

　眉尻を下げた又七は、数十年ぶりに愛犬を腕の中で撫でながら言った。

「……そんなことない」

　星七はぽつりと零した。

　――又さんは又さんのすべきことをしなよ。蕎麦屋を畳むことを罪に思う必要はない。おいらが又さんの代わりに、あの人の蕎麦を打ってやる。あの人が食べたがっていたあんたの美味い蕎麦を、いつか必ず食わせてやるから……！　待っていてくれ。

　数十年前のあの日、星七はそう宣言し、又七の許から去った。行くな、と言いたいのを必死に堪え、又七は店を出て実家に帰った。

「あっという間に数十年の時が経ったよ。その間、実に色々なことがあった」

　又七は懐かしむような顔をして、ぽつぽつと思い出を語った。

　妻の腹に宿った子が生まれたこと、父が眠るように亡くなったこと、慣れぬ大家業に四苦八苦したこと、九官鳥を拾い、飼いはじめたこと――。

「あの子はいつも私を助けてくれるんだ。本当にいい子だよ。……でも、いい子じゃなくてもいいんだ。どんな風であっても、私はあの子がとても好きなのさ」

　顔を上げて言った又七は、じっと七夜を見据えた。

（まさか……気づいているのか？）

　ハッとした喜蔵は、又七と七夜を見比べた。二人は言葉を交わさず、見つめ合った。

「……そんで、何十年も経ってやっと蕎麦打ちの修業を終えたから、お前は又七の前に姿を現したのか？」

問うた小春に、又七の腕の中にいる星七は、「そうだ」と返事をした。

「思ったよりも時がかかった……まず、人に化けるところからはじめなければならなかったからな。そこに十年かかった。化け物と露見しないように人らしさを身につけるのにさらに五年かかり、ようやく蕎麦打ちの修業をはじめた。あちこち弟子入りして習ったけれど、どうしてもあの人の蕎麦を再現することができなかった」

それでも、星七はめげなかった。毎日毎日鍛錬を重ね、ようやく（これだ！）という蕎麦を作れるようになった。そこまで、実に三十年も要した。

「長かった……けれど、これでようやく約束が果たせると思った」

しかし、一つ懸念があった。又七にどうやって食べさせるか、ということである。どこかに店を開いたとしても、又七が食べにくるとは限らない。

「だから、燈無蕎麦屋を開いたのか……でも、どうやっておびき寄せたんだ？」

「親父さんが死んだ日になると、又さんは必ずここにきた。蕎麦を食わせるなら、その日しかないと思った」

「それがちょうど半月前だったわけか」

ぽんっと手を叩いた小春を見て、星七はこくりと頷いた。

「しっかし、叔父が死んだ場所に、急に蕎麦屋が湧いてでたわけだろ？　あんたよく逃げ帰らなかったな。恐ろしくなかったのか？」

　小春に問われた又七は、目を瞬いて言った。

「恐ろしくはなかったなあ……ただ、とても驚いた。蕎麦屋がにわかに現れたことは勿論だけれど、あの香りがね」

　そこはかとなく香る柚子《ゆず》の香りは、ただ削って入れられたものではない。蕎麦に丹念に練り込まれたものだ。それは、正しく叔父が作った蕎麦の香りで、まだ食してもないのに口の中に味が蘇《よみがえ》るほどだった。店の怪しさなど瞬時に忘れた又七は、急いでそこにあった蕎麦を啜った。食べるにつれて、涙がこみ上げてきた。

「これは叔父さんの蕎麦だ……いや、叔父さんが食べたがっていた、私がいつか叔父さんを超えた時に作るはずだった蕎麦だと思ったんだ」

「……そう思ってくれたなら、なぜ何も言ってくれなかったんだ？」

　ぽつりと言った星七に、又七はゆっくり視線を向けた。

「あの夜から毎日通ってくれるくらいだ……きっと、美味いと思ってくれてると信じていたけれど、又さんは何も言わなかった。本当は、これは叔父さんの蕎麦じゃない、と考えていたんじゃないのか……？」

「……ふふふ」

　又七が漏らした笑いに、星七はぐるると唸り声を上げた。

「何がおかしいんだ……！　犬が蕎麦など打って、変だと思ったのか……!?」

「私が何も言わなかったのは、お前が現れなかったからさ。私はね、星七の顔を見て直接蕎麦の感想を言いたかったんだ。面と向かって言わなきゃ、伝わらないものはたくさんあるだろう？　何しろ、私たちは三十年以上も会ってないんだ。顔が見たい、声が聞きたい……私はこの半月、ずっとそう考えていたんだよ」

俯き、黙り込んだ星七をじっと見据えつつ、又七は優しい声音で続けた。

「星七の蕎麦はとても美味いよ。叔父さんと私とお前の蕎麦を作ってくれてありがとう」

「……待て！」

小春が叫んだ。又七の腕から、星七がにわかに飛びだしたからだ。

（逃げる気か……？）

とっさに追おうとした喜蔵だったが――。

「……うおおーん」

蕎麦屋の屋根に駆け上った星七は、空に向かって吠《ほ》えた。犬の鳴き声だったが、そこには哀しみと喜びが滲《にじ》んでいた。胸のうちにある寂しさに涙しつつも、又七とまた心を通い合わせた嬉しさに打ち震えているような叫びだった。

「うおおーん、うおおーん」

いくどとなく繰り返されたそれを、喜蔵たちは黙って聞いた。

「……腹減ったたな」

ぼそりと言ったのは、七夜だった。喜蔵は眉を吊《つ》り上げ、小春はにやりとした。

「そういや俺も。誰かさんが妙なことになってると聞いたせいで、満腹になる前に夕餉を切りあげたからなあ」

頭の後ろで手を組みつつ述べた小春に、喜蔵はふんっと鼻を鳴らした。

「あれほど食っておいてまだ腹が空いているとは……腹が破けているのではないか？」

「腹が破けたらこんなに元気じゃないだろ。お前は腹減ってねえのかよ？」

小春はじっと喜蔵を見上げた。気づけば、七夜と又七からも同じ視線を向けられていた。

（……何だその目は）

顔を顰めた喜蔵は、屋根の上で身を震わし、涙を流している星七を見上げて言った。

「……俺たちは腹が空いている。今すぐ食えるなら何でもいいが、こんな刻限だ。汁気の多いものの方が腹にはよかろう」

「たとえば粥《かゆ》とか？」

小春の問いに、喜蔵はむすりとして首を横に振る。

「米は夕餉で食べただろう……そうめんのようなものだ」

「そうめんは夏やな。うどんはどうや？」

にやにやとした笑みを浮かべつつ述べた七夜を、喜蔵はぎろりと睨んだ。遠吠えを止めた星七は、喜蔵たちを順に見回してぽつりと言った。

「……蕎麦でよかったら、すぐできるけど……」

「うん……皆に美味い蕎麦を頼むよ」

嬉しそうな声を出した又七は、立ち上がって両手を広げた。

＊

星空の下、星七の蕎麦を皆で食してから六日後——七夜が荻の屋を訪れた。

「じゃあ、あれ以来又七は夜出かけなくなったのか？」

こくりと頷いた七夜は、今日は九官鳥の姿をしていた。まだ昼間なので、鳥が飛んでいても大丈夫だと判断したらしい。

（他人様の家を訪ねてきてぺらぺら喋る鳥などおらぬだろうに）

まるで大丈夫ではないと思いつつ、喜蔵は作業台の上に座って、小春と七夜の話に耳を傾けていた。

「店が壊れたんかな？　それとも、ようやく飽きたのか？」

「どっちも違う……出前や」

七夜は面白くなさそうに答えた。蔵から持ってきた木箱の上で胡坐をかいている小春は、目を瞬きつつ首を傾げた。

「どこの誰の仕業か知らへんけど、あれから八つ時に蕎麦が届くようになったんや。ご主人も困ってたで。一杯ならええけど、なぜか毎回二杯届くんや」

「誰かにやりゃあいいじゃねえか。いらないなら俺にくれ」

小春が両手を差しだしつつ言うと、七夜は「あかん」と即答した。

「ここに来るまでに伸びてまうやろ！……ご主人は元蕎麦打ち職人や。蕎麦を一等美味く食うのに命かけてんねん。せやから、あないなこと言いだしたんや」

——困ったなあ……ここにあの時蕎麦を二杯食べた黒装束《くろしょうぞく》の御仁《ごじん》がいてくれたら助かるんだが。あれは大の蕎麦好きだ。文句を言いつつ、食いっぷりがよかった。なあ、七夜。お前は賢い子だ。いつも私が望むことをしてくれる。あの人を連れてきてくれないか？

蕎麦が出前された時、又七は七夜に笑みを向けて述べたという。

「おい、やっぱり又七は……」

驚きの声を漏らした小春を無視して、七夜はばさりと羽ばたいた。

「しようがないから、連れてきたるんや。ただで美味い蕎麦が食えるなら、断る理由はあらへんからな」

ふんっと鼻を鳴らした七夜は、そのまま荻の屋から出ていった。

「……なあ、喜蔵」

しみじみとした声を出した小春に、喜蔵は「何だ」と問うた。

「お前、牛鍋屋にならねえ？」

喜蔵は手許にあった帳面を小春に投げつけた。

三、桜灯籠

小春が白紙の看板を出してからというもの、荻の屋には絶え間なく客が訪れた。

「おいらの話を聞いておくれよ。困っているんだ。最近どこの家に行ってもいい油がなくてね。おいらは行灯の油を嘗《な》めて生きているんだが、何十年同じ油を使っているんだ、というくらいどれも不味《まず》くてさ――」

店に入って早々まくしたてたのは、油赤子《あぶらあかご》と名乗る妖怪だった。火の玉の形で入ってきたので、喜蔵は慌てて水をかけた。

「あ、油の品質改善について相談しにきただけなのに、あんまりだ……！」

赤子の姿になってわんわんと喚いた油赤子に、喜蔵は仕方なく新品の油を分けてやった。

その翌日来たのは、家鳴《やな》りだった。荻の屋に住んでいる家鳴りではなく、斜向《はす》かいの金物屋・山田屋《やまだや》に居ついているという。

「うちの店は古くてのう。わしが暴れずとも、勝手に家が鳴るのだ。何もしなくて楽でいいと思ったが、音がするたびに『また家鳴りだ』と言われるのがどうにも癪《しゃく》に障《さわ》ってのう……わしが暴れたら、もっといい音が鳴るのに、家の者たちは何も分かっちゃいない。わしはここらで一度奴らを思いきり驚かせてやりたいのだが、どうしたらよいと思う？」

悪戯の相談を真面目にする家鳴りを見て、喜蔵は辟易したが、

「俺が許す。好きなだけ暴れてこい。それが妖怪孝行ってもんだ！」

と小春は胸を張って家鳴りを鼓舞した。その直後に訪れたのは、全身毛むくじゃらの妖怪・毛羽毛現《けうけげん》だ。どうにも間の抜けた姿だったため、喜蔵はまじまじと見てしまった。

「このところ、名前負けが辛くて……うう……」

「抜け毛に悩んでいるんだな？　そんなに毛むくじゃらなのに、確かによく見るところどころ禿《は》げてる……でも、気にするほどじゃねえぞ？　めくらねえとよく分からねえよ」

「ま、まことか……？」

「まこと、まこと。だから、お前は気にせずその毛で皆を驚かせろよ、な？」

ありがとう、と毛羽毛現が涙ながらに礼を述べて帰った同日夜、首が三つ生えた女が現れた。就寝準備をしていた喜蔵は、横目でちらりと見ただけだったが、この時も小春は懇々《こんこん》と相手を諭し、勇気づけた。

「大丈夫、大丈夫。死んだらそれまでだが、生きてりゃあ何とかなるって！」

そう言って締めくくるのが、相談処の常だった。

「――妖怪しか来ぬではないか」

小春が例の白紙を貼りつけて十日経った頃、喜蔵は常にも増しての仏頂面で言った。

「そりゃあ、妖怪やそれに準じる者しかあの紙が読めねえからな」

「うちは古道具屋だ。古道具を買う者以外客はいらぬ」

「中には気を遣って買っていく奴もいたじゃねえか。そう苛々するなって」

肩を竦めて言った小春は、蔵の中から持ってきた木箱を表戸の脇に置き、その上に胡坐をかいている。

「その箱は捨てろと申したはずだが」

「捨てたぜ。そんで俺が拾った。だから、これは俺のもんだ！」

箱の側面には、「小春」とでかでかと書かれている。妙に達筆なのは、硯の精が認《したた》めたためだった。

「これがなかったら、俺はずっと立って待ってなきゃならん。腰かけを置いてくれるなら、捨ててくるぞ」

「どこまでも図々しい奴め。今日も明日も明後日も飯抜きにするぞ」

「だから、そう苛々するなって。よく来るようになったのは、妖怪だけじゃねえじゃねえか。ほら、また来たみたいだぜ？」

小春はそう言って、半分開いた表戸を親指でくいっと示した。喜蔵がむっと顔を顰めた直後、戸の前に影が差した。

「……あの……ごめんください」

低めの落ち着いた女の声音が響いた。喜蔵は顰め面のまま、「どうぞ」と述べた。一瞬の間が空き、女はおそるおそる表戸を潜《くぐ》って中に入った。

ハッとするほど色が白く、俯いていても分かる大きな目は、長い睫《まつげ》に縁《ふち》どられている。桃色の薄い唇を軽く噛みしめ、おずおずと顔を上げた。傾国《けいこく》と言っても誇張でないほどの美しさを持つこの女は、綾子という。又七が大家の裏長屋に住み、三味線《しゃみせん》を教え生計を立てている。喜蔵より五つ年上の綾子は、数年前に夫を亡くし、浅草に流れ着いた。綾子が夫の存命中から各地を転々としていたのには、理由があった。

――兄に幼馴染に父と祖父、それに大勢の村人達――お前に関わった男は皆死ぬというのを忘れたか？　そうか、お前は何度殺しても気がすまぬのだな。

喜蔵に綾子の過去を教えたのは、綾子の身にとり憑いている飛縁魔《ひえんま》という女怪だった。

――私はあの女が憎い。いつかあの女を私の中に取り込んで、燃やし尽くしてやる。

怨念《おんねん》の籠《こも》った飛縁魔の声を聞いた時、喜蔵は背筋がぞっとした。「いつか」が訪れる日、喜蔵は綾子の近くにいたいと思ったが、それは難しそうだった。

――あの時、俺は嘘を言ったわけではありません。

数か月前、思わず気持ちを告げてしまったことを、喜蔵は少し後悔していた。綾子は世話焼きで親切な反面、他人と深くかかわらぬようにしている。喜蔵の告白で、ますます他人とかかわることに抵抗を覚えてしまったとしたら、申し訳ないと思ったのだ。たとえ想いが通じずとも、綾子には幸せに生きて欲しい――それが喜蔵の願いだった。

「……今日は何のご用でしょうか」

そう言いつつ、喜蔵は土間に下りた。

「それが……」

表戸の前に立ち尽くした綾子は、片手で頰を押さえ、考え込むような表情を浮かべた。

「また忘れちまったのか？」

箱の上で胡坐をかいている小春が、明るく問うた。綾子は目を瞬き、喜蔵と小春を見比べて、小声で「……はい」と答えた。

「綾子は相変わらず恍《とぼ》けてるなあ」

「ご、ごめんなさい……」

楽しそうに言った小春に、綾子は顔を真っ赤に染めて頭を下げた。

なぜか、このところ綾子は、毎日荻の屋を訪ねてくる。表戸を潜った途端に訪ねてきた理由を思いだせなくなるという。

（大丈夫なのか、この人は……）

喜蔵は呆れつつも、少々心配していた。

「謝るなよ。毎日綾子に会えて嬉しいよ。な？」

にやにやとして言った小春は、ずんずんと迫ってきた喜蔵に、頭を叩かれた。

「すぐに殴る……だから振られるんだよ。暴力鬼振られ男め……」

小声でぶつぶつ述べる小春を無視して、喜蔵はちらりと綾子を見た。

「ごめんなさい……私、帰りますね」

「……また何かありましたら」

喜蔵の呟きを聞いた綾子は、にこりと笑んで踵を返した。

「――きゃっ」

「わっすんません！」

綾子が表戸を潜ろうとした時、外からちょうど男が入ってきた。危うくぶつかりそうになったが、男がとっさに伸ばした手で綾子の肩を支えたため、事なきを得た。

「娘さん、お怪我は――あれ、綾子さんだ」

「あら……彦次さん」

ぶつかりかけた二人は、まじまじと見つめ合い、破顔した。

「いやあ、この世に二人といない美貌《びぼう》の持ち主だと思ったら、綾子さんでしたか。どうりで別嬪《べっぴん》なわけだ。綾子さんみたいな美人は他にお目にかかったことがねえものな」

軽い調子で話した男――彦次は、苦笑した綾子から手を放し、ニッと白い歯を見せた。

岡場所《おかばしょ》近くの割長屋に住む彦次は、貧乏絵師だ。喜蔵の幼馴染であり、親友――と本人は言う。涼しげな一重瞼《ひとえまぶた》に、すっと通った鼻梁《びりょう》、美しい歯並び、と顔の造形は文句なく整っているが、恵まれた容姿とは反対に、性格は気弱で優柔不断だ。女好きな性質が災いし、よく騒動に巻き込まれる。喜蔵と一時不仲だったのも、女が原因だった。素直なので反省はするものの、また同じ失敗を繰り返しては泣く。

「よっ。二人とも元気か？」

微笑みながら述べた彦次は、珍しく目の下に隈《くま》を作っていた。

（また岡に行ったのだな）

喜蔵は軽蔑《けいべつ》の眼差しを向けたが、彦次はまるで気づいていない様子だった。

「俺もこいつも元気。特にこいつなんて元気がありあまっているらしく、俺をボカスカ殴るんだ。おかげで俺の綺麗なまあるい頭が凹凸だらけに……ほら、触ってみろよ」

小春は嘆くように述べて、頭を差しだした。

「角ではないか。植え込んでもらったことさえ忘れたのか？　お前こそ呆《ほう》けているな」

小春の頭を触った喜蔵は、二本生えている小さな角を認め、眉を顰めた。呆けてねえ、と喚く小春には応えず、「何しに来た？」と彦次に向き直った。

「いや、通りかかっただけなんだ。表の紙に変なことが書いてあったから気になってさ」

「表の紙……あの白紙のことか？」

「白紙？　妖怪相談処、と書いてあったぞ？」

喜蔵の問いに、彦次はきょとんとして答えた。喜蔵はますます眉を顰め、小春を見た。あの紙は妖怪かそれに準じる者しか読めぬはず――そう思い、口を開こうとした時だった。

「お前、もしかして何か相談事があるのか？」

箱の上で胡坐をかいている小春は、じっと彦次を見上げて言った。

「相談事……いや、特段ねえよ」

「じゃあ、話したいことは？」

「それは……」と彦次は一瞬詰まった。

「どうかされたんですか……？」

それまで黙していた綾子が、控えめな声音で問うた。いつもの彦次だったら、麗人から心配そうな視線を向けられた時点で、でれでれとみっともない笑みを浮かべただろう。今日は一応笑ったものの、口許がひくりと引きつっていた。

「実はさ……」

深刻そうな声音を発した彦次に、荻の屋の中にいる一同はごくりと息を吞んだ。彦次はこう見えて非常に勘が鋭く、これまでいくども妖怪沙汰に巻き込まれてきた。もしや、と皆がハラハラする中、彦次は思わぬ答えを述べた。

「ずっと片恋していた相手と、先日恋仲になってさ」

「……阿呆！」

奥の棚の方から、呆れ声が響いた。小春と彦次が同時に見た先には、古びた薬缶があった。堂々薬缶が叫んだのだろうが、妖力を察する力がない喜蔵には、ただの薬缶にしか見えない。綾子も不思議そうにきょろきょろとしている。

「おお……あの薬缶、俺を罵るなりパッと手足と目鼻口を引っ込めた」

「思わず変化を解いちまうほど、お前が下らないこと言うからだろ」

「下らなくねえ！」

呆れ返った表情を浮かべて言った小春に、彦次は大声で返した。あまりの勢いに、小春は目を瞬き、喜蔵は怪訝な顔をした。

「あ……いや、すまん。つい、興奮しちまって」

えへへ、と苦笑した彦次を見て、綾子は微笑みつつ言った。

「彦次さん、本当にその方のことがお好きなんですね」

「……俺、これまで色んな娘《こ》を好きになりました。可愛い娘もいれば、優しい娘もいて、皆いい娘でした。それぞれちゃんと好きだったんです。でも、お類《るい》さんはこれまで好きになった娘たちとは違って……何と言ったらいいのかな……」

彦次は一度言葉を切り、ふっと儚《はかな》げに笑った。

「ずっとそばにいられたらいいな、と思ったんです。たとえ恋仲になれずとも、あの娘の一等近くにいられたらって……」

「恋仲になったんだろ？　一応は一等近くにいられるんじゃねえの？　お前が今の一途《いちず》な気持ちを忘れずにいたらの話だけれど」

小春は腕組みをし、したり顔で述べた。

「そんで、馴れ初めは？　喜蔵も気になるってさ」

「どうでもよい」

「またまた〜。彦次がはじめて心の底から愛した相手だぞ？　どんな出会いをしたか気になるじゃねえか」

再び「どうでもよい」と口にした喜蔵を無視して、小春は綾子に問うた。

「綾子、お前も気になるよな？」

「……気になります！」

綾子の答えを聞き、喜蔵は口の下にむっと皺を寄せた。二人から期待の籠った眼差しを向けられた彦次は、以前に比べて心なしか細くなった頰を搔きつつ、口を開いた。

「改めて語るとなると、何だか照れるな……はじめて会ったのは、今年の春だ。ちょうど方々で桜が咲きはじめた時期だった。俺は浅草寺にその桜を描きに行ったんだよ」

浅草寺の桜はまだ蕾《つぼみ》をつけて間もない頃で、一分も咲いていなかった。見物客はちらほらといたが、満開時とは比べるべくもない。花が咲く前から散った後まで通して描きたいと思っていた彦次は、これ幸いと、画具や紙を出し、桜の木の画《え》を描きはじめた。

「俺の画を覗き込んでくる奴はいたが、皆すぐに遠ざかったよ。花が咲いていない桜木の画なんて面白くも何ともなかったんだろう」

彦次はその時を思いだして、苦笑した。

――お上手ですね。

中には、そんな風に声をかけてくる女もいた。常だったら喜んで会話し、どこかいいところに遊びにいくところだが、この時の彦次は「ありがとう」と答えるだけだった。

「お前が女に食いつかなかったなんて……や、槍《やり》が降る！」

「降らねえよ！……画を描いてる時は邪魔されるのが嫌いなんだよ。たとえ綺麗な姐さんに色仕掛けで誘われようと、ついていかねえ。……あ、そういや、そん時の画があるわ」

驚きの声を上げた小春に肩を竦めて答えた彦次は、小脇に抱えていた風呂敷包みを開いた。中に入っていたのは、十数枚の桜木の画だった。ぱっと見ただけでも、どれも非常に美しく、丁寧に描かれているのが分かった。

「おお……お前、本当に画だけは達者だな。画だけは」

「画だけはな。他は何から何まで駄目だ」

「そ、そんな……彦次さんはほら、お優しいですよ……女の人には……」

画を手に取って眺めながら、小春と喜蔵と綾子は言った。

「綾子さんはいつも優しいけど、よく聞くとあまり庇ってないんだよなあ……」

肩を落として述べた彦次は、はあっと深い息を吐いた。常ならば勢いよく喚きそうなところだったが、疲れているのかそれ以上何も言わない。

「……いや、でもお前凄いな」

すべての画を見終えた小春は、唸るように言った。

「本当に……すごく綺麗……」

ほうっと溜息を吐きながら呟いた綾子は、窺うように喜蔵を見上げた。

「………」

むっつりと黙った喜蔵は、じっと画を見つめていた。蕾からはじまり、一分咲き、二分咲きと徐々に桜が開花していく様が、一枚ずつ丁寧に描かれている。

（……確かに、見事だ）

「満開の時だけ桜の下に女が描かれているけれど、もしかしてこれがお類か？」

小春の言に、彦次は一瞬虚を衝《つ》かれた顔をして、頷いた。満開の桜の下に佇《たたず》んでいる女は、首巻で顔の下半分を隠しているため、表情は窺えない。長身で随分と痩《や》せているようだ。ぴんと伸ばした背筋と、こちらをじっと見据えている強い瞳が印象的だった。

「お類にも、『お上手ですね』と声をかけられたってわけか？」

隅に置けねえなあ、と肘《ひじ》で突いた小春に、彦次はふるりと首を横に振り、

「いいや……お類さんだけは声をかけてこなかったんだ」

遠い日を懐かしむような目をして呟いた。


彦次が桜木を描きはじめた日は、生憎《あいにく》の雨模様だった。降りそうで降らぬ空にそわそわしつつ、彦次は桜木を写生した。描きはじめてしまえば、他が見えぬほど集中するのが常だった。その時もそうだったが、声をかけてくる者はちらほらいた。適当にかわしつづけた彦次は、少し離れた後方で己を見つめている女がいることに気づいた。

「惚れられちまったな、と思ったよ」

彦次は散切り頭を撫でつつ、悩ましげに言った。それを見た小春は、「よっ伊達男《だておとこ》」とまるでそうは思っていなそうな棒読みで述べた。

熱い視線を感じつつも、彦次が女に声をかけることはなかった。しかし、女はめげることなく、毎日やってきて、後方に佇んでいた。

「珍しい娘だな、と思ったんだ。俺を好いてくる女は、大抵自ら声をかけてきたからさ……ああやって静かに想いを寄せてくる娘はいなかった。近くにはいつもお付きの娘がいてさ……地味だが上等な着物を着ているし、いいところのお嬢さんなのが分かった」

「確かに、いいところのお嬢さんがお前のような軽佻《けいちょう》浮薄《ふはく》な男を好むとは思えぬ」

喜蔵のすげない言い方にも怒ることなく、彦次は頭を掻き、苦笑交じりに言った。

「だから、珍しいと思ったんだよ……まあ、正直なところちと面倒臭いなと思った」

「本気だと遊べないもんな」

「俺はいつも本気だ。けど、誰かと夫婦になりたいと考えたことはなくてな。俺みたいにふらふらと頼りない奴の許に嫁入りして、相手が幸せになれるとは思えなくてさ」

「甲斐《かい》性ないもんな！」

元気よく頷いた小春に、彦次は「少しは否定しろよ……」と力なく怒った。

娘の視線を放っておくことに決めた彦次は、黙って桜木を描きつづけた。娘も決して彦次に声をかけることはなかったが、毎日後ろの方に佇んでいた。

転機が訪れたのは、桜が満開になった日だった。いつもより近くに寄ってきた娘が、彦次の画を覗き込んで「わあ」と声を漏らしたのだ。

「その時、いつも巻いている首巻をずらしてさ……はじめて顔が見えたんだ」

娘は取り立てて美人というわけではなかった。つんと高い鼻や薄い唇のため、どちらかというと凛々《りり》しい顔立ちをしていた。ぎらぎらと輝く瞳は、獣のように澄んでいる。これまで彦次が付き合ってきた女とは、やはり正反対だった。なぜ己を好きになったのだろうか？　不思議に思った彦次は、思わず話しかけてしまったという。

――娘さん、何でそんなに好いてくれたんです？

常の通り、気安い口調で声をかけると、娘の後ろに控えている者がぎろりと睨んできた。不味いことを言った、と青褪めた瞬間、娘がはじめて彦次を正面から見据え、こう答えた。

――私は昔から桜が大好きなんです。木も葉も花も……それを毎日素敵に描かれている方がいたので、遠くから眺めさせていただきました。あなたがこの画を描かれたのですね。

「ぎゃははっ！　はっずかし！　お前じゃなくて桜と画を見てただけだったんだ！」

「傑作だな。なかなか見どころがある娘だ」

「本当ですね！……あ、いえ……！　彦次さんを好きになるのが変だというわけではないんです！　そうじゃなくて、彦次さんより彦次さんの画の方が素敵だから……あ！」

小春は爆笑し、喜蔵は鼻で笑い、綾子は眉尻を下げて言い訳をした。そんな三人を半目でねめつけつつ、彦次ははあっと嘆息した。

「……あの時は本当に恥ずかしかった。後ろに控えていた娘も、お類さんの返しを聞いて肩を震わせて笑ってたよ。俺は真っ赤になって平謝りするしかなかった」

――私があなたを好いていると思われたんですか？……自惚《うぬぼ》れ屋さんなんですね。でも、私はあなたの画がとても好きですよ。

くすくすと笑いつつ述べた類を見て、彦次は胸がきゅっと苦しくなった。

「思えば、その時――いや、その前から惚れちまってたんだな。自分で言うのも何だが、画を描いている時の俺は大変な集中力だ。声をかけてきた他の女のことはまるで覚えちゃいなかったけど、お類さんだけは違った。一目見た時からずっと頭の片隅にいたんだ」

彦次は頰を掻きながら、照れ臭そうに言った。少々やつれた感はあるものの、幸せそうな彦次の表情を見て、喜蔵と小春は顔を見合わせた。

「……そんで、どうやって恋仲までこぎつけたんだ？　お類はお前の画に興味があっただけで、お前にはてんで興味がなかったんだろう？　脈なんてありゃしねえじゃねえか」

小春の言に、「ひでえ言い草だな」と苦笑しつつ、彦次は答えた。

「まあ、その通りなんだけどな……聞けば大店《おおだな》の娘だと言うしさ、こりゃあ仲よくなるどころか、お近づきにさえなれやしねえと思ったよ」

実際、その日に少し話しただけで、それ以降は会話する機会がなかった。桜が満開になった日から、類は彦次の前に姿を現さなくなったのだ。

「はじめから駄目だと思っていたからさほど哀しくはなかった――というのは噓だな……いつもだったらすぐに切り替えるんだが、どうも忘れられなかった。もう一目会いたいと思って、結局桜が散っても浅草寺に行って、あの木を描きつづけたんだよ」

新緑の季節になった頃、彦次はようやく想いを吹っ切ることを考えはじめた。しかし、目を閉じると、瞼の裏に類の笑顔が浮かんでくる。どうにかしてそれを止めたかったが、残像は消えてくれなかった。

そんなある日のこと――久方ぶりに、類が彦次の前に現れた。また少し痩せたようだった。常のように後ろに佇んでいるのではなく、傍らまで寄ってきた類は、目を白黒させた彦次にこう述べた。

――彦次さんにお願いがあるんです。私の画を描いていただけませんか？

彦次はますます驚いたが、気づいた時には「喜んでお受けします」と答えていた。

「へえ、意外だな。そのお類とかいう娘は、そういうことに興味がないのかと思ったぜ」

小春が腕組みをしながら述べた台詞に、喜蔵は頷いた。己を着飾ることもなく、年頃の見目麗しい男を見ても騒がない。はじめて口を利いてからしばらく姿を見せなかったことからして、彦次を憎からず想っていたというわけでもないのだろう。

「彦次さんの画が欲しくなったんじゃないでしょうか？　大勢に向けて描かれたものではなく、この世で自分一人だけに向けて描かれた画が……」

控えめに口を挟んだ綾子に、小春は「なるほど」と頷いた。

「そうすっと、お類もはじめから割とこいつのことを気に入っていたのかね？」

「いや……お前が言ったように、最初は俺に興味なんてなかったみたいだ。ただ、俺の画を好いてくれて、自分が描かれた俺の画が欲しいと思っただけなんだろう」

微笑みながら言った彦次は、小春の手から奪うように画を取り戻し、風呂敷で包んだ。

「じゃあ、お前は新緑の頃からお類の画を描いているのか？　結構時がかかるんだな。好きな女を描くのは難しいってわけか？」

からかった小春に、彦次は一瞬真顔になった。瞳の中に滲んだ怯えに似た色を認めた喜蔵は、（何だ？）と首を傾げた。

「お前——」

問おうとした時、彦次は「うへへへ」と笑った。

「そりゃあそうさ！　何てったって、好きな女の家で二人きりなんだぜ？　心乱されて筆もなかなか進まないってわけよ」

「まさか、他人様の家でそこの娘に手を出したのか……？」

冷たい目で見据えて言った喜蔵に、彦次はびくりと身を震わせた。

「ま、まさか！　二人きりと言っても、お付きの娘やご両親が出入りしてた！　けど、俺はお類さんしか見てないから、俺としてはずっと二人きりな気がしていただけで……！」

気持ち身を引いた綾子を見て、彦次は慌てて弁解した。

「まあ、でもやはり嬉しかったんだ……お類さんと一緒にいられるのがさ。この画を描きおわったら、お類さんとしょっちゅう会うことができなくなっちまう——そう思ってなかなか進まなかったのかもしれねえ。不思議と、描いても描いても終わりが見えねえんだ」

——こんな私を描くのは気が進みませんか？

ある日、類は彦次をじっと見上げて言ったという。

——お嫌でしたら、どうかご無理をなさらないでください。私は——。

——嫌だなんてとんでもねえ！　俺はお類さんを描きたい……！

思わず前のめりで述べた彦次は、類が浮かべた表情に息を呑んだ。薄《う》っすら頬を染めた類は、唇を噛みしめ、泣きそうな顔をしていた。

「ああ……気づいちまったんだな、と思った。筆が進まないのにお類さんを見つめてばかりいたからさ……聡いお類さんが分からないわけがなかったんだ」

──お類さんこそ……俺のことが嫌なら、そう言ってください。

──……嫌だと言ったら、画を描いてくれないんですか？

──描かせてもらえるなら、描きますよ……でも、いいんですか？　自分に岡惚れしている男なんかに描かせて……気持ちが悪かったら、遠慮せず言ってくださいね。

アハハ、と空笑いをした彦次は、俯いていたせいで類が目の前まで近づいてきたことに気づかなかった。己の前に影が差した時は、腰を抜かすほど驚いたという。

──……うわあ！

──まるで化け物でも見たような顔……本当に私を好いてくださっているのかしら？

くすくすと笑った類は、彦次の頬に手を伸ばし、親指で優しく撫でてこう言った。

──……いつも気になっていたんです。これからは、こうして頬についた絵具を拭《ぬぐ》ってもいいんですね。

「……ふうん、やはり憎からず想っていたってわけか」

面白くねえなと言いつつ、小春は眉尻を下げて笑った。

「そんで、その画はいつ頃できあがりそうなんだ？」

「……もうすぐだよ。今日か明日にはきっと上がる」

小春の問いに答えた彦次は、風呂敷に包んだ画を大事そうに抱きしめた。頬を染めているのに相応《ふさわ》しい甘い表情を浮かべているくせに、顔色はよくなかった。

(体調が悪いのか?)

青褪めた顔と目の下に浮かんだ隈、覇気《はき》のない声音の彦次を、喜蔵は不思議に思った。

「——あのお話、本当だったんですね」

ぽつりと言ったのは、綾子だった。

「お初さんのお屋敷で、縁結びの神さまがおっしゃったこと……」

(そういえば……)

顎に手を当てた喜蔵は、あの日のことを思い返した。ひょんなことから、妖怪に呪われた家の跡継ぎである娘の初《はつ》を救うため、喜蔵は初と偽りの祝言を挙げることになった。祝言の場に突如現れた縁結びの神は、居合わせた喜蔵たちに託宣のようなことを述べた。

——好いた女がおるな。これまでと違って、一途に想う女だ——だが、相手はここにおらぬ。主の強すぎるほどの想いは、彼方《かなた》に飛んでいる。そして、相手からも同じほどの想いが主に届いている。

彦次がかけられた言葉は、確かそのようなものだった。小春のからかいや綾子の祝福を受け、眉尻を下げて微笑んでいる彦次を、喜蔵はじっと見つめた。

「じゃあ、そろそろ行くわ」

四つを少し過ぎた頃、彦次は話を止めて言った。

「私もお暇《いとま》します。長らくお邪魔しました……彦次さん、お話をせがんでごめんなさい」

そう言って頭を下げた綾子に、彦次は慌てて「いいんですよ」と答えた。

「素敵なお話が聞けて嬉しかったです。ありがとうございました」

鮮やかな笑みを浮かべた綾子は、もう一度礼をして荻の屋から出ていった。

「……綾子さんは本当に美しいな。あんな風に微笑まれたら、誰でも惚れちまうわ……」

「お前、せっかく見直してやったところなのに結局それかよ！」

小春はそう言いつつ、彦次の腰をバシッと叩いた。

「いってっ！　冗談だよ、冗談！　勿論綺麗だな、とは思うよ。でも……俺にはお類さんがいるからさ！」

くふふ、と幸せそうな笑い声を上げた彦次は、片手をひらりと振って外に出た。

（……具合が悪そうに見えたが、気のせいだったか）

眉を顰めた喜蔵に、彦次は「今度はゆっくり寄らせてもらうわ」と言った。

「二度と来なくていいぞ」

「分かった、すぐ来る！」

喜蔵のすげない答えにもめげず、彦次は手を振りながら去っていった。

「お呼びでない者ばかり訪れる……」

それもこれもお前のせいだ――と喜蔵がまた口にしかけた時、やにわに小春は店じまいを始めた。顔つきががらりと変わっている。

「早く裏から出るぞ。急がないと見失う！」

何のつもりだ、と問おうとした喜蔵だが、小春の剣幕にむっと口を噤《つぐ》んだ。

「……理由を話せ」

「それは追い追い話してやる。ほら、早く！」

小春は子どもらしからぬ強力で喜蔵の腕を引っ張り、駆けだした。手招きをしている余裕もないらしい。甚《はなは》だ得心がいかなかったものの、喜蔵は小春と共に裏に向かった。

「こっちだ！」

なぜ俺まで――喜蔵は表通りに向かって走りながら唸った。小春の言に大人しく従うのは真っ平御免《ごめん》だ。しかし、小春はいつもとは別妖のような真剣な表情を浮かべている。まるで、戦いの最中のようだ。

「……何か起きるのか？」

「もう起きてる」

「どこで何が」

「あいつだよ、あいつ」

表通りを疾走していた小春はそう言うなり、ぴたりと足を止めた。すぐ後ろを駆けていた喜蔵も立ち止まり、小春の視線の先を見遣った。

「……色惚け絵師ではないか。あれが一体どうした」

喜蔵は嘆息交じりに言った。少々早足で歩いているのは、先ほどまで荻の屋で恋の話を語っていた彦次で間違いない。小春は彦次の後ろ姿をじっと見据え、小声で述べた。

「……死の匂いがする」

不穏な台詞を呟いた小春は、静かに歩きはじめた。しばし立ち尽くした喜蔵は、眉間にぐっと皺を寄せ、小春の後に続いた。


彦次が入っていったのは、三朝屋《みささや》という看板が掛かった呉服屋だった。荻の屋を二つ並べたくらいの広さで、客の出入りも多い様子だ。

「へえ、随分とご立派だ。彦次の奴、大出世じゃねえか」

呑気な声を上げた小春を、喜蔵はじろりと見た。

「おい、先ほど申していたことは――」

「お、出てくる。こっちに隠れろ」

喜蔵の言葉を遮った小春は、喜蔵を引っ張り、近くにいた恰幅《かっぷく》のいい棒手振《ぼてふり》の後ろに屈んだ。棒手振は迷惑そうな顔をしたが、喜蔵を見た瞬間、引きつった笑みを浮かべて「ごゆっくり」と言った。

棒手振の陰からこっそり三朝屋を覗きながら、小春は小声でぶつぶつと言った。

「店の奴らに挨拶しただけで終わりじゃねえよな……ああ、裏から回るのか。ふうん、勝手に入れってか。信用されているじゃねえか。恋仲だって隠してるんだな、ありゃあ」

ほどなくして、三朝屋の表口から出てきた彦次は、小春が言った通り、裏に向かった。小春と喜蔵は顔を見合わせ、彦次の後を追った。

そっと裏木戸を潜った二人は、屋敷をぐるりと回り、庭に出た。屋敷に劣らず庭も立派で、大きな池には丸々と太った鯉《こい》が泳いでいる。

「……あ奴はどこにいるのだ？」

「一寸待て。今、神経を研ぎ澄ませるから――」

急かす喜蔵を鬱陶《うっとう》しげにねめつけた小春は、途中で口を噤んだ。

「おい、どうした？」

顔色の変わった小春に、喜蔵は問うた。小春は返事もせず、すたすたと屋敷に近づいていった。下駄を脱ぎ捨てて縁側に上がり、目の前にある部屋の襖《ふすま》をひたと見つめている。

「勝手に上がるな」

小言を述べつつ縁側に上がった喜蔵だが、黙ったままの小春の顔を覗き込んだ瞬間、息を吞んだ。

人間には見えぬ何かを見ている時、小春の鳶色の目は青く染まる。妖気が増し、鬼の姿に変化する時には炎のように赤くなった。今の小春は、青い目をしている。

（襖の中の光景を見ているのか？）

小春はいつになく無表情だった。感情が抜け落ちてしまったかのように微動だにしない。

喜蔵が「おい」と呼びかけようとした時、襖の向こうから声が聞こえた。

「──遅くなってごめんな。今日は喜蔵の許に寄ってから来たんだ。そう、幼馴染の喜蔵だよ。鬼みてえな顔したあの古道具屋の主人さ」

喜蔵は口を閉じ、ぴくりと額に青筋を立てた。

「今日も喜蔵は冷たかった。まあ、いつものことだから何とも思わないんだけどな！　小春の奴も話は聞いてくれるんだが、口が悪いんだ。でも、元気が出たみたいでよかったよ。目が覚めなかった時は本当に焦ったからさ……見舞いに行くたびに手を握って、起きろ、起きろ、とずっと念じてたけど、あれが少しは効いたのかな」

喜蔵はちらりと小春を見た。相変わらず目は青く、無表情だ。

「深雪ちゃんはいなかったが、代わりに綾子さんが来ててさ。喜蔵の家の裏に住んでる別嬪さん。会ってみたいって？　そうだな、きっと気に入ると思うよ。お類さんは深雪ちゃんとも気が合いそうだし、喜蔵とも上手く話をしそうだ。あいつは少々……大分とっつきにくいが、根はいい奴だからさ」

喜蔵は盛大に顔を顰めた。

（下らぬことばかり話しおって……）

しかし、不思議なことが一つあった。

「それでな、喜蔵ときたら──」

彦次の声は聞こえてくるのに、他の声が聞こえない。動かれると描きにくいので、話すのを禁じているのだろうか？　しかし、彦次がそんなことを申し出るようには思えなかった。何より、彦次は腕がいい。相手が多少動いたところで、描くのに支障は出ぬはずだ。

「……声も気配も感じられぬが、気のせいか」

喜蔵はぽつりと漏らした。小者たちは勿論、類の気配がまったく感じられない。

「気のせいじゃねえ」

やっと声を発した小春は、喜蔵の視線を無視して、前に手を出した。

「おい――」

喜蔵は思わず小春の肩を摑みかけたが、その前に勢いよく襖が引かれてしまった。その瞬間、喜蔵はぐっと喉が詰まるのを感じた。

（何だ、これは……！）

どろどろとした汚泥《おでい》に塗《まみ》れたかのような錯覚に襲われた。そんなものはどこにもなかったが、襖の向こうの光景に、喜蔵は目を剝いた。

筆を片手に持ち、画に向かっている彦次は、目の下の隈をさらに濃くし、頬がやつれていた。丸まった背は、微《かす》かに震えている。四半刻前よりもずっと具合が悪そうだったが、顔に浮かんでいるのは嬉しそうな笑みだった。

「……彦次、お前――」

喜蔵の呟きは、彦次の口から漏れでたくぐもった声にかき消された。

「もうすぐだから……待っていてくれ。お類さんをちゃんと描ききってみせるよ。だから、笑っておくれ。あの時見せてくれた笑みを浮かべてくれたら、俺は本当に嬉しいんだ。あの表情を残したいんだ……なあ、お類さん」

眉尻を下げて笑った彦次の視線の先には、類がいた。床に敷いた布団《ふとん》の中でぐったりしている様は、彦次が描いている桜木の下に佇む元気そうな姿とは似ても似つかなかった。

「はあ……はあ……うう……」

臥せっている類の口から、わずかな息遣いと呻き声が漏れた。

「お類さん、もうすぐだから笑ってくれよ」

「……おい」

喜蔵は彦次に近づきながら、低く呼びかけた。

「俺の描いた桜もなかなか見事なものだよ。あんたと並んで見たあの日のようにさ。あんたが見たら、きっと喜んでくれるな」

ふふ、ふふふ、と引きつった笑い声を上げた彦次は、「嬉しいな」と呟いた。

「お類さんが笑ってくれるなら、俺はいくらでも画を描くよ。あんたが喜んでくれるなら、俺は……」

「やめろ！」

喜蔵は彦次の肩を摑み、止めようとしたが——。

「——……！」

片手でどんっと押し退《の》けられ、後ろによろめいた。彦次に乱暴な真似をされたのははじめてだった。彦次は喜蔵にいくら頭を叩かれようと、やり返したことがなかった。喜蔵は唖然とし、その場に立ち尽くした。

「あの日のお類さんの笑顔は本当に綺麗だったなあ……あんな綺麗なのはじめて見たよ。どうしてあれが上手く表せないいんだろうな……はは、腕が鈍っちまったのかな」

ぶつぶつと言った彦次は、筆を持っていない方の手で短い髪をぐしゃりとかき混ぜた。

「でも、大丈夫だよ……もう少しで描きおわるから──」

「それを描ききったら、お類は死ぬぞ」

いつの間にか彦次の目の前に立った小春は、色の見えぬ声音を出した。

「……何を言ってんだ」

ややあって、彦次は言った。昏く濁っていた目が、ぐらりと揺らめいた。丸まった背だけでなく、声も手も震えている。赤と青が微妙に混ざり合った瞳でまっすぐ彦次を見据えながら、小春はあっさりと告げた。

「お類の寿命はすでに尽きている。お前の未練が、お類をこの世に縛りつけてるだけだ」

描ききったら死ぬぞ──と繰り返された言葉に、彦次は筆を落とし、泣き崩れた。

類は彦次と出会う前から、病を患っていたのだという。

「元々身体が強い方ではなかったそうだ。年中風邪を引いているような性質だったが、命にかかわるような大病には罹《かか》らなかった。騙し騙し生きていくのかと思っていたらしい。

だが……一年くらい前から、心の臓に鋭い痛みを感じるようになって……」

　畳の上にへたり込んだ彦次は、涙を流しながらぽつぽつと話した。

「それでも、毎日というわけじゃなかったから、誰にもそのことは言わなかった……痛みに堪《た》えきれず蹲ることはあったが、そういう時は幼い頃からの体質のせいにした。家族は類のことを心配しつつ、憐れにも思っていた。類の望むことはなるべく叶《かな》えてやろう——それが三朝屋の掟《おきて》だという。

　——皆、私に甘いんです。特に甘いのは弟かしら？　弟が家を継いでくれたので、家は安泰です。私に婿《むこ》取りをさせなくてよかった、と皆思っているんです。私が婿を取っても、妻としての責を負うことはできませんから。

「……お類さんが俺にそう言ったのは、自分の画を描いてくれと頼んできた時だった。その時、お類さんは心の臓の病を俺に打ち明けたんだ」

　——しばらく浅草寺に行けなかったのは、倒れてしまったせいなんです。ずっと病のことは黙っていたのですが……ついに露見してしまいました。急いでお医者さまが来てくださいました。でも、私の病は治せぬそうなんです。きっと半年もしないうちに、私は死にます。だから、その前に私の画を描いてください。とても好きなんです……あなたの画が。

　そう言って笑った類の頼みを、彦次は断ることなどできなかった。

「……それからお前は、ここに通って画を描きつづけたのか」

　ぼそりと述べた喜蔵に、彦次は頷いた。声は届いているようだが、ぽっかりと穴が開いているかのような空虚な目をしている。先ほど見せた揺らぎは、もう見られなかった。

「お類さんに連れられてここに来た俺は、それから毎日画を描いたんだ……頭の整理がつかないまま、毎日毎日……」

彦次は心血を注いで類の画を描いた。せめて、画の中では元気でいて欲しい――そう願い、色を重ねた。

(確かに、生き生きとしている……)

喜蔵は彦次の描いた画を覗き込んだ。臥せっている類と違い、画の中の類はきらきらと輝いている。

(だが……何か妙だ)

ぞくり、と背筋に悪寒が走った。

「いつか画の中のお類さんのように、現のお類さんも元気になってくれるんじゃねえかと……そう願って描いたんだ……!」

「お前の願いは半端に叶った」

彦次の叫びに答えた小春は、喜蔵が覗き込んでいた画を指差して言った。

「この中の類は、お前が思っている以上に元気だ。何しろ、お前の力によって命を持ったんだからな。やがて絵から抜け出て、お前を喰い殺すかもしれねえ」

「命を持った……? まさか、お前……百目鬼《どうめき》にもらった絵具をまた使ったのか!?」

小春の言を聞いた喜蔵は、目を剝いて低い声音で問うた。

今年のはじめ頃、浅草で妖怪騒動が起きた。事態を重く見た青鬼というあちらの世とこちらの世の均衡《きんこう》を維持する役割を持つ妖怪は、弟子である小春をこちらの世に派遣した。

――喜蔵、俺の手伝いをしろ。この小春様が、友のいないお前の友になってやる！

一方的に宣言した小春は、喜蔵をあちこち連れ回し、件《くだん》の妖怪を捜した。追っていくうちに行きついたのが、岡場所にいた彦次だった。彦次が描いた画に魂が宿り、画から抜け出た妖怪たちが暴れていたのだ。画に魂が宿ったのは、彦次が使っていた絵具のせいだった。その絵具は、百目鬼という妖怪が彦次を唆《そそのか》して貸したものだ。彦次は知らず知らずのうちに、浅草を騒がせる妖怪を作りだしていたのである。

「騙されていいように扱われていたというのに、まだ懲りていなかったのか……！」

「ち、違う……俺はそんなもん使ってねえ！」

眉を顰めて詰《なじ》った喜蔵に、彦次は青い顔をしながらぶんぶんと首を振った。

「ならば、なぜ画が命を持つのだ！」

「知らねえ、俺はただ魂を込めて描いただけだ……！」

彦次の悲痛な叫びに、喜蔵はぐっと口を噤んだ。

「彦次は嘘を吐いているわけじゃない」

静かに述べた小春は、ゆっくりと足を前に踏みだした。

「荻の屋の看板の横に貼った紙を、お前は読んだな？」

「……あの、妖怪相談処と書いてあったやつのことか？」

「あれは妖怪か、それに準ずる者にしか見えない」

小春の答えに、彦次は目を見張り、唇を戦慄《わなな》かせた。

「お前の力は増大してる。元々そういう存在を引き寄せやすい性質だったが、妖怪とかかわるようになって、どんどんその才が開花したんだろうな」

「お前のせいだということか」

舌打ち交じりに言った喜蔵だが、内心こう思った。

（俺があの時彦次をおどろかしに行かなかったら――）

小春がはじめて喜蔵の許に落ちてきて間もない頃、小春の悪戯に乗って、喜蔵は彦次をからかいに行った。その頃の喜蔵と彦次は、誤解と意地の張り合いから数年もの間、まともに口を利いていなかった。どうでもいい――そう思いつつ、喜蔵はずっと彦次を気にしていた。たった一人の友だったからだ。たとえ仲違いしても、それは変わらなかった。だから、あの時喜蔵は真っ先に彦次が思い浮かんだのだ。

「まあ、確かに俺にも一因はある。あとは、彦次自身がそれを受け入れたせいだろう。そいつはお人好しすぎるからな。茅野《かやの》の一件もそうだったが、妖怪なんかに情を寄せちまう性質だ。そのせいで、どんどん俺たちの方に寄ってきた」

鼻を鳴らした小春は、類の枕許で足を止めた。目の中にちらついている青い光が全体に広がった瞬間、小春は類に手を翳《かざ》した。

「……やはり、ほとんど空っぽだ」

「違う……お類さんはまだ生きてる！　これからも生きつづける！　俺と共に……！」

　小春の言を即座に否定した彦次は、音を立てて立ち上がった。目を真っ赤に染め、肩で息をする彦次をじっと見た小春は、類に手を翳しながら、喜蔵たちの許に戻りはじめた。

「……何だ、その光は……」

　小春の翳した手が通りすぎた場所を指差しながら、喜蔵は呟いた。小春の手の下には、ほのかな青の光が見えていた。小春は彦次の横に来るまで、その手を翳しつづけた。喜蔵たちの許に戻ってきた小春は、彦次に手を翳した。すると、彦次の胸許から、黄色の光が発されているのが見えた。息を呑んだ喜蔵と彦次を一瞥もせず、小春は彦次の描いた画に手を翳した。すると、そこから緑の光が、炎のように湧き上がった。

「青の光は、お類から抜け出た魂だ。黄色の光は、彦次が画に込めた魂。そんで緑の光は、お類と彦次の魂が混ざりあって生まれた、画の中のお類の魂だ」

　三者から発された光は、それぞれの身に向かって伸びていた。血の気の引いた彦次に、小春は眉一つ動かさず続けた。

「いつだったか、俺はこれによく似た画の話を聞いたことがある。それは、死者を描いた幽霊画だったそうだ。その画を描いた者の執念が、画の中の者に魂を宿らせた。ある日、ひょいっと画から抜け出て、その画を描いた者を絞め殺したんだ。『よくも私をこんな身で生き返らせてくれたな』と恨み言を述べてな。このままでは、お類は死に、彦次の描いた絵の中のお類は命を得て、彦次や皆を苦しめる存在となるかもしれん」

「そんな……」

真っ青になって呟いた彦次を見つつ、喜蔵は小春に問うた。

「……どうにかできぬのか？」

「今、画を描くのを止めれば、これ以上画に宿ったお類の魂は育つことはないだろう」

「しかし、画を描くのを止めたら……」

「お類は死ぬ」

言いよどんだ喜蔵とは反対に、小春は明言した。

「俺が今たどってきた光を見ただろう？　今、お類と彦次とこの画は、魂が混ざり合った状態で繋がっているんだ。一つ半しかない魂で、三つの者を生かしている――どのみち、長く持つわけがない」

喜蔵は、小春の視線の先を追った。類、彦次、画――三者の身から発している光は、喜蔵にも薄っすらと見えた。

「描きつづければ、お類の魂はすべて画の中に取り込まれる。さりとて、描くのを止めたら、魂の循環が途絶えちまう。どのみち、死しかないんだ。もっとも、あの娘の死は、もっと前にあるはずだった。それを、彦次が無理やり延ばしたんだ」

「……違う……お類さんはまだ生きてる……」

憔悴《しょうすい》しきった声を発した彦次を見つつ、喜蔵はゆっくり類の許に近づいていった。枕許に屈み込んだ喜蔵は、思わず眉を顰めた。

「……はあ……はあ……うう……」

微かな息遣いと呻き声を発している類は、顔面蒼白だ。唇は紫に染まり、頬はげっそりと削げ落ち、痩せ細った首は皺だらけだった。彦次が描いている画とは似ても似つかない――目の前に臥せっている類は、死人と大差なかった。

立ち上がった喜蔵は、彦次と小春の許に戻った。

「……もう止めろ」

彦次の肩に手を置き、喜蔵は言った。

「……嫌だ」

俯いていた彦次は筆を握りしめたまま、か細い声を出した。

「楽にしてやれ。これ以上苦しめるのは酷だ」

「嫌だ……俺はお類さんに生きていて欲しい……」

「このままでは、お類さんもお前もただ苦しみつづけるだけだ」

「それでもいい……！」

叫んだ彦次は、喜蔵の手を振り払った。

（今――）

喜蔵は目を剝いた。画の中の類がぐにゃりと輪郭《りんかく》を変えた。目の錯覚かと思ったが、小春も同じく画を注視している。

「おい、それをどうにかしろ！」

そう言いながら画に手を伸ばした喜蔵に、彦次が摑みかかった。

「止めろ！　お類さんは俺のものだ……！」

「何を申している……それはただの画だ！」

「違う……この画は生きている！　お類さんが息を引き取っても、魂はずっとここにありつづけるんだろ!?……そうだ、お類さんは生きつづけるんだ！」

ただならぬ表情で迫ってくる彦次を見て、喜蔵はぐっと詰まった。

(こ奴は画に憑かれているのか……!?)

彦次はいつも騒がしく、怯えてばかりだが、いざという時には必ず喜蔵や皆を助けてくれた。優しさと意志の強さを持った男だということを、喜蔵は知っていた。

だが――。

「お類さんが生きていてくれるなら、他はどうなったっていい。俺はお類さんと共に生きると約束したんだ……！　この画の中のお類さんが外に出て、俺を絞め殺すことになったとしても、お類さんには生きていて欲しいんだ……！」

彦次は大声で叫んだ。彦次の持っている筆の先から、ぶわりと黄色の光が発され、画に吸い込まれていく――それを目にした瞬間、喜蔵は彦次を殴りつけていた。

「――っ……！」

後ろに飛んだ彦次は、壁にぶつかって、ずるりと崩れ落ちた。

「お前の身勝手でその人を苦しめるな。愛おしいと思うなら、お前に向けて伸ばしているあの手を握っていてやれ！」

　ゆっくり身を起こした彦次は、類の方に視線を向けて、ハッとした表情を浮かべた。布団から出ているのは、枯れ木のように細い手だった。最後の力をふりしぼるようにして必死に伸ばされた手は、愛しい者を呼んでいるように見えた。

「お類さん……」

　彦次の口から漏れた呟きに、その手はぴくりと反応した。

「お類さん……俺は……お類さん……！」

　泣き声を上げながら類の許に駆けつけた彦次は、枕許にへたり込んだ。差しだされていた類の手を両手で握りしめ、嗚咽交じりに名を呼んだ。

「お類さん……ごめっ……俺、お類さんと一緒に……ずっと一緒にいたくて……！」

　類は何も言わなかった。もはや、声を発することもできぬのだろう。それでも薄っすらと口を開き、ゆっくりと唇を動かした。

　わたしも――。

　声にはならなかったが、類は確かにそう述べた。

「……おい」

　喜蔵は二人を見据えながら、小さな声を出した。

「どうにかできぬのか……何か一つでも手立ては――」

「ある」

返ってきた答えに、喜蔵は勢いよく小春を見た。小春はじっと画を注視していた。まるで、画の中の類と睨み合っているかのようだ。

「手立てはあるが、彦次を助けることにはならない」

それは一体——そう問いかけた時、

「俺のことはいい……！　この娘を助けてやってくれ……」

彦次の悲痛な声が響いた。一瞬黙り込んだ小春は、意を決したように述べた。

「どんな代価でも支払うか？」

「俺のものだったら何でもやる」

「代価はおそらく——お前の幸せだ」

喜蔵は息を呑んだ。彦次は逡巡の一つも見せず、低い声音で答えた。

「……俺の幸せなどでいいなら、持っていってくれ」

「承知した」

真面目な顔で頷いた小春は、突如画に手を伸ばした。あっという間に、その手は画の中に吸い込まれた。

「あ——ああああああ！」

けたたましい叫び声が上がった。喜蔵は目を剝き、思わず後退りした。小春の伸ばした爪が、画の中の類の首に突き刺さったのだ。

「貴様あああ……やめろおおおおおおお！」

蛙《かえる》を潰したような声を上げているのは、画の中の類だった。小春の爪が刺さった首を、掻き毟《むし》るような仕草をしている。

お類さん――喜蔵は呼びかけ、口を噤んだ。

（これはお類さんではない……）

画の中でもがいているのは、身の毛もよだつほど恐ろしい顔つきをした化け物だ。凜とした笑みを浮かべていた若い娘はどこにもいなかった。

「貴様……許さぬ……私をこのような目に遭わせて無事で済むと思うなああああああああ！　いつか必ず恨みをおおおおおお……ああああああああああ……！」

断末魔の叫びが上がった。画の中の類が動きを止めた瞬間、彼女の胸から青色と黄色の光が立ち昇った。絡み合ったそれは深緑色になり、画の外に出た途端、雫《しずく》のような形に変化した。

「あ――」

喜蔵は思わず声を漏らした。どこかに飛んでいきそうだったその雫は、画から素早く引き抜かれた小春の手に摑まれた。

ふっと息を吐いた小春は、その雫を手に持ったまま、彦次たちの許に近づいていった。彦次を押しのけ類の枕許に座り込むと、雫を持っていない方の手で、類の口をこじ開けた。

「何を……――」

問いかけた彦次は、手で己の口を押さえた。その姿を見た喜蔵は在りし日を思いだした。

――お前のことは信用できるよ。

小春と出会ってひと月も経たぬ頃だった。彦次はその時、化かされたこともある小春にそう言いきったのだ。彦次は今も小春を信じているのだろう。だから、小春が類の口をこじ開け、その中にあの画から抜け出た雫を押し込んでも、何も言わず堪えているのだ。

喜蔵はちらりと画を見た。そこには、悪鬼のような化け物も、類もいなかった。花びらがすべて散った桜木が、ぽつねんと立っているだけだった。

雫が類の中にすっかり収まったのは、四半刻ほど経った頃だった。

「先ほども言った通り、青色の光はお類から抜け出た魂、黄色の光はお前が画に込めた魂――生命の力だ。この両方が身体の中にあれば、お類はしばらく生きつづけるだろう」

「しばらく」が一年なのか、三十年であるのか――小春は明言しなかった。

「……だれ」

仰向けで寝ている類が、うっそりと目を開いて呟いた。開ききらない瞼から覗いた瞳は、涙に潤《うる》んできらきらと輝いている。

「お類さん……！」

彦次は小春にぶつかりながら、類の枕許に近づいた。

「よかった……よかった……！」

類の手を握りしめた彦次は、無事を喜ぶ声を何度も上げた。類はゆっくり顔を横に向け、視線を左右に動かして言った。

「……あなたたちは誰です……？」

「見舞客。すぐに帰るよ」

軽い調子で答えた小春に、類は首を傾げて微笑んだ。

「あら……わざわざどうもありがとう」

類は見ず知らずの相手を訝しむことなく受け入れた。

（こういうところに惹《ひ》かれたのだろうか）

喜蔵はそう思いつつ、画を脇に抱えて歩きはじめた小春の後を追った。

「あの……あなたは？」

類の言葉に、彦次は笑い交じりの甘やかな声を返した。

「俺は帰らないよ。お類さんと一緒に――」

「ごめんなさい……」

類はなぜか謝った。喜蔵は思わず振り向いて、二人を見た。

「私の手を握ってくれているあなた――そこにいますよね？　どうしてかしら……眩《まぶ》しくて、ぼんやりとしか分からないの。まるで光に包まれているみたい……」

あなたの姿がはっきりと見えないんです――類は申し訳なさそうな声を出した。

「……」

言葉を失った彦次の代わりに、部屋から出ようとしていた小春が言った。

「そいつは彦次だよ」

「彦次さん……？」

はじめて聞いたというような顔をした類は、繋がれた手をじっと見据えて笑った。

「不思議……はじめましてなのに、あなたの手、懐かしいような心地がします」

握りしめた手に顔を寄せた彦次は、声も出さず泣いた。

＊

「魂が混ざりあったせいで、彦次のことを上手く認識できなくなったんだ。姿は影のようにぼんやりとしか見えず、声は耳鳴りのようにしか届かない。温もりは感じるようだったが……それもはっきりとは分からないはずだ。この画は封じる。預けるところが見つかるまで、蔵に入れておいてくれ」

類の家を出た後、小春は低い声音で言った。共にいるうちに、いつかまたはっきりと見え、聞こえ、感じることができるようになるのか——そんな問いが喉まで上ってきたが、結局訊ねることができなかった。できぬ、と答えられた時が怖かったのだ。

（俺にはかかわりないことだが……）

その一件以来、喜蔵はずっと胸にわだかまるものを抱えていた。重苦しい息を吐くたび、ますますそれが増えていくような心地がした。

「辛気臭え」

むすっとして言ったのは、小春だった。

「俺は今真剣な話をしているんだ。邪魔をするなら出ていけ！」

木箱に座した小春の向かいには、どうやら妖怪がいるらしい。

「そうだぞ、閻魔商人。俺の深遠なる悩みに比べたら、お前のは屁でもあるまい」

「……悩むのを止めさせてやろうか？　俺が息の根を止めてやる」

声のした方をぎろりと睨んで言うと、「ひょえっ」と情けない悲鳴が聞こえた。

「営業妨害だ！……お前、歩くの好きだろ。散歩でもしてこいよ」

「行かぬ」と答えた喜蔵だったが、小春に手払いをされて、勝手に足が外に向いた。

「どうせ行くとこねえんだろ？　浅草寺辺りでもぶらぶらしてこいよ」

往来に出た小春はそう言い、いつまでも手払いしつづけた。小春の姿が見えなくなっても、その力は続いた。喜蔵は自分の意志とは無関係に歩き、いつの間にか浅草寺の境内に足を踏み入れていた。

（……帰ったら懲らしめてやる）

そう心に誓った喜蔵は、仕方なく境内を歩きはじめた。

（どうせならば、高輪《たかなわ》まで足を伸ばせばよかった）

高輪には、先祖代々の墓がある。喜蔵は何かあるとそこに行き、墓に向かって語りかけた。声を出すのは心の中だけにとどめたが、それでも大分気持ちが落ち着いた。墓の下には、喜蔵が唯一心を開いていた祖父が眠っている。彼の死後、様々な裏切りに遭い、人を信じられなくなった喜蔵は、誰にも心を打ち明けずに数年を過ごしたのだ。

——修業先から抜けだしてきちまった。いい絵が描けたから、お前に見せたかったんだ。

喜蔵はぴたりと足を止めた。

——……まだ口を利いてくれねえのか？　強情っぱりだなあ。まあ、お前らしいけどさ。そういや、見たか？　山田屋さんところに来たお嫁さん。なかなかの別嬪さんだよなあ。誰のことも寄せつけなかった数年の間も、彦次だけは喜蔵に近づいてきた。

——お前、一人で大丈夫か？　何かあったら俺に言えよ。大したことはできねえが、話を聞くくらいならできるぞ。無理するなよ。

下らぬことも真面目なことも話してきたが、喜蔵は応えなかった。それでも、彦次はめげずに声をかけた。

類の手を握りながら、静かに泣きつづけた彦次を思いだして、喜蔵は拳をぎゅっと握りしめた。へらへらと笑って調子のいいことばかり述べる彦次をいつも鬱陶しく思っていた。それなのに、いざ黙り込んだ彦次を見て、胸が苦しくなった。

「……チッ」

舌打ちした喜蔵は、再び歩きだした。先ほどまでと打って変わり、早足になった。彦次の許に行かねばならない——そう思ったのだ。

だが、間もなく足を止めた。

（あれは――）

少し離れた場所に、大きな桜木が生えていた。霜月《しもつき》のこの寒い時期だ。花は無論のこと、葉の一つもつけていない。だが、その木の下にいる者は、満開の桜の画を描いていた。春をそのまま写し取ったかのような画を、道行く人々が立ち止まって見ていた。綺麗な顔立ちをしたその絵師に話しかける者もいたが、男は会釈するだけで取り合わなかった。

一人、また一人と去っていく中、喜蔵と、喜蔵の隣にいる者だけが画を見つめつづけた。

「……綺麗ですよね」

そう言ったのは、喜蔵の隣に立っている娘だった。喜蔵が立ち止まる前からそこに佇んでいた娘は、桜木を描いている男――彦次の方を指差して言った。

「私、あの人の画が好きなんです。ぼんやりとしか見えないけれど……とっても綺麗」

首に巻いた布をずらしながら、女は満開の桜のように鮮やかな笑みを浮かべた。

四、神と呪い

小春が妖怪相談処をはじめて二十日が過ぎた。その間に訪れた妖怪は数知れず——もっとも、中には妖怪でない者もいた。彦次は一度だけだったが、もう一人は日参している。

「もしや、思いもよらぬ事情が隠されているのか……!? いや、あいつに限ってそんなことはねえか。だって、すぐ顔にも口にも心のすべてが出ちまう奴だもんなあ。でも、当人が気づいてねえとしたら——」

荻の屋の表口のそばに置いてある木箱の上で胡坐をかき、独り言《ご》ちていた小春は、

「噂をすれば……また来た」

と呟くと、ひょいっと手を伸ばし、半開きだった戸を引いた。

「おう、いらっしゃい」

「……こんにちは」

小春の無邪気な笑顔に応えたのは、苦笑を浮かべた綾子だった。このところ、綾子は毎日荻の屋を訪れる。しかし——。

「どうだ？　今日は何しに来たか覚えているか？」

小春の問いに、綾子はしばし考え込み、首を横に振った。

「ごめんなさい……どうしても思いだせなくて」

「謝るなって。俺は嬉しいよ。綾子が来てくれるといいことがあるし……深雪ちゃん！」

小春の呼びかけに、遠くから「はーい」と明るい声音が響いた。間もなくして居間から顔を覗かせたのは、盆を抱えた深雪だった。

「綾子さん、いらっしゃい」

「……いつもお邪魔しています」

頬を染めて頭を下げた綾子に、深雪はにこにこしながら近づくと、

「そろそろいらっしゃる頃だと思っていたんです。はい、どうぞ」

そう言って、盆を差しだした。そこには、茶と干菓子が載っている。

「いえ、私は……あら、可愛い……」

遠慮しかけた綾子は、干菓子を見て微笑んだ。薄い桃色と緑色のそれは、鶴と亀の形をしている。

「一目《ひとつめ》入道《にゅうどう》って奴が、『相談に乗ってくれた礼に』とくれたんだ。あいつ、目の中に塵が入ったと泣きついてきてさ。丁寧に取ってやったら、さらに泣いて喜んだんだ。あんなおっそろしい姿のくせに、礼が可愛らしい干菓子だろ？　笑いを堪えるのに苦労したぜ」

綾子はよく分かっていないようだったが、小春が楽しそうにしているのが嬉しかったら

しい。笑みを深くして、「よかったね」と言った。

「せっかくですから、どうぞ。味も美味しいんですよ」

「でも……いつもご馳走になってばかりで……」

綾子はまだ遠慮したが、深雪は構わず綾子の手のひらに干菓子を載せた。

「綾子が食わないと、俺の分も引っ込められちまう。だから、食え！」

小春にそう言われた綾子は、慌てて干菓子を口にした。

「……美味しい」

「だろう？　それもこれも俺の妖徳が為せる業《わざ》なわけだが、綾子は美味い飯をくれるからいくつでも分けてやるぞ！」

小春が箱の上でふんぞり返って言うと、「えらそうに」と不満に満ちた小声が響いた。

作業台の方をじろりと見た小春は、ふんっと鼻を鳴らした。

「お前も素直になればいいのに。どうしてもというなら分けてやるぜ？」

「得体の知れぬ者からもらった物など口にせぬ」

作業台の上に端坐している喜蔵は、帳面をめくりつつ、興味なさそうに言った。

「いいのか、そんな言い方して。深雪も綾子も食ったんだぜ？」

「お前が食わせたんだろう。何かあったら、お前が責任を取れ」

喜蔵の素っ気ない答えを聞いた小春は、深雪と綾子に顔を寄せて囁《ささや》いた。

「今の聞いたか？　非情な奴だよ……でも、仕方ないんだ。実は、あいつは鬼なんだよ。

人に化けて暮らしてるんだ。化けきれてないけど、あれでも完璧な変化のつもりなんだ」

「……だ、大丈夫です。私、誰にも言いませんから！」

小春の言を真に受けた綾子は、深雪の肩を摑んで言った。

「お兄ちゃんが鬼だったら、あたしも鬼ということになりますね」

くすくすと笑いながら答えた深雪を見て、綾子は目を瞬いた。

「深雪さんが鬼であるはずがありません！」

大きな声を出した綾子は、ハッとした顔で喜蔵を見た。

「喜蔵さんが鬼らしいと思ったわけではないんです。ただ、深雪さんは鬼には見えないから……喜蔵さんが見えるということではなくて、その……」

あたふたと言い訳をする綾子に、喜蔵は深い息を吐いた。

「よ、大妖怪！」

小春は喜蔵を指差して笑った。小憎たらしい表情に苛立った喜蔵は、帳面を横に置き立ち上がった。土間に下り、小春の許へずんずんと近づいていくと、深雪と綾子は手を取り合い、身を寄せた。己の顔つきがあまりに剣吞《けんのん》であることに、当人は無論気づいていない。

小春の前に立った喜蔵は、笑っている子どもを見下ろして言った。

「あの紙を外せ」

外の看板の横には、未だにあの白紙が貼られている。妖怪相談処――そう書かれているらしい紙を見て、妖怪たちが連日訪れた。喜蔵の怒りは増すばかりで、常以上の仏頂面を下げている。それを笑って見ているのは、件の紙を貼った小春ばかりだった。

「えー……嫌だ！」

迷う振りをしてあっさり拒絶の言を吐いた小春は、喜蔵が繰りだした手を避けて、ひょいっと木箱から降りた。

「鬼さん、こちら。手の鳴る方へ！」

小春は柏手を打ちながら、荻の屋の外に出ていった。

「……すぐに戻る」

舌打ち交じりに言った喜蔵は、駆けだした。


四半刻後――町内をぐるぐると歩きまわった喜蔵は、肩を落として息を吐いた。

（……くだらぬことをした）

挑発に乗って追いかけた己が馬鹿だった、と反省しつつ、踵を返した。裏長屋の前を通り、表通りに戻った喜蔵は、ハッとした。

「お前……」

荻の屋の前でばったり出くわしたのは、小春だった。

「お前、鬼のくせに見つけるの下手くそだな。飽きたから帰ってきちまったよ」

喜蔵の唸るような声に悪びれもせずに答えた小春は、顔の近くまで手を上げていた。そこには、五寸ほどの小さな鳥が乗っている。顔の一部と喉と嘴は黒色、背面は褐色、腹と首筋は白色の毛で覆われている。よくその辺を飛んでいるが、こうして間近で見たのははじめてだった。警戒心が強い鳥なので、近づくと逃げてしまうのだ。

「何だそれは」

「雀《すずめ》」

見れば分かる答えを返した小春は、雀を手の甲に乗せたまま荻の屋の中に入っていく。

「……かたじけない」

その時、神妙な声音が聞こえ、喜蔵は小春に伸ばしかけた手を止めた。周りをきょろきょろ見回したが、近くには誰もいない。不思議に思いつつ、喜蔵は小春に続いた。

店内にいたのは、はたきを持った深雪と、先に入った小春、その手の上の雀だけだった。

「おかえりなさい。綾子さんは一寸前に帰られたわ。ゆっくりしていってくださいと言ったのだけれど」

喜蔵の視線の意味を汲み取り、深雪が言った。

「明日も来るだろ」

そう答えた小春は下駄を脱ぎ捨て、もはや定位置となった木箱の上で胡坐をかいた。

「小春ちゃん、その雀さんどうしたの？」

小春の手の甲から肩に移動した雀を見て、深雪は問うた。

「俺の客。表口の前でうろうろしてたんだよ。な？」

小春はそう言いつつ、雀を撫でようと手を伸ばした。しかし、雀はそれをすいっと避け、軽やかに飛んだ。

「……客の割に嫌がられているな」

喜蔵の嫌みに、小春は「煩えな」と言って頬を膨らませた。雀は店内をぐるりと旋回した後、中央の台の上に置いてある壺の縁に止まり、嘴を開いた。

「鷲《おおとりじんじゃ》神社の使いで参った」

喜蔵は目を瞬いた。雀から発された声は、店に入る前に耳にした「かたじけない」という声音と同じだった。七夜と同じように、鳥の経立なのだろうか？

「鷲神社？　お前のような小雀が使いの者ということは、あそこの神さんに仕える鷲《わし》が本当の依頼主ってとこか。相談処を開いてまだひと月と経たぬというのに、神さんにまで頼られちまうようになるとは……流石は俺！」

腕組みをして言った小春は、顎を上げ偉そうな顔をした。

「千束《せんぞく》にある鷲神社か……？」

喜蔵の問いに、雀は嘴を下に引いた。

鷲神社は、開運、商売繁盛にご利益があるとされている。創建は不明だが、古くからこの地に存在していたようだ。この神社の由来は、神話に伝わるある話が基になっている。天照大御神《あまてらすおおみかみ》が天岩戸《あまのいわと》に隠れた時、彼《か》の神を外に連れだそうと他の神々が舞い、音楽を奏でた。皆の奮闘は実を結び、天照大御神は無事外に出た。天岩戸が開いた際、弦という楽器の先にある鳥が止まった——それが、鷲だった。そこで、鷲は世を照らす吉兆の鳥とされ、その弦を用いた神が鷲の字を入れて天日鷲《あめのひわしのみこと》命と称されるようになったのである。

　鷲神社には、件の天日鷲命と同様に、日本武尊《やまとたけるのみこと》も祀《まつ》られている。これは、彼の神が東《とう》夷《い》征討の際、社に立ち寄り、戦勝祈願したためだ。戦勝後、再びこの社を訪れた日本武尊は、社の前にある松に武具の熊手を掛けたという。その熊手は、鷲神社の例祭日《れいさいじつ》に開催される酉《とり》の市で昔からずっと売られている。

（……そういえば、昔はうちにもあったな）

　喜蔵は店の一角にある神棚をちらりと見上げた。浅草の商家には、大抵鷲神社の熊手が置いてある。それほど、馴染み深く、著名な社なのだ。だからこそ、喜蔵には信じられなかった。

「……鷲神社の者が、このような妖怪もどきに頼みごとをするなど妙だ。誰かと勘違いしているのではないか？」

「何だと!?」と喚く小春を無視しつつ、喜蔵は雀を見て言った。

「ここで相違ない。店の前まで案内してくれたのは、我が眷属《けんぞく》――七夜だ」

　雀が厳《おごそ》かな声音で答えるや否や、ぷっとふきだしたのは小春だった。

「あいつ、雀の眷属なんかやってるのか!?　自分よりずっと小さい者にいいように扱われているとは……こりゃあ傑作だ！」

「……随分とかしましい妖だ」

　ぽつりと言った雀は、半目で小春を睨んだ。

「七夜さんはどうされたんです？」

笑顔で問うた深雪に、雀は「帰った」と簡潔に答えた。

「そろそろ蕎麦が届く刻限だ、と申していた」

喜蔵は眉を顰め、微苦笑した。正体を明かさぬまま蕎麦を啜り合う二人のやり取りは、まだ続いているらしい。

「まったくあいつも変な奴だよなあ。そこそこ力があるのに、自分より弱い奴らに従って生きていくなんて俺だったら真っ平御免だね」

頭の後ろで手を組んだ小春は、肩を竦めて言った。

「飼われている者の言う台詞ではないな」

雀がそう発した瞬間、荻の屋の中に不穏な気が満ちた。

「……何だと？」

「雀さんはどんな相談に来られたんです？」

小春の低い呟きは、深雪の問いで遮られた。はたきを横に置いた深雪は、にこにこしながら雀の傍らに来た。深雪の裏のない笑みに絆《ほだ》されたのか、雀は半目を止めて、こくりと頷くような仕草をした。

「社のことで少々――先に渡すべきであった。娘、手を出せ」

雀に命じられるまま、深雪は両手を差しだした。すると、雀はふわりと浮き、ばさばさと数度羽ばたいた。

雀の羽から、きらきらと金粉が舞った。その金粉は宙でゆっくりと結合し、形を成すと、深雪の手のひらに落ちる時には、金色の鷲の根付《ねつけ》に変化した。

「何だよ、金塊でもくれるのかと思ったら、そんなちっさい――」

「わあ……素敵」

文句を言いはじめた小春だが、深雪が嬉しそうな声を上げたのを見て、むっつりと口を閉じた。喜蔵は小春に嘲笑を向けつつ、深雪に近づいて手のひらを覗き込んだ。

「……精巧だな」

「すべては神力によるものだ」

喜蔵の漏らした感想に、雀は弾《はず》んだ声音で答えた。

「何かあった時、これがお主を助けてくれるだろう」

「ありがとうございます……でも、あたしがもらってもいいのかしら？」

困ったような微笑を浮かべた深雪に、小春は「やるよ」とぶっきらぼうな声で答えた。

「深雪にはいつも世話になってるからな。日頃の礼だ」

「ありがとう、小春ちゃん」

深雪は手のひらを大事そうに握りしめながら答えた。ふいっと視線を背けた小春は、立てた片足に腕を乗せて言った。

「礼は確かに受け取った――そんで何？」

「『瓦解』を覚えているか」

「つい最近のことだ。そりゃあ誰だって覚えてる」

雀の問いに、小春はふんっと鼻を鳴らして答えた。喜蔵と深雪は顔を見合わせ、頷いた。

瓦解というのは、今から遡《さかのぼ》ること五年と少し――江戸から明治に変わった頃のことを指す。二百六十年以上続いた徳川の世が瓦解したということだ。

「世間では御一新《ごいっしん》などと申しているらしいが、我々にとっては瓦解だった。あれ以来、神の世も仏の世も変わった。それまでも人間が無理やり決めたことに苦しめられることはあったが、瓦解以降はそれまでの比ではないほどひどい有様だった」

明治四年の太政官布告は、伊勢《いせ》神宮《じんぐう》以外の神社を官社、諸社に分け、すべての神社に順序をつけた社格制度を定めるものだった。他の宗教と異なる特権的地位を認めたということだが、それが神々にとってよきものとは捉えられなかったという。

「我らの神聖な社を、国のものとしたのだ。神が人間のものになるなど有り得ぬ話だというのに――驕《おご》りたかぶった者のすることは分からぬ」

神道が他の宗教より上位に位置づけられたことにより、神仏分離が行われた。もっとも、それは方便で、実際に推し進められたのは、仏教排斥だった。仏教が異国から持ち込まれたものであることや、仏教従事者が様々な特権を持っていたことが、国にとって不都合だったのだ。僧侶の神職への転向、仏像の神体としての使用禁止、仏像や仏具の破壊――それに反発する者たちにより一揆《いっき》も起きたが、ほとんどは抗う術《すべ》もなく、国の指示に従った。

「我らの道ではないが、仏教も道の一つである。よき寺院や善良な心を持つ僧侶が迫害されるのを黙って見ているのは辛いものがあった」

雀は目を瞑り、押し殺した声で語った。

「神さんと仏さんを合わせたり、引き離したり……人間は勝手なことばかりするからな。江戸の頃の坊主には守銭奴も多かったから、自業自得の奴もいたんだろうけど」

「だからと言って、害されてよいというものではない」

小春の言にきっぱりと答えた雀は、ぱちりと目を開いた。丸く愛らしい目には、昏い光が宿っている。

「へえ、流石神さんの使いだ。世のため人のためってわけか。けど、矛盾してねえか？　要するに、勝手に神の世や仏の世の理《ことわり》を変えた人間に復讐《ふくしゅう》してやりたいって依頼だろ？　ま、楽しそうだから引き受けてやってもいいぜ」

にやりと笑った小春に、喜蔵は「おい」と低く呼びかけた。

「それ以上下らぬことを申すなら、飯は抜きだぞ」

「一食や二食抜いたところで屁でもねえな。三日抜きというなら、綾子か又七のところで馳走になるから、俺は構わないけど？」

「……五日抜きにする」

「へえ……叩きだすとは言わねえんだ？」

皮肉げな表情で述べた小春を、喜蔵はぎろりと睨んだ。

(……こ奴はまだあの時のことを怒っているのか?)

――もはや妖怪とも言えぬくせに、悪戯ばかりしおって……少しは働け! この役立たずの妖怪もどきめ!

喜蔵がそう口を滑らせた時、小春は荻の屋を飛びだした。騒ぎが起きたせいでうやむやになったが、あれ以降、小春は何かと絡んでくるような気がしていた。

(気のせいか?……否、やはり苛立っている)

謝れ、と言うのならば、考えてやらなくもない。しかし、自ら言いだすのは癪に障る――そんなことを思いながら、喜蔵はますます仏頂面になった。こちらをまっすぐ見つめる小春も、常とは反対の冷たい表情を浮かべている。

「復讐など望んでいない」

小春と喜蔵の睨み合いは、雀の発した言葉で終わった。

「我はただ困っている。それを解決したいだけだ」

「はあ? 困りごとがあるなら、さっきの瓦解のくだりは何だったんだ?」

首を傾げて言った小春は、がりがりと頭を掻いた。苛立っているのがありありと分かる小春を一瞥した雀は、落ち着いた声音で続けた。

「瓦解によって、神の世も変わった。鷲神社の神々も変わられた」

「何だよ、家出でもしたのか?」

からかい口調で述べた小春を、雀はじっと見据えた。

「出奔された。今、社には神々がおらぬ」

「へ……」

雀の答えに、その場にいる者たちは皆、目を丸くした。

「神が出奔しただと!?　何じゃそりゃ！」

木箱の上に立った小春は、天井に顔を向けて叫んだ。

「……神はその土地に祀られているものではないのか？」

喜蔵の問いに、雀はゆっくり瞬きした。そうだ、という意味なのだろう。

「ならば、なぜ出奔した？　鷲神社はあの場所に建ったままだろう？……もしや、社が壊されそうなのか？」

「否──もしも、そのようなことが現になれば、神は出奔などなさらず、神罰をお与えになっただろう」

平淡な口調でぞっとすることを述べた雀は、訊ねた喜蔵に視線を向けた。

「我が社で行われている市に詣《もう》でたことはあるか？」

「……酉の市ならば、何度かあるが」

答えた喜蔵は、そういえばと思いだした。

（もうそんな時期だったか）

十一月の酉の日に行われる酉の市は、来年の開運や除災、商売繁盛などを祈願する祭りだ。雀がいる鷲神社や、長國寺《ちようこくじ》のそれが特に著名だが、幕末には雑司ヶ谷《ぞうしがや》の大鳥神社《おおとりじんじや》でも開催されるようになった。酉の日の子《ね》の刻（午前零時）に打ち鳴らされる一番太鼓を合図に、翌日の子の刻まで、丸一日祭りが行われる。十一月に酉の日が二回ある時は二の酉、三回ある時は三の酉といい、明治六年の今年は三の酉だ。

先ほど頭によぎった熊手は、その酉の市で得たものだ。熊手は一年ごとに大きなものと取り換えるとよいと言われているが、祖父が買う熊手はいつも同じ大きさだったと喜蔵は記憶している。

「昔の話だ……祖父が身体を悪くしてからは行っていない」

「その者は――そうか」

喜蔵が答える前に、雀は何かを察したらしい。一瞬、雀の目が金色に光ったように見えた喜蔵は、ごしごしと目を擦った。

「そもそも、神がいなくなった理由は、酉の市にある。このところ……詣でる人間の数が少々減った」

「へえ、江戸の頃は大盛況だったのにな。あ……ここで瓦解の話に繋がるのか！」

雀の話を受けた小春は、ぽんっと手を叩いた。木箱の上に立ったままの小春を一瞥し、雀は続けた。

「瓦解前後から、世は揺れていた。治世が変わるのだから、当然だ。我らは人間たちの様子を眺め、時に助けた」

「罰を与えることもあったんだろ？」

「我らと人間は住まう世が違う。だが、その世は重なり合っている。妖《あやかし》どももそうだろう？　かかわりあってはいるが、かかわりすぎることがあってはならぬ。必要ならば、無論罰も与えるが、お主たちと違ってそこに私怨《しえん》はない」

　雀の言葉を聞いた小春は、からかいの口を閉じた。

（以前、こいつも似たようなことを言っていたな）

　喜蔵はちらりと小春を見て思った。己の生きている世以外にも世があることを、喜蔵は小春と会ってはじめて知った。それは、人間の世以外に、妖怪の世や神の世があるという意味だけではない。小春と会うまで、喜蔵の世は閉じていた。そこには喜蔵たった一人しかいなかったのだ。だが、小春と出会い、深雪や彦次、硯の精や弥々子などといった他者とかかわりあう中で、己の世がぐっと広がっていくのを感じた。

（否——元々広かったのだろう）

　ただ喜蔵がそれに気づかなかっただけだ。

「瓦解で大勢の人間が傷つき、死んだ。それから、神事から人間が遠ざかった」

「だが、お蔭参《かげまい》りなんかは盛況だったろ？　お前のとこじゃねえが」

　小春が口にしたお蔭参りとは、伊勢参りの別称である。伊勢参りは、その名の通り、伊勢神宮に詣でることをいう。創建以来、参拝客が途絶えたことはなかったが、六十年に一度の周期で爆発的な参詣が起きた。なぜ六十年に一度なのか、その理由は不明だ。

「俺もちらっと見たことがあるぞ。確か、文政《ぶんせい》の頃だったかな？　街道に溢《あふ》れんばかりの人間たちがいた。行列の中には、犬と牛もいてさ。すげえ面倒くさそうな面してた！」

わはは、と笑った小春に、雀は面白くなさそうな声で述べた。

「あれは神事ではない。否、人間にとっては神事なのだろう。だが、神からするとあれは人間の所業の範疇《はんちゅう》にある。信仰厚き者には利益を与えるが、そうでない者には何もせぬ」

「まあ、手っ取り早く現世利益や来世の幸運を願うような奴には利益なんてやりたくねえよな。俺も、からかってくれと頼んでくるような奴は意地でもからかいたくねえ」

ふんふんと頷いた小春を見て、喜蔵は顔を顰めた。

「つまり、お前らが望むような神事から人間が遠ざかっちまったわけだな？　酉の市にも昔ほど人が集まらなくなった。……もしかして、神が出奔したのはそれに拗《す》ねたからか？」

「拗ねたわけではない。呆れられたのだ」

「おいおい、本当にそうなのかよ！」

神のくせに拗ねるってどういうことだ、と呆れて言った小春に、喜蔵は内心同意した。

「神さまたちは本当にいなくなってしまったんですか？」

静かに問うた深雪に嘴を向け、雀は神妙な声を出した。

「いなくなったわけではない。各国を巡り、その土地の神々の様子を見ておられるようだ。時折、帰ってこられる……だが、年が経つごとに社におられる時が少なくなってきた」

「それは困りましたね……」

深雪は頬に手を当てて、思案げに呟いた。

「まことに困るのが酉の市だ。これまでは、神々はこの時期になれば必ず戻ってこられたのだが……今年はお姿が見えぬ」

雀はそう言って、深い息を吐いた。鷲神社の神々は、大の祭事好きだという。だからこそ、必ず酉の市には戻ってくるのだが、祭事が好きなあまり、それを楽しもうと躍起になってしまうらしい。

「人間の身に変化し、市に来た者たちの中に紛れてしまわれるのだ。神気を消されているので、どこにいるのかまるで分からぬ。時折気づくこともあるが、市のたびにお姿を変えてこられるため、目当てをつけようもない。祭事を楽しまれるのは喜ばしいことだが、あの方々には神事を行っていただかなければならぬ」

ただでさえ、酉の市に来る者たちが減っているのだ。神の力が減れば、ますます市は衰退していくだろう。

「次に帰ってきた時にそれをお話しされてみたらどうですか？」

深雪の提案に、雀は力なく頭を横に振った。

「……神々はすべてご存じだ。酉の市に来る人間の少なさをお嘆きになり、外に出るようになったのだ。市の時は楽しんでおられたようだが、参拝客が減ると、紛れるのも難しくなってくる。その点にもお怒りのようだ」

「何だよ、やっぱり拗ねてるんじゃねえか」

あはは、と笑った小春を、雀はじろりとねめつけた。

「……我は神々ほどではないが、それなりに力を持っている。七夜をはじめ、多くの眷属たちが、浅草で起きた出来事を我に報告してくるのだ。お主が妖怪たちの相談を聞き、そのすべてを解決していることも聞き及んでいる。神々に帰っていただけるように、今年の酉の市は盛況に執り行いたい。力を貸してくれ」

（それがこ奴の相談か）

ようやく本題にたどりついたことに、喜蔵は息を吐いた。だが、安堵するのはまだ早い。雀の相談は、相談というよりも強請《ゆすり》だ。盛況に執り行うためにどうしたらよいのか？と問うているわけではなく、執り行うために力を貸せという。しかし、神々とかかわりのある雀が手をこまねいている事態だ。いくら他妖の悩みを解決するのが得手な小春といえど、難しいに違いない。何しろ今の小春は、妖力のほとんどを失っているのだ。

（……だが、どうせ調子よく引き受けるのだろう）

喜蔵は口許に薄っすら笑みを浮かべた。小春は妖怪のくせにお人好しだ。情が深く、困っている者を見ると放っておけぬ性質だった。これまで、喜蔵は小春のそうした面をいくどとなく目にした。そのたびに、喜蔵は苛立ち、じれったくなったが、同時に嬉しくなった。出会ってよかった――などと柄にもないことを思ったのだ。

「どうしよっかな～」

軽々しい調子の声が響き、喜蔵はぴくりとこめかみに青筋を立てた。

「……ならぬのか？」

訝しげに問うた雀に、小春はニヤニヤしながら勿体ぶった口調で続けた。

「ならぬわけじゃねえけど……それって結構大変だぜ？　礼を先に寄こしてきたのも分かるわ。……あれはあくまで手付だよな？　成功したらもっといいもんくれるってことだろ？」

「……それを望むならば」

渋々答えた雀に、小春は「えー」と声を上げた。

「望まなければくれぬつもりだったのか？　すげえ、ケチくせえ！」

「……何と」

「だから、ケチだって言ってんだよ。ケチ、守銭奴！　お前の主人は神なんだろ？　主人がケチだから、僕《しもべ》のお前もケチなんだな！」

「………」

黙りこくった雀を見て、小春は指をぴんっと立てて続けた。

「まあ、俺は慈悲深いからな。ケチなのは黙っててやってもいいぞ……礼をたっぷり弾んでくれるならな。何ならくれるんだ？　金塊でもいいけれど、俺は食えるものがいい！」

（……前言撤回だ）

図々しい小春の様子を見て、喜蔵は額に手を当てて呻いた。

「いくらケチだろうと、腐っても神さんだもんな。さあ、どんな食い物をくれるんだ？

やはり肉かな。いや、魚も捨てがたい。まあ、何より心からの礼が大事だけど――」

「……許すまじ」

小春の声に被さるように、低い声音が響いた。雀の嘴から出たようだが、それまでの淡々とした調子とはまるで違い、恨めしさに満ちていた。

「相談を持ちかけたのはこちらだ。どんな非礼も忍ぶべきと考えたが……神々を侮辱《ぶじょく》されて黙っているわけにはいかぬ。――猫股鬼よ、許すまじ」

小春の顔から笑みが引いた瞬間、雀は壺の縁から飛び立った。

（これは……）

喜蔵が目を見張ったのは、雀がにわかに変貌したからだ。

ぐぐぐ、と身体が長く太くなり、羽が横に広く伸び、嘴が鋭利に尖り、目は鋭く光り――片手で握りつぶせそうなほど華奢《きゃしゃ》で小さかった雀は、大空を舞う立派な鷲へと形を変えた。

ばさり、ばさり、とゆっくり羽ばたくたび、鷲の羽から金粉が舞う。金粉は先ほどのように変化はしなかったが、まるで意志を持っているかのようにゆらゆらと宙を移動し、小春の頭上で動きを止めた。

「お前、神の使いって……鷲神社の鷲だったのかよ……！」

己の身にこれから起きるであろう事態を察したらしい小春は、叫ぶなり木箱から飛び降り、表戸の方に駆けたが――。

「主に神罰を与える」

鷲が高らかに宣言した瞬間、金粉が小春に飛びかかり、その身を拘束した。

「うわっ、放せ！」

声を荒らげた小春を見て、喜蔵は思わず手を伸ばしたが、

「――ならぬ」

届く前に、ひゅっと飛んでいった鷲が、鋭い嘴で小春の襟《えり》を摑んだ。体格の差などないように、鷲は軽々と小春の身を持ち上げた。

「うわあああああ！」

悲鳴が轟《とどろ》いた時には、小春は鷲によって表戸の外に連れ去られていた。

「小春ちゃん！」

深雪は大声を上げ、外に駆けでた。小春を助けそこなった喜蔵は、チッと舌打ちを漏らして後に続いた。

「もういない……どうしよう……」

辺りをきょろきょろと見回しつつ、深雪は青い顔をして言った。

「……あの鷲は鷲神社の使いだ。そこにあ奴を連れ去ったのかもしれぬ」

「じゃあ、鷲神社に急がなきゃ……！」

真剣な面持ちで頷いた深雪が、往来を駆けだそうとした時、

「何の手立てもなく神に立ち向かうのは無謀だと思いますよ」

素っ気ない声音が響き、深雪と喜蔵は振り返った。

「神の怒りを舐めてはいけません。うちの例を見ればお分かりになるでしょう？」

口許に薄い笑みを浮かべて言った男を認めて、喜蔵は呻くように問うた。

「桂男《かつらおとこ》……何しに来た？」

喜蔵の問いに、男——桂男は笑みを深めた。しかし、その目は冷え冷えとしていた。

桂男は、小春がはじめて荻の屋の庭に落ちてきた頃から、喜蔵の前に姿を現すようになった。もっとも、喜蔵が見えていなかっただけで、桂男はもっと昔から荻の屋に出入りしていたらしい。古道具に憑いた付喪神でもない桂男がなぜ荻の屋にいたかといえば——。

——……帰りたくない。

喜蔵は幼い頃、ある子どもと出会った。家を抜けだしたという子どもを、喜蔵は保護者の許まで送り届けた。その子どもが、去年再会を果たした引水初《ひきみず》——偽りとはいえ、喜蔵と祝言を挙げた相手だった。

引水家は、長らく妖怪や神の呪いに苦しめられていた。喜蔵と初が再会したのは、危ういながらも何とか保たれていた均衡が崩れかけていた時だった。妖や神の血が混ざっていない人間と祝言を挙げることで、その呪いを絶てるやも——引水家の者たちは、一縷《いちる》の希望に縋った。次期後継である初の相手に選ばれたのは、喜蔵だった。喜蔵はたまたま選定されたと思っているが、本当は初が望んだことだった。

幼い頃、出会った子どもが初であること。そして、その時初を迎えにきたのは桂男であること。喜蔵はどちらの事実にも気づいていない。だから、初をずっと見守ってきた桂男が喜蔵を面白く思っていない理由を、知る由もなかった。

「引水の家にお連れしましょう」

桂男は美しい顔を歪ませながら言った。慇懃《いんぎん》な物言いとは反対に、嫌々といった様子がありありと浮かんでいる。

「長年神との力比べをしてきました。対処の仕方は心得ています」

「……なぜそのようなことを言うのか分からぬ」

桂男の提案を、喜蔵は訝しんだ。桂男に嫌われていることを喜蔵は知っている。小春と特別親しいわけでもない桂男が、わざわざ小春を救う手立てを教えてくることも解せなかった。喜蔵の浮かべた怪訝な表情に気づいた桂男は、鼻を鳴らして言った。

「あなたに義理はありません。あの猫股鬼がどうなろうとも私の知ったことではない……ですが、あの方は違う」

「お初さん、ですか……？」

深雪の問いに、桂男は素直に顎を引いた。

「こちらで変事が起きていることを察知し、急ぎ私を遣わしたのです。義理堅い我が主に感謝してください。さ、参りましょう」

そう言うなり、桂男は踵を返した。慌てて後を追おうとした深雪を、喜蔵は止めた。

「お前は留守番していてくれ」

「でも……」

「あ奴のことだ。鶩を振り切って、逃げ帰ってくるかもしれぬ。その時はしようがないから匿《かくま》ってやれ」

「……分かりました」

あたしも行く――と言いたげな表情で頷いた深雪を見て、喜蔵はふっと笑った。

「いってらっしゃい。気をつけてね、お兄ちゃん……！」

深雪の言葉を聞きながら、喜蔵は大分距離が空いてしまった桂男の後を追った。


初の家は、曳舟《ひきふね》にある。歩いて四半刻とかからぬ距離だ。引水の村に入った途端、一面に広がっている田畑が、いつぞや来た時のように陽の光を反射して、きらきらと光った。道の両端に流れる水路に、ふなやめだかが楽しそうに泳いでいるのも、以前と変わらない。数軒の農家を通りすぎ、水車がある西の方へ進んでいく。奥にある鬱蒼《うっそう》とした森の中に入ると、急な斜面の坂道がある。そこを登りきれば、初の屋敷にたどりつく。

「……相変わらず立派だな」

喜蔵はぽつりと言った。半分は本音だったが、半分は気遣いだった。初の屋敷は、由緒《ゆいしょ》正しき寺かと見紛うほど大きく、しっかりとした造りをしている。ちりばめられた装飾は、品がよく、目利きの喜蔵が感心するほどだ。しかし、よく見ると、壁の木材は黒ずんでおり、屋根の瓦は変色してくすんでいる。あちこちに走っているひびは細かなものばかりだが、数え切れぬほどあった。

「相変わらず寂《さび》れていると素直に言ったらどうです。あなたらしくもない」

喜蔵の世辞をばっさり切り捨てた桂男は、表口まで喜蔵を案内した。喜蔵が戸の前に立つと、桂男は後ろに下がった。不思議に思って振り返ると、忽然《こつぜん》と桂男の姿が消えた。

「おい――」

「どちらさまでしょうか」

喜蔵の声に被さるように、男の声が響いた。問うたのは、表戸から顔を出した男――桂男だった。

「……なぜあなたがここに？」

むすっとした声音で訊ねた桂男を見て、喜蔵は目を瞬いた。

「お前が俺を連れてきたのではないか」

何を申しているのだ、と眉を顰めると、桂男は負けじと顔を顰めて言った。

「私はずっとこの家にいました。大体、なぜあなたをここに連れ帰らねばならないんですか。あの小汚い店で顔を合わせるならともかく……あ！　いえ、その……お茶くらいなら出して差しあげますよ！　ど、どうぞ！」

喜蔵の顔が歪められたのを見た桂男は、びくっと慄《おのの》き、慌てて身を引いた。その情けない様子を見て、喜蔵は（こちらは本物のようだ）と思った。

（先ほどの桂男は何者だったのだ？）

今思えば、桂男にしては少々険が強すぎた。

（しかし……こちらも相変わらず、か）

喜蔵は玄関の右端に寄った桂男——の後ろにそびえ立つ、屋敷を支えている大きな柱を見上げた。天井まで伸びたその柱には、少し前まで、初の先祖の髪で作られた人形が封じ込まれていた。それは波多《はた》という妖怪の呪いで血に染まり、この家を縛る呪《じゅ》へと変化した。

——お前には力がある。この人形に新たな力を込めて、また奉納するといい。

小春は初にそう言ったが、その後どうなったのだろうか？　廊下を歩きはじめた喜蔵は、前を行く桂男に「あの時の人形は——」と問いかけたが、

「今日は一体どのようなご用件で訪ねてこられたんですか？」

皆まで述べる前に、そう訊ねられた。

「……あの馬鹿鬼がまた馬鹿なことをした」

小春が相談処を開いてから妖怪たちの相談を受け、解決してきたこと。雀が訪ねてきて、鷲神社で行われている酉の市を盛況に導いてくれと頼まれたこと。実は鷲神社の神鳥だった雀を怒らせ、小春が連れ去られてしまったこと——それらの出来事を簡潔にまとめて語った喜蔵は、すっかり話し終えても桂男が黙ったままであることに違和感を覚えた。

（まさか、こ奴も偽者《にせもの》なのか……？）

喜蔵が足を止めた瞬間、桂男は振り向いた。秀麗な顔が怒りに満ちていることに気づき、喜蔵はぐっと眉を寄せた。

「……帰ってください！」

　桂男は喜蔵の肩を押し、強張った声で続けた。

「あの方を巻き込まないでください！　ようやく長年の呪縛から解かれつつあるというのに、なぜそんなことに巻き込もうとするんです？　いくら私の偽者に唆されたとはいえ、あなたはあまりに浅慮だ。あの方は、少しばかり不思議な力があるだけで、ほとんど他の人間と変わりないんです。刃物で傷つければ血が流れ、食わずにいれば飢えて死ぬ。あなたはあの方と数度しか会ったことはないが、あの方のことはよくご存じでしょう？　正義の心が厚く、情に脆《もろ》い――あの方はあなたたちを決して見捨てないでしょう。無茶をしてまで恩を返そうとするかもしれない。どれほど苦しくても、ぐっと堪えつづけるような娘です……もし危ない目に遭った時、あなたは責任を取れるんですか？」

「俺は……」

　喜蔵は口を開いたものの、言葉を続けられなかった。祝言の一件の後、初は「お礼は改めて」と言った。いらぬと答えた喜蔵に、初は決して頷かなかった。

　――いいえ――いつかきっと受け取っていただきます。皆さんのお役に立つものを、必ず――。

　まっすぐな目で見つめられた喜蔵は、それ以上反論できなかった。初は喜蔵と少し似たところがある。強情で意志が強い。こうと決めたらやり通す娘だ。初の意見は参考になるかもしれぬ――桂男に誘われた時、喜蔵は安易にそう考えたが、初の迷惑になるようであれば、会わぬ方がよい。

「……お暇する」

「そうしてください」

喜蔵の言に頷いた桂男は、喜蔵の肩から手を放した。踵を返した喜蔵は、すたすたと廊下を戻りはじめた。広いといえど、廊下はさほど入り組んでいない。物覚えのいい喜蔵が、道順を間違うはずはなかったが――。

いくら歩いても、玄関にたどりつかなかった。そんなはずはないと足を速めたが、覚えのない廊下を通ってばかりいた。

「……おい」

喜蔵は小声を出した。廊下はしんと静まり返っている。

「桂男……いないのか？」

いくらか声を張ったが、返事はなかった。廊下に立ち尽くした喜蔵は、頭を掻きつつ嘆息した。以前、この屋敷の中で起きた変事は、喜蔵一人ではとても解決できなかった。小春や深雪、彦次が手助けしてくれたから、何とか事なきを得た。

喜蔵は今一人だ。何の力もない己に何ができるのだろうか――そう考えた喜蔵がまた一つ息を漏らした時だった。

「そこにいるのは誰です」

聞き覚えのある女の声が聞こえた。喜蔵は声がした方――横にある部屋を見た。

「誰です」

襖の向こうから聞こえてくる毅然とした物言いは、初に似ていた。しかし、声音の低さからして、初よりもずっと年嵩《としかさ》だろう。

「荻野喜蔵です。あなたはもしや……お初さんのお母上でしょうか？」

「荻野、さま……あなたは、あの時の……！」

そう言って女が息を呑んだ直後、「ご無沙汰《ぶさた》しております」という男の声が続いた。

「私は初の父――兵衛《ひょうえ》と申します。その節はまことにお世話になりました。初と私ども――妻の満《みつ》の命を助けていただき……感謝してもしきれません」

「いいえ……こちらこそお世話になっています」

襖の向こうで初の両親が頭を下げている様子が想像できた喜蔵は、思わず誰もいない廊下で会釈した。

「お礼をと思っていましたが、『私が必ずお返しします』という娘の言葉を真に受け、今日まで来てしまいました」

「結構です」と即答すると、また息を呑む気配がした。

「やはり……怒っていらっしゃいますか……」

「あんな目に遭わせてしまったのですから、当然です……」

兵衛と満は、先ほどとは打って変わり、弱々しい声を上げた。

「……別段怒っているわけでは――」

「お気遣いは無用です。すべてはこの引水家の為した呪のせい――あなたには何のかかわりもないのに巻き込んでしまいました。あなただけでなく、あなたの大事な妹さんやご友人まで……！　いくらお詫《わ》びしても足りません……」

喜蔵を制したのは、泣き声交じりに言った満だった。

「引水の地に根付く呪は、我が代で終わらせねばならぬと思っておりました。ですが、初が生まれた……可愛いあの娘にすべての責を押しつけてしまったのは、この私です。その上、他人様にまでご迷惑をおかけして……おまけに、偽りの祝言まで――！」

「……あれはしようがなかった。気にしていません。……こちらこそ、偽りといえど、大事な娘さんと祝言を挙げてしまい、申し訳ありません」

喜蔵は眉を顰め、ぼそぼそとした声で謝った。呪のことがあるとはいえ、引水家は豪家《ごうか》だ。一介の商人である喜蔵では、初と釣り合いが取れない。

（それに、俺のような不愛想な男ではあの人もさぞや嫌だったろう）

しかし、不思議とそれを謝る気にはならなかった。

――あなたはいささか勝手だ。

そう文句を呟いた喜蔵に、初はにこりとして言った。

――あなたにだけは言われたくありません。

喜蔵と同様に捻くれた言い方だったが、その時の初は台詞と違い、きらきらとした笑みを浮かべていた。鷲神社の神鳥の羽から出た金粉よりも、それは輝いて見えた。その笑みを向けられた喜蔵は、何とはなしに初と心が通じ合ったような気がしたのだ。

「……喜蔵さんは初のことがお嫌いではないのですね」

「それは……勿論です」

満の問いに、喜蔵は言いよどみつつ答えた。初のことは嫌いではない。気性が似ているせいか、昔から知っている友のような心地もする。

「ならば、まことにしませんか……？」

喜蔵は首を捻った。聞き間違いかと思ったのだ。しかし、満が次に口にした言葉は、こうだった。

「偽りの祝言ではなく、まことの祝言を挙げませんか？」

「……誰と誰の……」

「無論、初とあなたの祝言です」

喜蔵の問いに、満と兵衛は声を揃えて答えた。みしっと襖が鳴ったのを耳にしながら、喜蔵は額に指を当てて呻くように言った。

「……どうやら、耳の調子がおかしいようだ。今日はこれで帰らせていただきます」

「呪はまだ解けていません」

兵衛の声で、喜蔵は返しかけた踵をぴたりと止めた。

——あの方を巻き込まないでください！　ようやく長年の呪縛から解かれつつあるというのに、なぜそんなことに巻き込もうとするんです？

のだろう。

先ほど、桂男はそう言った。解かれつつあるということは、完全に解けたわけではない
「どうか初をこの家から連れ出してはもらえませんでしょうか……この家から出ていけば、もう呪に縛られることはないのです」

「だが、それでは呪いがここに残ってしまうのでは……」

喜蔵の呟きに、満は「いいのです」と悲痛な声を出した。

「長きにわたる、あの娘の苦しみが和らぐなら……お願いします、喜蔵さん。どうかあの娘を……初をお救いください！」

「お願いします……どうかあの娘をお助けください……！」

叫ぶように言った満と兵衛は、襖の向こうで泣いているようだった。喜蔵は手を下ろし、廊下に立ち尽くした。

喜蔵は初と一緒になる気はなかった。それは、初も同じだろう。縁組が家同士のものであるとしても、互いに得心がいかぬならするべきではない。だが、喜蔵は、初が泣いている姿を見るのも、この先も呪に苦しめられつづけるのを見るのも嫌だった。

(何か……他に手立てはないのか)

喜蔵は廊下を睨み据え、拳を握りしめた。そうしていても、よい考えなど浮かんでこない。だが、そうせずにはいられなかった。出会って半年と経たぬが、初は喜蔵の中でそれなりに大きな存在になっている。そんな初を見捨てることなど、喜蔵にはできなかった。

じっと考え込んでいた喜蔵の耳に、みしり、という音が届いた。

（……何だ？）

先ほどと同じく、襖の向こうから聞こえた気がした。満と兵衛が襖に手をかけているのだろうか。気持ちを堪えようとして、思わず強く押してしまったのかもしれぬ。

「うう……うう……どうか祝言を……うう……」

いつの間にか、二人が喘《あえ》ぐように泣いている。

「あの……大丈夫ですか」

喜蔵は襖に近づきながら、問いかけた。考え事に集中していたあまり、彼らの声に気づかなかったのかもしれぬ。

（だが、こんなに大きな声に気づかぬことなどあるか？）

喜蔵の困惑が増していく中、

「祝言を……娘と祝言を……うっ……ううっ……ううっ……」

「どうか、どうか……ううう……ううう……ううう……！」

夫婦の泣き声は、次第に呻き声に変わった。

「泣かないでください。俺は――」

「うう……うううううう……うう……うううううう……うううう！！」

喜蔵の声かけを無視するように、満と兵衛は悶《もだ》えるような大声を上げた。

（……尋常ではない）

まったく姿を見せないのもおかしい。喜蔵は意を決して、襖を横に引いた。

どっしゃああ――。

強烈《きようれつ》な音が耳の中に響いた。音に囚われた一瞬の隙に、喜蔵は身体の動きを封じられた。襖の向こうから、滝のように水が溢れだしたのだ。あっと言う間に、喜蔵はその中に呑み込まれてしまった。

ぶくぶくぶく――。

（泡が……）

開いた口から出ていくそれを見上げながら、喜蔵はもがいた。大量の水の中にいることに気づき、口を閉じたがもう遅かった。なぜ、家の中で溺《おぼ》れているのか――薄れゆく意識の中で、喜蔵はふっと口許に笑みを浮かべた。

（……ここで終わるなら、偽りでもまた祝言を挙げた方がよかったのかもしれぬ）

そうすれば、少なくとも初は呪から解き放たれたのだ。

ぶくぶくぶく――。

泡を吐きだしながら、喜蔵は水の上から己を指差して笑っている黒い影たちをじっと眺めた。

＊

どっしゃあああああ――。

襖を開いた時よりも凄《すさ》まじい音が響いた。水の中を漂っていた喜蔵は、にわかに地に身を打ちつけられ、その衝撃で意識を取り戻した。

「うっ……」

呻き声を上げながら、喜蔵はゆっくりと目を開いた。

「大丈夫ですか」

凛とした声音の主は、喜蔵の目の前に小さな手を差し出した。小柄でほっそりとした体《たい》軀《く》に、すっと伸びた首。薄い顔立ちは涼しげだが、目許の黒子《ほくろ》がどことなく色っぽさを醸しだしている。黒目がちな瞳が、まっすぐ喜蔵を見下ろした。

「お初さん……」

喜蔵の呟きに、初はこくりと頷いた。小さな手を借りて身を起こした喜蔵は、辺りを見回した。喜蔵は初の屋敷の外にいた。数歩先の表戸は開いており、そこから覗く屋敷の中は水浸しだった。

（水浸しなのは、俺もか……）

己の身を手で確かめつつ、喜蔵は顔を顰めた。先ほどのあれは、夢ではなかったらしい。

「そのままでは風邪を引いてしまいます。着物をお貸ししましょう。父の物では寸足らずかもしれませんが、よろしいですか」

「貸していただけるのなら何でも……いや、それよりも」

今日の一連の出来事は、引水家に根付く呪のせいなのだろう。こんなことが日常茶飯事だとしたら、とてもではないがまともに暮らしてはいけぬ。

（なぜ、相談の一つもしに来ぬのだ）

苛立った喜蔵は、思わず初の肩を摑もうとしたが――。

「濡れた手で触らないでください」

不機嫌そうに言い、喜蔵の手を払ったのは、初の横に控えていた桂男だった。喜蔵は目を瞬いた。桂男と顔を合わせるのは今日三度目だ。

（こ奴は本物か……それとも――）

表情を歪めた喜蔵を見て、桂男はさっと初の背中に隠れた。

「な、何です……!?　この前寝ている時にまたこっそり血を吸ったから、腹いせに目で射殺そうというんですか!?」

悲鳴交じりの声を上げた桂男は、がたがたと震えながら初に縋りついた。

（……こ奴は本物だ）

二度目に会った桂男はどちらだったのか分からないが、こちらは確信が持てた。気弱そうだからではない。桂男は初から離れない――たとえ、かつて桂男が初の祖母とかわしたという契約が無効になったとしても、桂男はそこを譲らぬのだろう。

――……縁が切れた？　縁の糸が見えるわけでもないのに、その言い方はいかがなものでしょうか。私はそんな風に、目に見えぬものに縛られて生きていたくはありません。私は私がしたいように生きるだけですから。

引水家との縁が切れたことを指摘した時、桂男が言った台詞を思いだし、喜蔵は笑った。

「お、鬼が笑った……！　処刑の前だから嬉しくて……!?　ひ、ひ～！」

初の背中で悲鳴を上げている桂男を無視して、喜蔵は手短かに屋敷を訪れてからのことを語った。初は唇を引き結んでそれを聞いていたが、やがて静かに口を開いた。

「今日は家に誰もおりません」

（……ならば、先ほどの者たちはやはり――）

引水の家に掛けられた呪は未だ解けていない――それを改めて知った喜蔵は、きゅっと唇を噛みしめた。

「中は水浸しなので、そちらでお待ちください」

玄関を指差して言った初は、桂男を背中に張りつけたまま、廊下を歩きはじめた。

「……お初さん！」

喜蔵の上げた声で、初はぴたりと動きを止めた。

「あなたはこの呪から逃げだしたいですか……？」

はい――そう答えが返ってくるに決まっている。その時、己はどうするつもりなのか？

喜蔵は自問自答しつつ、訊ねた。

「いいえ」

予想外の返事に、喜蔵はぽかりと口を開いた。初はちらりと半身を振り返って言った。

「私は騙されませんから」

その顔に浮かんだ、きらきらと眩しい笑みを見て、喜蔵は目を眇めた。

五、招かれざる客

喜蔵は来た道を早足で戻りはじめた。行きとは違い、一人だ。

（……もっとも、あれは人でも妖でもなかったのか）

――引水の家にお連れしましょう。

慇懃な口調で喜蔵を初の屋敷まで連れていった桂男の正体は、引水の家に根付く呪の一種だったのだろう。しかし、なぜ己の許に来たのか――喜蔵は気がかりで仕方がなかった。

――私には手を出せないから、周りから攻めてみようと考えたのかもしれません。ご迷惑をおかけしました。

なぜ、と問うた時、初は平然と答え、喜蔵に頭を下げた。

――あなたが謝ることではない。……大丈夫ですか？

――変事は日常茶飯事ですが、私も父母も騙されません。一度囚われてしまったのですもの。誰よりも自衛の心を持っていますし、私のために強くあろうとしてくれています。

――だが……いくらあなたの力が強く、騙されにくい心を持っているからといっても、あなたは年若い女子だ。何かあった時に己の身を守り抜くことができますか？

できるはずがない――そう思いつつ問うた喜蔵に、初は微笑んで頷いた。

――お約束します。私はこの家と家族、そして私自身を守り抜きます。……あなたや皆さんに助けられた命です。大事にします、ずっと。

決意の籠った初の目を見たら、喜蔵はそれ以上何も言えなかった。

「……一人で抱え込みすぎだ」

水車の横を通りすぎながら、喜蔵はぶつぶつと文句を述べた。

――私のことよりも、そちらはどうされたんです。

来訪の理由を問われた喜蔵は、ここ半月に起きたことを簡潔に語った。初の横で聞いていた桂男は、「はあ!?」「な、なぜ私が……」「不届き者め……血を吸ってやる！」などと一々反応しながら、くるくると表情と顔色を変えた。

――……喜蔵さん、今すぐお帰りください。

喜蔵が話し終えた途端、考えをまとめるようにじっと黙り込んでいた初は、厳かな声音を出した。

――お初さん、この家の呪の件は――。

問いかけた喜蔵だが、初に背を押されて皆まで言えなかった。

――早くお帰りください。早く……――どうか、鬼に気をつけて。

反論はおろか、振り向くことさえできず、喜蔵は坂道を駆け下りた。

（鬼に気をつけてというのはどういう意味だ？）

今、喜蔵の頭を悩ませているのは、神々だ。鬼といえば、小春しかいない。しかし、その小春は鷲に連れ去られてしまった。帰ったところでどうしたものか――。

「分からぬ……」

ぼそりと呟いた喜蔵は、田畑が続く道を抜けたことにも気づいていなかった。常よりもさらに早足だったおかげで、浅草までの道のりはあっという間だった。


「……チッ」

荻の屋の前に立った喜蔵は、看板の横に貼ってある白紙に手をかけ、舌打ちした。どうやっても剝がせぬようだが、何としても剝がしたかった。この状況で妖怪たちに相談に来られたら、余計にややこしいことになってしまう。

（……しまった！）

今さらながらそんな状況に深雪を一人残して出てしまった失態に気づいた喜蔵は、慌てて表戸を引いた。

「おい――」

「おう、随分と威勢のいいお帰りだな」

深雪――と続けようとした喜蔵は、返事をした相手を見て、目を丸くした。

「三白眼《さんぱくがん》がひでえな！　鬼だ鬼！」

喜蔵の顔を指差して笑ったのは、木箱の上に胡坐をかいて座している小春だった。

「……お前」

喜蔵は怒りで震える手で表戸を閉め、地を這《は》うような声を出した。

「何だよ、おっそろしい顔して――うん……？　お前、引水の匂いがするな？」

箱からぴょんっと降り立った小春は、くんくんと鼻を利かせながら喜蔵に近づいた。

「着物からもお前自身からも――血の臭いもするが……一番きついのは呪の臭いだな。お前、さては初に手を出そうとして神や妖怪から怒りを買った――いだだだ！」

喜蔵は小春の首に腕を掛け、ぎりぎりと絞め上げた。

「絞まる！　絞まるって……！」

「お兄ちゃん、そのくらいにしてあげて」

制止の声が響き、喜蔵はハッと顔を向けた。

（無事か……）

深雪は作業台の上にちょこんと腰かけていた。一刻（二時間）前と変わらぬ様子に、喜蔵は安堵の息を吐いた。腕の中から聞こえる「放せ！」の声には応えず、喜蔵は深雪に話しかけた。

「俺が留守にしている間、何があった？　なぜ、こ奴がいる？」

「お前の腕の中に当妖がいるだろ！　俺に訊けよ！　うっ首が絞まる！」

小春は元気よく喚いた。大して効いていないことを悟った喜蔵は、あっさり腕を解いた。

「急に放すな！……ったく、乱暴者め……」

強《したた》かに打ちつけた尻を擦りながら起き上がった小春は、頰を膨らませた。

（……こちらも変わった様子はない）

小春をじろりと見下ろした喜蔵は、深雪に視線を戻した。

「お兄ちゃんが桂男さんと出かけて半刻経った頃、表戸がガタガタと激しく揺れたの。誰かが無理やりこじ開けようとしているような音がして……鍵《かぎ》はかかっていなかったから、横に引けば入れるはずなのに、誰も入ってこなくて」

首を傾げて言った深雪に、喜蔵は「鍵を閉めろ」とたしなめつつ、問うた。

「戸を無理に開けようとした者は、結局中に入ってきたのか？」

「いいえ……しばらく音がしていたけれど、途中で聞こえなくなったの。そのすぐ後に小春ちゃんが帰ってきたのよ」

――よう、深雪。

呑気そうな顔をして現れたという話を聞き、喜蔵はぎろりと小春を睨んだ。

「神罰を受けるのではなかったのか？　それとも、そうは見えぬが受けてきたのか？」

「いや、まったく」

ぶんぶんと首を振った小春は、店の中央に木箱を引っ張ってきて、どかっと座り直した。

「邪魔だ」

「まあまあ。どうせ客なんて来ない」

青筋を立てて言った喜蔵から視線を外しつつ、小春は語りはじめた。

「俺も驚いた。てっきり神罰とやらを食らってひどい目に遭わされると思ってたんだが、そもそも神社までたどりつかなかったんだよ。迷子になっちまってさ」

「……お前がか？」

「いや、あの鷲がだよ」

喜蔵の問いに、小春は何でもないことのように述べた。喜蔵と深雪は顔を見合わせ、首を傾げた。

「ここまでやってきたではないか。なぜ迷子になるのだ？」

「七夜さんに連れてきてもらったからじゃないかしら？」

「……だが、ここから鷲神社まではさほどの道程でもなかろう。空から見下ろせば、一目《いちもく》瞭然《りょうぜん》だと思うが」

「目が悪いのかしら？」

論じ合う兄妹を見た小春は、立てた膝に顎を乗せて「ひひひ」と楽しそうに笑った。

「喜蔵が言うように、鷲神社は空から見れば一目瞭然だ。目は俺よりいいくらいだろう。ま、悪かったとしても、かかわりないんだけどな。何てったって、あいつは神の使いだ。自社が発している神気をたどれぬわけがない」

「ならば、なぜ迷子になどなるのだ？」

喜蔵は眉を寄せて問うた。目的の場所が分かっていて、そこを目指して飛んだのならば、迷いようがないはずだ。

「どうやってもたどりつかなかったんだよ」

「だから、それはなぜだと訊いている」

「理由は分からん。だが、どうしたってここに戻ってきちまったんだ」

「ここは……この荻の屋のことか？」

ますます顔を顰めて訊ねた喜蔵に、小春は「そっ」と軽々しい口調で答えた。

「上空をくるくると飛び回ってばかりだから、おかしいなと思ったんだ。『なぜつかぬ……なぜ』とかぶつぶつ言ってるからさ、こりゃあ何かあったなと。しかし、いかんせん空の上だ。隙をついて逃げるのはちと危ねえなと思ってたら、そのうち奴が力尽きた」

鷲がふらふらと降り立った先は、荻の屋のある表通りだった。鷲は回転しすぎで目を回した様子だった。小春は素早く駆けだし、路地裏に身を隠した。

──猫股鬼……どこに行った！

すぐに復活した鷲は表通りを翔《か》け、荻の屋の前で止まると、嘴で戸を開けようとした。

「中に深雪がいるというのに、お前はそれを黙って見ていたのか？」

額に青筋を立てながら、喜蔵は口を挟んだ。

「戸が開いて気が抜けた瞬間、背後から襲おうとしたんだよ。奇襲を狙ったんだ！」

「卑怯《ひきょう》な小鬼だな」

「俺は妖怪だ。卑怯で結構！」

ふんっと鼻を鳴らした小春は、頭をぼりぼりと掻いてぼやいた。

「まあ、できなかったんだけどな……まったく、拍子抜けだぜ」

――なぜ開かぬ！……社に戻れぬことといい、何かの力が働いているのか……!?

鷲がいくら力を込めても、荻の屋の表戸は開かなかった。しばらく粘ったが、鷲はやがて空に向かって翔けたという。

「俺を連れ去ろうとした時とは違って、上空を彷徨うことなく飛んでいったよ。方角からいって、鷲神社に帰ったんだと思う」

「なぜ今度は迷わなかったのだ？」

「分からーん！」

立てた膝を横に倒した小春は、天井を向いて叫んだ。

「あーあ、無駄に疲れちまったぜ……あの時素直に依頼を受けときゃよかった!!」

「散々余計なことを言ったのはお前ではないか」

「だって、相手はあんなでかい社の奴らだぜ？　粘ればもっといいもんくれるかと思ったんだよ。粘れば粘るほどお宝をさ！」

「成功報酬が何か丁重に訊ねるべきだったな。お前が望むお宝をもらえたかもしれん」

「いいや……あいつは絶対ケチだ！　どうせ大したもんくれなかったはず」

神さんの使いのくせに、とぶつぶつ言いながら腕を組んだ小春に、深雪は手を差しだした。

「小春ちゃんが持ってた方がいいんじゃないかしら？」

そう言った深雪の手のひらの上には、鷲からもらった金色の鷲の根付が載っていた。

「一度やったもんを返せとは言わん。それに、俺はそういうのに興味がない。だから、お前に持っててもらった方がいいや」

「本当にいいの？」

「いいよ。ほら、さっさとしまえ」

小春はそう言いながら手を伸ばし、深雪の手をぎゅっと握り込んだ。

「……女子の手を軽々しく触るものではないぞ」

不機嫌な声音を出したのは、隣で睨んでいた喜蔵――ではなく、堂々薬缶だった。

「女子といっても深雪だぞ」

「鬼姫といえど、女子は女子だ。妙齢の女子の手を易々と握るのはどうかと思うぞ。実に羨《うらや》ましい――いや、嘆《なげ》かわしい」

「じゃあ、おそるおそる握ればいいのか？」

「そういう問題ではない！」

湯気を出して怒った堂々薬缶に首を傾げつつ、小春はそっと深雪の手を離した。

「小春はそういうところが駄目よね。人と交わって生きているくせに、男女のことに疎いままだもの」

「子どもの形をしているからではないかのう？　見目は心を表すというではないか」

「ならば、アタシなんかは見目も心も美しく、色っぽいってことだね」

「へ……!?　そ、そうだな、撞木……うん、まったくその通り、だ……!」

「ひひひ、兄にしか気が利かぬしゃもじもじが気を遣ってる!　槍が降るぞー!」

前差櫛姫に茶杓の怪、撞木にしゃもじもじにいったんもめん——にわかに響いたのは、荻の屋に住まう妖怪たちの声だった。

「まだ日は暮れていないぞ」

「いいではないか。今日はもう店じまいをしたのだろう?」

ぶすりとして述べた喜蔵に、にょきっと手足を出した茶杓の怪は、笑って答えた。また鷲が戻ってこないとも限らない。茶杓の怪が言うように、今日は店じまいをするしかないだろう。深い息を吐いた喜蔵は、にわかに賑やかになった店内を見回した。

先ほど声を上げた妖怪たち以外にも、釜の怪や小太鼓太郎、天井下がりに目目連などといった馴染みの者たちが、続々と姿を露わにしはじめた。

「お前らだって妖怪だろ?　人間の男女の機微なんざ分かるわけ……まあ、そんなことはどうだっていいんだよ……ああ、俺のお宝あああー!」

近くにあった鬼の像を抱きしめながら、小春は大声で嘆いた。

「商品で遊ぶな」

「これを見るなり、『蔵に戻せ』と言ったくせに!」

「物好きが買うかもしれぬ」と返しつつ、喜蔵は小春の腕から鬼の像を奪い取った。

けば、おそらくそれなりの値がつくはずだ。ただの古道具屋に並べるには、勿体ない代物だった。

（……不相応だ）

喜蔵の手のひらよりも一回りほど大きな鬼の像は、あちこちに傷はついているものの、精巧な作りをしていた。顔の造作は荒々しく恐ろしいが、浮かべている表情はどこか悲しげだ。両手足に掛けられた枷が辛いのか、拳をぐっと握りしめている。仏具屋に持ってい

（どういう経緯でうちに来たのだろうか……そういえば、これも鬼だな）

鬼に気をつけて、と初は言った。

「……おい、この像は付喪神ではないのか？」

喜蔵の問いに、小春や妖怪たちは皆きょとんとした顔をした。

「……お仲間ではないな。俺たちのような素晴らしい力は宿っていない」

断言したのは、近づいてきてひょいっと覗き込んだ釜の怪だった。

「でも、薄っすら何か感じるような気がするのよねえ……」

「俺も！　俺も一寸妙な気配を感じるぞ、前差櫛姫！」

「堂々薬缶、お前は前差におべっか使いたいだけじゃろ。わしは何も感じやせんのう」

「茶杓の怪の言う通りだ。これはただの鬼の形をした置物に違いない」

「……この像でないのなら、やはりこの阿呆な小鬼のことを言っているのか」

喜蔵は鬼の像を台の上に戻しながら、独り言ちた。どうにも得心がいかぬが、小春以外

に鬼はいない。

「阿呆な小鬼って誰のことだ？　どこにも見当たらねえぞ」

きょろきょろと店中を見回した小春を、喜蔵はじろりと見た。

「お前がすべての原因だと何度も言ったが……やはりそういうことなのか？」

「そういうことってどういうことだよ」

「妖怪どころか、彦次や神仏の類までわざわざ力を失った小鬼に頼ってくるなど、何かが起きているとしか思えぬ」

はっきり述べると、小春は唇を尖らせ、不承不承に頷いた。

「まあ、それは俺も妙だと思ってた……」

「……そういえば、綾子さんも毎日来てくれるようになったわよね」

ぽつりと言った深雪を、喜蔵と小春はハッと振り返った。眉を下げた深雪は、困ったような微笑を浮かべて続けた。

「綾子さんに毎日会えるのはとても嬉しいけれど、一寸変よね。綾子さん自身、戸惑っていらっしゃるみたいだし……」

「綾子も引き寄せてる……？　いや、そうじゃないのか。綾子じゃなくて、ひえん――」

顎に手を当てて言った小春は、皆まで言わず眉を顰めた。飛縁魔の告白を聞いたのは喜蔵だけだったはずだが、小春の口振りからしてその事実を知っているらしい。問うような視線を向けた喜蔵に、小春は苦笑して首を横に振った。

「あれは綾子の奥底で眠ってる。今出てきて何かすることはまずないだろう」

「……だが、あの人が毎日ここを訪れているのは事実だ。もしや、飛縁魔――否、妖怪たちが引き寄せられているということか？」

「ああ……そうとしか思えねえ」

眉を顰めて頷いた小春は、鬼の像を見つめながら言った。

「もしかしたら、その鬼の像がそういう力を持っているかもしれねえ。確かに、よくよく見ると妙な感じがする。妖気……とは違うもんかもしれねえが、何か出てるな。この気が妖怪たちを引き寄せているみてえだ。今も外に誰か……この馬鹿強い妖気は――」

「こんにちは」

小春の声を遮ったのは、表戸の方から響いた声だった。振り返った喜蔵は、目を瞬いた。戸は閉まったままだったが、そこにはおかっぱ頭の少女が立っていた。

白い肌に、小さな鼻と口。目は――見えなかった。長い前髪で顔の半分が覆われているせいだが、たとえ前髪が短くとも、この少女の目は見ることがかなわない。

「できぼしの相談に乗って」

小首を傾げて言った少女――できぼしの両目は、彼女の庇護者《ひごしゃ》である男の腕の中にある。普段は中に潜んでいるそれを、喜蔵は一度だけ目にしたことがあった。

「……」

男の腕に浮かび上がった小さな二つの目と目が合ったことを思いだした喜蔵は、手で口許を覆い、こみ上げてくる吐き気を堪えた。ぞわぞわ――と居心地の悪い気配がしたのはその時だった。戸は開いていない。だが、荻の屋の中に、冷たい風が吹いた。

「……おい……何だこれは……」

「気味が悪い……気味が悪いぞ!」

「この禍々《まがまが》しい気……覚えはあるが、どこで感じた気なのか思いだせない……!」

荻の屋の中にいる妖怪たちが、口々に言いはじめた。誰かが訪ねてきたら、相手が妖怪だろうとさっと身を隠すのが常だったが、動揺のあまり失念しているらしい。

「……百目鬼の差し金か?」

箱の上で立膝をした小春は、唸るような低い声音で問うた。できぼしを見つめる目に、ゆらゆらと赤い光が立ち昇りはじめているのを認め、喜蔵はごくりと唾を呑み込んだ。

「多聞《たもん》なんか知らない」

頰を膨らませて答えたできぼしに、小春は「へ?」と間抜けな声を出した。

「お前、百目鬼と喧嘩でもしたのか?」

「喧嘩なんかしてないっ。多聞が勝手に怒っただけっ。できぼしは悪くないもん」

見目の通りの幼い言い方をしたできぼしを見て、喜蔵と小春は顔を見合わせた。

「……百目鬼の奴、あんなに甘やかしてたじゃねえか。こいつを怒ることなんてあると思うか?」

「あまり想像はつかぬが……」

百目鬼こと多聞は、身体中に目がある妖怪だ。普段はその目を隠して生きているので、人間の若者にしか見えない。いつも穏やかな表情を浮かべ、飄々《ひょうひょう》としている。

(俺もそれに騙された)

喜蔵と多聞の出会いは、ちょうど一年ほど前に遡る。くま坂に牛鍋を食べに行った喜蔵は、そこで女の客から羨望の眼差しを一身に受けている多聞と相席になった。話し上手な多聞につられて、喜蔵は彼と親しく付き合うようになり、古道具を売った。多聞が妖怪で、喜蔵と小春の関係を知りつつ近づいてきたという真実は、後になって知った。裏切られた──と悔しく思った喜蔵だったが、心の底から憎めずにいた。それは、多聞が幼馴染の彦次以外ではじめてできた友であり、魅力的な人物──否、妖物だったからだろう。

多聞は、物腰も口調も落ち着いており、誰に対しても優しい態度を崩さない。敵意をむき出しにしている小春にさえもそんな調子だ。そんな彼は、できぼしに対してはさらに甘く優しい様子だった。彼女の頼みならばどんな無茶なことでも聞きそうに見えたが──。

「多聞さんはどうして怒ったの？」

そう問うた深雪は、土間に下り、できぼしの許に近づいていった。

「……お願いを聞いてくれなかった」

「どんなことをお願いしたの？」

「できぼし、お友だちが欲しいの」

「お友だち？」

問い返した深雪に、できぼしは小さな顎を引いた。

「できぼしはお友だちがいないから、欲しいって言ったの。でも、多聞は駄目だって」

「どうしてかしら……？」

「分かんない」

唇を尖らせて答えたできぼしは、ひょいっと首を傾けて小春に顔を向けた。

「ねえ、どうやったらお友だちができる？」

「どうやってったってな……」

小春はこめかみ辺りをがしがしと掻きつつ、困ったように呟いた。

「妖怪相談処なんでしょう？　早く解決して」

「ええ〜」とますます困ったような声を上げた小春は、周りを見回して言った。

「お前ら、あれと友だちになれ」

「無理だ！」

まるで打ち合わせしていたかのように、妖怪たちの声が綺麗に重なった。

「いくら同じ妖怪といえど、あれほど禍々しい気を放つ相手と友になどなれるものか！」

「あれはいかん……あれはいかん……わしにはひどく荷が重い……」

釜の怪と茶杓の怪が怖々と述べると、

「流石のアタシもあれは無理だよ……正直、この場にいるのも苦しい」

珍しく撞木が弱気な声で呟いた。

「いつも態度がでかく、不遜《ふそん》なことばかり言う撞木がこう述べるくらいだ！　俺たちは皆駄目だということだ！」

　小太鼓太郎は震えながら大声で言った。他の妖怪たちも、ぶんぶんと首を横に振っている。こめかみを掻くのを止めた小春は、腰に手を当てて、はあっと盛大な溜息を吐いた。

「だらしねえなあ……お前ら、ちっとは妖怪らしくしろよ！」

「そういうお前が友になればいいではないか」

「釜の怪、殺生なことを申すな。そ奴は今やただの小童だぞ。あれの相手は手に余る」

「そうだったな、茶杓。奴はただの小童だった。おまけに無職」

　慰めているようでまるで慰めていない妖怪たちの言葉を聞いた小春は、木箱の上に立ち上がって喚いた。

「俺は無職じゃねえ！　相談処の主だ！」

「他人の軒《のき》を借りて、勝手にそう名乗っているだけだろ」

　天井を忙しく旋回しながら、いったんもめんは鼻を鳴らして言った。うんうんと頷いた妖怪たちは、己が他人の軒を借りているつもりはないらしい。

「煩え！　見てろよ、そのうち古道具屋を乗っ取ってやるから！」

「……つまらぬ冗談だな」

「冗談なんかじゃ――いや、その……」

　笑って誤魔化す小春を、喜蔵がじろりと睨んだ時だった。

「あたしができぼしちゃんのお友だちになるわ」

深雪の言に、その場は静まり返った。

「お姉ちゃんが？」

小首を傾げて問うたできぼしに、深雪はにこりとして頷いた。

「ええ。お友だちになってくれる？」

「――深雪！」

怒った声音を上げたのは小春だった。ちらりと振り返った深雪は、苛立ちを露わにした小春を見て目を瞬かせた。

「……前から言ってるが、俺はお前のそういうところが――」

「お姉ちゃんじゃ駄目」

小春の言葉を、できぼしが愛らしい声音で遮った。深雪だけではなく、妖怪たちも驚いた顔をした。

「だって、お姉ちゃんはすぐに死んじゃうでしょ」

「え……」

深雪はさっと青褪め、絶句した。

「――今の言葉、どういう意味だ」

できぼしの前に立った喜蔵は、冷え冷えとした目で見下ろしながら訊ねた。普通の相手だったら、「ひっ」と恐怖の声を上げていたであろう。しかし、できぼしはまるで意にも介さぬようで、口許に笑みを湛《たた》えて答えた。

「人間の寿命は短いでしょう？　だから駄目なの」

「……それなら、俺も駄目だということか？」

「うん。お兄ちゃんは顔が怖いけれど、ただの人間でしょう？　だから、駄目」

できぼしの答えに、喜蔵は内心安堵の息を吐いた。

（……紛らわしいことを言う）

深雪の寿命が短いと言ったのかと思ったのだ。しかし、そうではなかった。できぼしは妖怪だ。妖怪に比べたら、人間は確かに寿命が短い。

喜蔵はちらりと小春を見た。十三、四くらいにしか見えぬ小春も、実年齢は百五十を優に過ぎているという。人は見た目によらぬと言うが、妖怪も同じらしい。

「ずっと生きている子じゃないと友だちにはなれないの。だから、死なない子を探して」

「それは無理だ……妖怪もいつかは死ぬのだぞ」

そう返したのは、棚の上で短い足を折り畳み、端坐している硯の精だった。

「人間と妖怪は違う生き物だ。しかし、限りある命という意味では、同じはず。だから、我が――」

友になろう――硯の精はそう続けるつもりだったのだろう。だが――。

「違うよ。だって、私は決して死なないもの」

できぼしは何の感情も見えぬ声で言った。

「決して死なない？……そんな馬鹿な……」

荻の屋の中に、ざわめきが起きた。

「兄者、死なない者などこの世にいるのか？」

「弟よ、あちらの世にだっていはしまいさ」

しゃもじもじの問いに、釜の怪が首を横に振って答えた。

「ただの妖怪ならば『馬鹿馬鹿しい』と一笑に付すところだが……」

「あの禍々しさではな……あり得るのだろうか……」

堂々薬缶と茶杓の怪は、ごくりと唾を呑み込みつつ、小声で述べた。

「皆、変な顔してる！　決して死なないことがそんなにおかしい？　私が死なないのは、お父さんが不老不死だったからだよ。多聞に喰べられちゃったから、もういないけど」

ふふふ、と笑ったできぼしは、両手を上げてくるりと回った。無邪気にはしゃぐ姿は、人間の幼子にしか見えぬが、口にする言葉のすべてが不穏だった。

「お父さんはすごく強い妖怪だったの。目がいっぱいあってね、この世のこともあの世のことも全部見通せたんだよ。喰べた相手の力を自分のものにして、使いこなすこともできたの。お母さんはただの人間だったから、私はお父さんほどの力はないけど、きっと誰にも負けないよ。だって、お父さんが『お前はいつか俺を超えるだろう』と言ってたもん。できぼしの目は多聞の中にあるけど、私の力は落ちてないんだよ。すごいでしょう？」

嬉しそうに自慢してくるできぼしに、喜蔵はごくりと唾を呑んだ。

——四百年も生きていればね。

多聞はすでに四百年以上もの時を生きているという。それは、できぼしの父であり、元は人間だった多聞が同化した百目鬼という非常に強い妖怪の力のおかげだった。今、百目鬼が多聞の身の中でどれほどの意識を有しているのかは分からない。喜蔵が知る限り、多聞は多聞として動いている。

——この命が尽きるまでと言ったが、俺と四郎《しろう》は多聞と違って、不完全な不老不死なんだ。俺たちは四百年前に一度死んでいるんだよ。

そう言ったのは、多聞と行動を共にする勘介《かんすけ》という男だった。多聞に百目鬼の力を分け与えられた勘介と四郎は、不老不死ではないものの、それに準じる力を持っているようだ。そして、父の百目鬼に目を奪われたできぼしは、一妖怪のまま存在している。

(百目鬼は妖怪の中で五指に入る力を持つと言われているそうだが……)

その多聞よりも、できぼしはさらに強い力を有しているのだろうか？——そんな疑問が喜蔵の脳裏に浮かんだ。

「同じ時を生きられないと友だちにはなれないの？」

荻の屋に響いていたざわめきを止めたのは、深雪の凜とした声だった。

「なれないよ」

そう答えたできぼしは、近くの棚に手を掛け、よじ登りはじめた。

「あたしはなれると思うの」

「お姉ちゃん、変なの。なれるわけないでしょ」

くすくすと忍び笑いを漏らしたできぼしは、「よいしょ」と声を上げて、棚の上に乗った。ちょうどそこにいた釜の怪としゃもじもじは、一目散に違う棚へと移った。できぼしは空いた隙間に腰かけ、両足をぶんぶんと振った。

「時が重なる瞬間がほんの少しだったら、一緒にいる意味がないもの」

できぼしの答えを聞いた深雪は、喜蔵の制止を振り切って前に出た。

「できぼしちゃん、あたしはね……意味がないなんてことはないと思うの」

小首を傾げたできぼしを見て、喜蔵は舌打ちを漏らしそうになった。できぼしの口許に浮かんでいる笑みには、はっきりと嘲《あざけ》りが滲んでいる。しかし、当の深雪は気にした様子もなく、できぼしのない目の辺りをじっと見据えながら続けた。

「できぼしちゃんの言う通り、人間と妖怪は違う時の中に生きているのだと思うわ。でもね、それは人間同士であっても、妖怪同士であっても同じことでしょう?」

できぼしはまた首を傾げた。誰のものかは分からぬが、唾を呑み込む音が聞こえた。

「同じ世を生きる者同士でも、まったく同じ時の中を生きてはいないのよ。だって、それぞれの人生があるのだもの。まったく同じ生き方や死に方をする人なんていないない。妖怪だってそうでしょう?　どれほど慕わしく思っても、同じ人生や妖生は存在しないのよ」

「……それが分かっているなら、どうしてお姉ちゃんは皆と一緒にいるの?」

できぼしが小さく問うた。子どもとは思えぬ、冷え冷えとした声音だった。

「一緒にいたいからよ」

深雪の答えは簡潔だった。

「重なり合う人生も妖生もどこにもない……けれど、互いに想いあう気持ちがあるなら、一瞬かもしれないかかわりを大切に生きていけると思うの」

「……」

足をばたつかせるのを止めたできぼしは、口許から笑みを引いた。深雪とできぼしが話しはじめてから、誰も言葉を発していない荻の屋は、いつになく静まり返っていた。その静けさを破ったのは、鼻を鳴らした妖怪だった。

「自分勝手な人間さまの意見だな」

木箱の上で片膝を立て直した小春は、じろりと深雪を見上げて言った。その視線の鋭さにたじろいだのは、傍《はた》から見ている者たちだった。

「小春……何を怒っているのだ？　深雪は、お主が怒るようなことを申していなかったと思うが……」

硯の精はおずおずと問うた。他の妖怪たちは、硯の精の言に同意するように頷いたが、当の小春は首を横に振った。

「俺が怒ってるのは、今に始まったことじゃない……ずっと前からだ」

そう答えた小春は、じっと見下ろしてくる深雪に問うた。

「何に怒っているか分かるか？」

「……分からないわ」

眉尻を下げた深雪は、素直に答えた。小春は頭を掻きながら、はあっと深い息を吐いた。

「そうだろうな。お前はいつも考えなしだ」

「深雪に失礼だぞ」という硯の精の言葉を無視して、小春は続けた。

「お前の優しさは自分を害する性質のもんだ。そんなことをしてまで優しさを分け与える必要なんてねえんだよ」

「あたしの何が優しいのかは分からないけれど……あたしは自分のしたいようにしているだけよ。それで自分が傷つくようになっても、後悔はしないと思うの」

「だから、お前は自分勝手なんだよ」

小春は再び鼻を鳴らして頭を掻いた。小春の顔に浮かぶ憎々しげに歪んだ表情を見た深雪は、途方に暮れたような声を漏らした。

「あたし……小春ちゃんの言うことが分からないわ」

「そりゃあそうさ。俺は妖怪で、お前は人間だもの」

頭を掻くのを止めた小春は、下ろした指を自身と深雪に向けて言った。

「……何を当たり前のことを申しているのだ」

思わず口を挟んだ喜蔵を一瞥もせず、小春はできぼしに指を差し向けた。

「そのちっこいのの言う通り、お前らは早く死んじまう」

「それは――」

「妖怪を置いてさっさと先に死んじまう人間が、俺たちに共に生きることを説くのはおこがましいと言っているんだ」

小春の言葉に、喜蔵は息を吞んだ。

――あいつは優しかった。寂しがり屋で俺しか頼りに出来ぬような奴だったがな……首はやるが、どこにも行かないでくれなんて馬鹿なことを言うものだから、おかげで首を取り損ねちまった。俺はそれまでずっと人間なんて大嫌いだったが、あいつのことは好きだったよ――首も取れぬくらいにな。

小春が飼い主だった逸馬をどれだけ想っていたか、喜蔵は知っている。

――友がいなくなってしまったのです。ここのところずっと捜しているのですが、手がかりさえ摑めなくて……。私が落ち込んでいた時にずっと寄り添っていてくれた、とても大事な無二の友です。

逸馬がどれほど小春を大切にしていたのかも承知している。そちらは、本来なら知り得ぬはずだった。喜蔵の曾祖父である逸馬は、喜蔵が生まれるずっと前に死んだのだ。だが、奇跡が起きた。

――私にそっくりな顔が泣きそうだ。

五十鈴《いすず》という妖怪の仕業で過去に飛ばされた喜蔵は、逸馬と出会った。重なり合うはずのない時が、一瞬だけ重なったのだ。

――別れの前に一つ……訊いてもよいだろうか？　お主はもしや、私の――。

逸馬の問いに答えられぬまま、喜蔵はこちらの世に戻った。逸馬はその後数十年の時を過ごし、死んだ。再び奇跡が起きぬ限り、喜蔵は逸馬と二度と会うことはないだろう。

人はいつか死ぬものだ。妖怪もそれは同じだ。だが、同じ時の中には生きられない。どうしたって人は先に死ぬ。小春と逸馬は等しく互いを想いつづけたが、逸馬はとうの昔に死んでしまった。それから数十年の時を生きている小春は、未だに逸馬を忘れてはいない。きっと、この先もずっと覚えているのだろう。

(……俺が死んだら――)

そう思いかけた喜蔵は、ふっと笑った。逸馬は猫だった小春の飼い主で、心の友でもあった。しかし、喜蔵は違う。

(俺はただこ奴を居候させてやっているだけだ)

小春もそう思っているはずだ。だから、喜蔵が先に死んだとしても、小春は逸馬の時のように深い哀しみに陥らぬのだろう。喜蔵はじっと小春を見た。

(俺とこ奴の関係は何と表せばよいのだろうか?)

飼い主と飼い猫ではない。友というほどの親しさはない。しかし、二人の間には確かに情がある――それは、捻くれている喜蔵も得心するものだった。情がなければ、今ここに小春はいなかっただろう。

(それに、こ奴らも……)

小春と深雪のやり取りをはらはらとした様子で眺めている、硯の精をはじめとする妖怪たちを見て、喜蔵は思った。

「……そうね、人は勝手だわ」

常よりも低い声音を出した深雪は、小春から視線を逸らさず続けた。

「でも、妖怪も勝手だわ。他者を求めているくせに、相手が共にいる条件に合わなかったら、すぐに駄目だと諦《あきら》めてしまうのだもの」

「そんなことは――」

「本当に？」

小春の言葉を遮って、深雪は問うた。

「………」

小春は口を開きかけ、止めた。

「ねえ、小春ちゃん」

そう呼びかけた深雪は、小春の前に屈み込み、彼の手をぎゅっと両手で握った。

「誰だってすっかり分かり合えはしないわ。でも、互いのことを考えて思いやれば、できるだけ近づくことはできる――あたしはそう信じて生きていきたいの」

「……だから、俺はお前のそういうところが嫌いなんだよ」

顔を横に背けた小春は、諦めたような口調で述べた。

（まったく……）

息を吐いた喜蔵は、小春に近づいて頭を叩いた。

「何すんだよ！」

涙目で喚く小春に、喜蔵は鋭い視線を向けて言った。

「他人の妹を捕まえて嫌いと述べるとはいい度胸だ」

「全部嫌いだとは言ってねえだろ！　そこだけだよ！」

「そこ以外は好ましく思っているのか？」

「それはそれで腹が立つ……って顔すんな！　どう答えたら正解なんだよ！」

木箱の上に立ち上がった小春は、地団太を踏みながら言った。それを見て、くすくすと笑い声を立てたのは、深雪だった。

「お前のせいでもあるんだから笑うな！」

「ごめんね……でも、おかしくて」

眉尻を下げて言った深雪は、頬を膨らました小春を見て、ますます笑った。

「赤子みたいだ、と笑われているぞ」

「そんなこと一言も言ってねえだろ!?　お前こそ、何かあるとすぐに手を出すじゃねえか。俺このりこのほど赤子だ……」

「居候の役立たず妖怪もどきに言われたくない」

「俺だって、閻魔面の振られ下戸《げこ》男に言われたかねえな！」

言い合う二人に、深雪のみならず、妖怪たちもふきだした。

「店主も小春もよい歳をして、まるで童子のようじゃな」

「どっちも童子で間違いない。小春は歳だけ取っているが、見目の通りの小童さ」

「店主は……まあ、うん。大人びているな」

「しゃもじもじがまた兄以外に気を遣ったぞ！　槍が降る！」

どっと笑い声が湧いた。

「――つまんない」

荻の屋の中に満ちた和やかな空気を一変させたのは、できぼしが発した一言だった。

（……何だこれは――）

小春を殴ろうとしていた手を止め、喜蔵は息を呑んだ。身体中に悪寒が走ったのだ。

「変なことばかり言って、私の願いをちっとも聞いてくれない」

できぼしは棚の上でぶつぶつと述べた。

「相談しているのにどうして？　どうしてできぼしにはお友だちができないの？　私はただお友だちが欲しいだけなのに……」

ゆらゆらと身を揺らすできぼしから、何かが発されているのを喜蔵は感じ取った。

（これが……こ奴の妖気なのか……）

喜蔵は妖気を察する力がない。だが、そうとしか思えなかった。

「はっはっはっはっ……」

「はあ、はあ、はあ、はあ、はあ――」

荻の屋にいる妖怪たちの荒い息遣いが響いた。常ならば悲鳴を上げている場面なのだろう。しかし、声は一つも聞こえなかった。逃げることもできぬようで、皆その場に縫《ぬ》いつけられたかのように固まっている。

つっと額から汗が出た喜蔵は、ようやく手を伸ばし、近くにいる深雪の肩を抱き寄せた。

「……お兄ちゃん」

大丈夫だ、というように頷くと、深雪は強張った顔で顎を引いた。

「どうして多聞も皆も言うこと聞いてくれないの……どうして……どうしてどうしてどうしてどうして――」

左右に激しく揺れながら述べたできぼしは、にわかに棚に手をついた。目の前にいる小春の顔を覗き込みながら、できぼしは言った。

「ねえ、できぼしの願いを叶えてよ」

じっとできぼしの顔を見た小春は、はっきりと宣言した。

「悪いが無理だ」

ぞぞぞぞ――。

背筋のみならず、身体中に悪寒を感じた喜蔵は、深雪をさらに抱き寄せた。大人しく喜蔵の腕の中に収まった深雪は、真っ青な顔をして唇を噛んでいる。

ぐらり、と土間が揺れた。

（地震か――否……）

喜蔵は錯覚しかけ、すぐに真実に気づいた。荻の屋にいる者たちが皆、同時に震えだしたのだ。それは喜蔵も例外ではなく、深雪を抱く腕が揺れていた。

「――ふ、ふふ……」

笑い声を上げたのは、木箱の上に立つ小春だった。

「何だこの馬鹿みたいな妖気は……アハハ！　お前、すげえな……！」

興奮しきった表情をした小春は、目の前にいるできぼしに手を伸ばした。小春の小さな手ができぼしの頬に触れそうになった瞬間、喜蔵は叫んだ。

「やめろ！」

呑み込まれてしまう――そんな恐ろしい考えが、喜蔵の胸の中によぎった。


「――できぼし、帰るよ」

ガラリと表戸が開く音と同時に響いたのは、男の美しい声音だった。派手な装いの男が、ゆったりとした身のこなしで荻の屋の中に入ってきた。

（ああ……）

喜蔵はほっと息を吐いた。身体を圧迫していた空気が、ふっと消えたのを感じたのだ。それは、深雪も同じだったらしく、俯いていた顔を上げて、喜蔵を見た。

「お兄ちゃん……」

緊張した面持ちで頷いた喜蔵は、こちらに近づいてくる男――多聞をぎろりと睨んだ。

「そんなに怖い顔しないでおくれよ」

喜蔵の顔を見て苦笑交じりに言った多聞は、できぼしに向かって手を伸ばした。

「……多聞、もう怒ってない？」

「俺は元々怒ってないよ」

「嘘……できぼしが『お友だちが欲しい』と言ったら、怒ったもん」

「怒ったんじゃないよ。寂しかっただけさ」

「寂しい？」

できぼしは不思議そうな声を出し、首を傾げた。

「できぼしの友だちはここにいるのに、と思ったのさ」

「……多聞？」

多聞はにっこりと笑って頷いた。できぼしは棚の上で立ち上がると、両手を広げた多聞の胸に飛び込んだ。

「……帰る」

「うん、帰ろう。勘介も待っているよ」

できぼしを受け止めた多聞は、その小さな背を優しく撫でながら、呆然としている喜蔵たちを見回した。

「騒がせてごめんね」

そう言うなり、くるりと踵を返した。いつも通りのゆったりとした足取りで荻の屋から去ろうとした多聞を止めたのは、小春の一言だった。

「悪いと思うなら、礼を――否、詫びの印を置いていけ」

「……お前……どこまで強欲なのだ」

喜蔵は思わず呆れ声を漏らした。

「神さんからの礼をもらい損ねた分だ！」

「そ奴にはかかわりないだろう」

「そんなん知るか！　何かしたら、代価を払うのは当然だ！」

ふんっと鼻を鳴らした小春に、喜蔵はますます呆れた視線を向けた。

（先ほどまでの様子は幻《まぼろし》だったのか？）

触れた瞬間に壊れてしまいそうな危うさを発しているように見えたが、今の小春はただの頑是《がんぜ》ない人間の童子に見えた。

「いいよ、何が欲しい？」

くすくすと笑った多聞は、向き直って言った。

「牛鍋十人前！……いや、五十人前だ！　それが駄目なら、鯛二十匹だ！」

小春は次々に欲しい物――すべて食べ物だった――を挙げていった。

「あんたは欲がないなあ」

「どこがだ。欲だらけだろうに。礼や代価の話ばかりするのだぞ」

喜蔵が口を挟むと、多聞はにこにこしながら首を横に振った。

「代価を支払うのは当然の話さ。それがなければ、一方的な行為になってしまう……そうなると後が怖いよ？　支払われる側が代価を提示するのは、親切だと思うけれどね。それに、やはり俺からすると、てんで無欲だよ。俺だったら、力と答えるもの」

　多聞の言葉に、喜蔵はハッとした。まだぶつぶつ言っていた小春も、ぴたりと口を閉じ、多聞を見上げた。

「失った力をあげようか？」

　多聞は小春をじっと見据えて言った。無邪気な笑みが不気味さを漂わせている。小春はふうっと息を吐き、「いらねえ」と低い声音を出した。

「どうして？」

　できぼしとそっくりな言い方で述べた多聞に、小春は忌々《いまいま》しげに舌打ちした。

「俺はお前と違って欲しいものは自分で手に入れてみせる。誰の力も命も借りずにな！」

　小春が答えた瞬間、多聞の顔からさっと笑みが消えた。

（これは――）

　喜蔵はまた深雪を抱き寄せた。できぼしの時とはまた違った悪寒が、背筋に走ったのだ。

「ああ……あああ……！」

「もう嫌だ……なぜこんな馬鹿みたいな妖力ばかり浴びせられなければならんのだ！」

　堪えきれぬ、といった様子で騒ぎはじめたのは、付喪神たちだった。

「あの時と同じ……嫌、怖い……！」

　前差櫛姫が悲鳴交じりに叫んだ。

（そういえば、こ奴らは皆、百目鬼に囚われたことがあった――）

そのことを、彼らは覚えていない。多聞が幻術をかけて記憶を失わせたのだろう。しかし、記憶がなくとも、身体は覚えているらしい。

「……あんたこそ本当に身勝手だね」

ぽつりと述べた多聞は、まっすぐ小春を見つめて続けた。

「己の物差しで他人をはかる。いらぬものを無理やり押しつけられた者の気持ちなど一生分かろうともしないのだろう」

「……お前――」

小春が訝しむ目をした時、多聞はふっと笑った。

「まあ、しようがない。他人も他妖も、所詮は分かり合えぬ生き物だ。お詫びは今度改めてするよ。今日のところはこれでお暇しよう」

再び踵を返した多聞は、表戸に手を掛け、顔だけちらりと振り返った。

「忙しいようだから、遠慮したんだよ。感謝して欲しいな」

「尻尾巻いて逃げるくせに、何だその言い草は――……!?」

言いかけた小春は、目をカッと見開いて絶句した。喜蔵と深雪、それに荻の屋に住まう妖怪たちも、同じく目を見開き、言葉を失った。

「おお……ようやく戸が開いたぞ！」

声を上げたのは、多聞が開け放った戸の向こうにいた顔のない男だった。

（のっぺらぼう――）

喜蔵の脳裏に浮かんだのは、誰もが知っている妖怪の名だった。しかし、そこにいたのは、のっぺらぼうだけではなかった。

「ようやく開いたな！　早く話を聞いてくれ」

「何を、私が先だ」

「俺の方が先に決まってる！」

巨大な蟹《かに》に、二股に分かれた尾を持つ狸《たぬき》、顔のついたボロボロの草履《ぞうり》に、首だけの女――荻の屋の店先には、十数ほどの妖怪たちがひしめいていた。

「それじゃあ、頑張って」

笑って出ていこうとした多聞を止めたのは、表戸のところまで走った小春と喜蔵だった。

「戸を閉めろ！」

「分かってる！」

喜蔵と小春は互いに声をかけながら、慌てて表戸を引いた。

「ああ――また閉まる！」

「やめろ。閉めるなら、わしの相談に乗ってからにしてくれ！」

「一本足《いっぽんあし》よりうちの話聞いてんか!?」

騒ぎ出した妖怪たちは、喜蔵と小春が閉めかけた戸にその身をねじ込んできた。

「うわっ挟まるな！　今度ゆっくり話を聞いてやるから、今日は引けって！」

「今度もならぬ。二度と来るな」

「お前はまたそう本当のことを……適当に誤魔化しとけばいいんだよ！」

「誤魔化せておらぬからこんな目に遭っているのだ。もっと力を込めろ！」

二人は怒鳴り合いながらも、戸を閉めようとする力を緩《ゆる》めなかった。そばでその様子を眺めていた多聞は、ますます笑んで言った。

「あんた、相談処を開いているんだろう？　相談に乗ってあげなくていいのかい？」

「こんな大勢をいっぺんにさばき切れるか！　お前の仕業だろう!?　どうにかしろよ！」

ぎゃんぎゃん吠えながら答えた小春に、多聞は首を傾げた。

「あんた、何を言っているんだい？　俺じゃあないよ」

「あ!?　だったら誰がこんな真似――」

「あんただろ？　あれをここに置いたのは」

そう答えた多聞は、台の上を指差した。

「あれって何だよ、あれって……」

言いかけた小春は、多聞の指先を追って、目を瞬いた。

そこには、小春が蔵から出したあの鬼の像があった。

六、禍の猫

――あんただろ？　あれをここに置いたのは。

そう言って多聞が指差したのは、小春が蔵から持ち込んだ鬼の像だった。

「……やっぱり、あれが妖怪たちを呼び寄せてるのか？」

眉を顰めて述べた小春は、うっかり力を抜いてしまったらしい。

「おい！」

喜蔵は慌てた声を上げた。せっかく閉まりかけた戸が、また開いたのだ。全開になった戸の向こうは、さらに妖数が増えているように見えた。

「こし、今度こそ口に入　」

「うるさい」

店内を覗き込んだのっぺらぼうの声を遮ったのは、多聞の腕の中にいるできぼしだった。伸ばした小さな手が戸に触れた瞬間、外にいた妖怪たちは後方に吹き飛ばされた。

（……これがこ奴の力か）

喜蔵は息を呑んだ。静まり返った店内に、ガラリと戸が閉まる音がした。できぼしや多聞でもなければ、小春たちが引いたわけでもない。誰の手も借りず、勝手に閉まったのだ。

「うるさいの嫌い」

唇を尖らせて述べたできぼしに、多聞は「俺も好きじゃないな」と頷いた。

「でも、嫌いじゃないんでしょう？」

「そうだね、好きではないけれど、嫌いでもないね」

「多聞は何に対してもそう」

そうかな？　と首を傾げた多聞は、啞然としている喜蔵たちに笑みを向けて言った。

「皆、すぐに戻ってくるよ。それが嫌なら、どうにかした方がいいんじゃないかな？」

「どうにかってどうすりゃいいんだよ？」

訝しげな声を出した小春を、多聞はじっと覗き込んだ。

「あんた、本当に力がなくなったんだね。だから、分からないのか――どれ」

多聞はできぼしを支える手を片方外し、すっと伸ばした。長い指が小春の左目に届きそうになった時、

「……また奪う気か？」

低く唸った喜蔵は、多聞の手首をぐっと摑んだ。

今年の夏、永遠の命を得られるという「枯れずの鬼灯《ほおずき》」を追って行きついた先で、小春と喜蔵は多聞に会った。

——まさか、「人間を殺すな喰らうな」などと思っているのかい？　そんなことを言うようになったら、あんた本当に妖怪ではなくなるよ。ああ、でもあんたはやはり人間なのかな？　なら、喰らってみるかな。

——……喰えよ。

多聞の挑発にまんまと乗った小春は、喜蔵が喪神《そうしん》している間に、右目の視力を奪われた。

（……こ奴の目玉はそこについているというのに）

小春の赤みがかった鳶色の目は、見えていないのが嘘のように、爛々《らんらん》と輝いている。

——まあ、俺は本当に強いからな。このくらいの負債を負っていた方がちょうどいい。

それでも、その辺の奴らの数百倍俺は強いけれどな！　ひひひ。

小春はそう言って笑ったが、それが嘘であることくらい、鈍い喜蔵にも分かった。せめて視力が戻ったら、妖力のほとんどを失くした小春の助けになるはずだが——。

多聞に視線を戻した喜蔵は、押し殺した声音で問うた。

「お前は一体何がしたいのだ……なぜ、俺たちの周りをうろついている？　なぜこ奴の力を奪ったのだ！　お前は一体何が欲しいのだ!?」

多聞は困ったように微笑み、「いいの？」と小首を傾げた。多聞が向けた視線の先を追った喜蔵は、ハッと口を噤んだ。

「また奪う……？　多聞さん……小春ちゃんの力を奪ったの？」

呆然とした様子で呟いたのは、店の中央にぽつんと立っている深雪だった。少々つり気味の大きな目が、驚きのあまり見開かれている。

（……言えぬ）

深雪が小春を大事に想っているのは、喜蔵も知っていた。深雪は大切な相手のためなら、自分を擲《なげう》ってまで立ち向かうところがある。それは、先ほど小春も言っていたことだった。

「――何をする！」

喜蔵は思わず大きな声を発した。小春が立てかけてあった箒の柄《え》で頭を叩いてきたからだ。多聞の手首を放した喜蔵は、じとりとした目で小春を見下ろした。

「お前が法螺《ほら》吹くからだ。俺の何が奪われたって？　俺は妖怪の世でも五指に入る猫股の長者にも勝った大妖怪だぞ？　そこのへらへら目だらけ野郎に後れを取るわけがねえ！」

喜蔵の鋭い眼差しにも負けず、小春は堂々と見栄を切った。

（……恰好つけめ）

拳をぎゅっと握りしめた喜蔵は、深い息を吐き、多聞を見た。

「馬鹿鬼はこう申している。お前はこ奴から力を奪えなかったのだな」

「……ふうん」

面白がるような笑みを浮かべた多聞は、深雪にちらりと視線を向けた。

「二人はこんな風に言っているけれど、深雪さんはどう思う？」

「……あたしは、お兄ちゃんと小春ちゃんを信じています」

真剣な表情を浮かべた深雪は、明瞭な声音で答えた。

「そう言うと思った」

苦笑しながら言った多聞は、できぼしを抱え直し、店の奥に向かって歩きはじめた。

「裏から失礼するよ。表から出たら、また妖怪たちが中に入ってきてしまうからね」

「お主はこ奴のことを知っているのか？」

店の中央を通りすぎようとした多聞は、硯の精の声に足を止めた。定位置から移動した硯の精は、鬼の像に手を添えて立っていた。

「そういうあんたは知らないのかい？　長い間、共に蔵で暮らしていたそうじゃないか」

「……蔵にいた間、我はほとんど沈黙していた。時折、妖怪の出入りがあったが、騒ぎになるようなことは起きなかった」

「人のいないところでわざわざ暴れる妖怪などいないか」

したり、と頷いた多聞に、硯の精は細い目を吊り上げ、唸るように述べた。

「……こ奴は何者なのだ？　こたびの騒ぎの原因なのか？　知っているのならば、教えてくれ」

満足げに笑んだ多聞は、小春と喜蔵を見遣って問うた。

「あんたたちも知りたいかい？」

「お前に教えてもらうなんざ真っ平御免！」

多聞に視線を向けられた小春は、べえっと二股に割れた舌を出して答えた。

「……言いたいのならば、言え」

「俺はどちらでもいいよ。でも、聞きたくないのにわざわざ喋る趣味はないかな」

喜蔵の仏頂面にそう返した多聞は、近くにいる深雪に視線を向けた。

「教えてください」

「深雪！」

非難の声を上げた小春に構わず、深雪は続けた。

「その鬼の像は何なんですか？　どうして多聞さんはそれが一連のことにかかわっていると知っているんですか？……うちに来る前から知っていたんですか？」

「できぼしを迎えにきたと見せかけて、と思っているのかな？」

多聞の発言に、できぼしはぴくりと身を震わせた。荻の屋の中に、ひんやりとした風が吹いた。できぼしが発している妖気と思《おぼ》しきものを察した深雪は、眉を顰めて答えた。

「そうは思いません。でも、あなたなら、何でも見通せるのかと……」

「最近、ここに妖怪が集《つど》っていることは知っていたけれど、理由は分からなかった。そうしたら、できぼしまでここを訪れた――これは何かあると確信したよ。正体が分かったのは、店の中に入ってからさ。あちこち見回していたら、その鬼の像が目に入ったんだ」

穏やかな声音で答えた多聞は、一拍空けてうたうように言った。

「その鬼の像は、ただの鬼の像じゃない。禍福《かふく》を招く者なのさ」

「禍福を招く者……？」

小首を傾げて呟いた深雪は、鬼の像に手を伸ばそうとした。

「触るな」

鋭く制した喜蔵は、ずかずかと深雪の許に近づいたが――。

「あ」

深雪の口から声が漏れて間もなく、ガゴッと硬質な音が響いた。深雪に先んじて鬼の像を手にしたできぼしが、それを表戸に向かって投げつけたのだ。

「できぼしちゃん……！」

深雪は悲鳴交じりの声を上げた。喜蔵と小春の間を抜けた鬼の像は、勢いよく表戸を突き破り、店外に飛んでいった。その直後、表戸に開いた穴から、何者かが侵入してきた。

（今のは……）

唖然と穴を眺めていた喜蔵は、皆の叫び声で我に返った。

「小春ちゃん……！」

「こ、小春……！」

深雪と妖怪たちは、驚愕《きょうがく》の顔で天井を見上げていた。つられて顎を持ち上げた喜蔵は、カッと目を見開いた。

「……ぐっ……！」

苦しげな声を漏らした小春が、天井にはりつけられ、もがき苦しんでいた。華奢な身は鋭い爪を持つ足で押さえつけられ、細い首は太い嘴に挟まれていた。

「――ようやく結界が解けた」

低い声音を出したのは、表戸に開いた穴から飛び込んできた鷲だった。穴を通り抜けた瞬間は雀の姿をしていたが、小春の首をその太い嘴で天井に押しつけている今、小春を連れ去った時と同じ――否、それよりもさらに立派な体軀の鷲へと変貌を遂げた。

「……神さんの使いごときが、この大妖怪を殺すのか？」

首をギリギリと絞め上げられながらも、小春はふてぶてしい声を出した。

「口を慎め。我を愚弄することは、すなわち神をも愚弄することになるのだぞ」

ハッ！　と鼻を鳴らした小春は、苦痛に歪んだ顔に笑みを浮かべて言った。

「神がそんなに偉いのか？　力を持っているだけで偉いなら、そこにいる目だらけ妖怪も、方々で暴れまくってた俺の兄弟も、一寸前までの俺も皆偉いってことになるぜ？」

「神は力のみでなく、万物を司る叡智《えいち》をお持ちである。存在そのものが尊いのだ」

「己の物差しで神罰を与えたり、褒美を与えたりすることが尊い者のやりようか？　俺には、ただの自分勝手な野郎にしか思えねえな。本当に尊いなら、拗ねて出奔することなどないし、健気に仕えている者を困らせないだろ。第一、俺みたいな下々の者が一寸悪口を言ったくらいで、神罰なんて大層なものを下さねえな。そんな暇があるなら、もっと世の中のためになるようなことをするはずだ。素晴らしく尊い存在なんだろ？」

息継ぎもせず言いきった小春を見て、喜蔵はごくりと唾を吞み込んだ。

（この馬鹿……なぜ、次々に喧嘩を売るような真似をする）

喜蔵には妖気も神気も分からない。だが、荻の屋の中にじわじわと不穏な気が満ちていくのは分かった。できぼしの時とは違う性質ながら、その違和感の強さは同等のものだった。小春の首を絞め上げたまま、鷲はくぐもった声を発した。

「……重き罰を受けたいようだな」

大きく羽ばたいた鷲の羽から、はらはらと粉が舞った。それは、数刻前と同じくきらきらと輝いていたが、金色でなく、灰黒色だった。見る間に、それは荻の屋中に散らばった。

「……何……これ……」

そう呟いてその場に崩れ落ちたのは、深雪だった。

呼びかけた喜蔵だが、足を踏みだそうとして、がくりと膝をついた。

「深雪――」

（……力が……入らぬ）

喜蔵は土間に手をつき、無理やり顔を上げた。小春を放した鷲は、天井近くを浮遊していた。鷲の羽から出ているあの灰黒色の粉は、互いに結びつきあい、大きな人影に変化した。その人影は片手で小春の身を握りしめ、もう片方の手を振り上げた。

――……簡単に殺しにしない。俺が全力を出させてやろう――お前はここで死ね。

猫股の長者の洞窟で見た光景が、喜蔵の脳裏に蘇った。喜蔵の視線を感じ取ったのか、人影はくすりと笑い声を漏らし、振り上げた手を刀のように鋭くさせて、小春に向けた。

「……止めろ!!」

声を振り絞り、喜蔵は叫んだ。動かぬ身体に鞭《むち》を打ち、立ち上がろうとした時、またドゴッと大きな音が響いた。

「――な、ぬ……!?」

　驚愕の声を上げたのは、「何か」がその身にぶつかったせいで、羽ばたきを止めた鷲だった。ぐにゃりと歪んだ形になった鷲は、見る間に雀の姿に変じ、まるで桜の花びらが散るように、ひらひらと土間に落下した。

「捕まえたー！」

　楽しそうな声音を出したのは、多聞の腕の中にいるできぼしだった。伸ばした両手で雀を受け止めたできぼしを、多聞は「よく取れたね」と褒めた。

「でも、そっちは取れなかった」

「一寸遠かったからね。俺が手を伸ばしても届かなかったよ」

　そう答えた多聞は、できぼしを土間に下ろし、数歩前に進んだ。喜蔵の目の前に立った多聞は、そこに転がった「何か」――鬼の像を拾い上げた。

「……外からそれを投げ込んだのはお前か？　それとも、その餓鬼《がき》か？」

　ゆっくり身を起こした喜蔵は、低く問うた。

（身体が動く……あの灰黒色の粉が舞っていないからか？）

　できぼしの手の中で固く目を瞑っている雀を眺め、喜蔵は眉を顰めた。

「俺たちはこの店の中にいたじゃないか」

「では、外にいた妖怪の誰かが投げたのか？」

「それはどうだろう？　俺はきっと違うと思うけれど」

埒が明かぬ、と舌打ちした喜蔵は、落下し、台の上で伸びていた小春の許に駆け寄った。

「おい……！」

呼びかけると、小春はぱちっと目を開いた。

「おお——死ぬかと思った！」

言とは裏腹に元気に半身を起こした小春を、喜蔵は胡乱《うろん》な目で見た。

「どこがだ。常以上に騒がしいではないか」

呆れ声を出した喜蔵は、いつの間にか立ち上がり、小春のそばに寄り添っていた深雪の肩をそっと叩いた。頷いた深雪の目尻は、赤く染まっている。むっと顔を顰めた喜蔵は、台の上で胡坐をかいた小春の額をぺしっと叩いた。

「そう気軽に何度もぶつな！　俺は力を失った妖怪だぞ!?　少しは遠慮しろ！」

「殴られたくないのなら、自重しろ。なぜ、次々に煽るような真似をする？」

「……そんなことしてねえよ」

むすっとして答えた小春は、そっぽを向いた。

「小春ちゃん……わざとやっているんでしょう？」

そう言ったのは、小春の顔をじっと覗き込んだ深雪だった。

「深雪まで何だよ。……俺は妖怪だぜ？　人間をからかって遊び、妖怪と戦って打ちのめすのが生業《なりわい》だ。意地の悪いことを言うのは当たり前だ。舐められるのは我慢ならない」

「だから、わざわざあんなことを言うの？　そんなの、小春ちゃんらしくないわ」

「ハッ！　お前が俺の何を知ってるんだよ！」

「小春ちゃんのすべてを知っているなんて言わない。でも、小春ちゃんが知らない小春ちゃんのことなら知っているわ」

「意味分からんこと言うなっ」

なぜか喧嘩をはじめた二人を見て、喜蔵は深い息を吐いた。

「……何をやっているのだ」

「そんなことしている場合じゃないのにね」

答えた多聞は、鬼の像を小春のそばに置いた。

「うわっ、ボロボロだ！」

「あら……可哀想……」

驚きの声を上げた小春に、深雪は眉尻を下げて言った。

（……これはもうどうにもできぬ）

二度表戸を貫通した衝撃により、鬼の像は砕《くだ》ける寸前といった様子で、全身にひびが生じていた。修繕が得手な喜蔵でも、これを元通りにするのは無理だろう。溜息を吐いた喜蔵は、小春に「弁償すれば許してやる」と言った。

「何で俺が!?　壊したのはその餓鬼だろ！　百目鬼に弁償させろよ！」

「鳥さんが中に入りたいと言ったから、穴を開けてあげただけだもん」

拗ねたように述べたできぼしは、手のひらの上にいる鷲神社の使いをぞんざいに撫でた。

「普通に戸を開けりゃあいいじゃねえか。何でそれを投げつけたんだよ！」

「だって、この子がいたら、鳥さんが中に入ってこられないもの」

「ああ!?……つまり、戸が開いたり開かなかったりしたのもその鬼の像の力ってわけ……おい、前差！　何してんだ!?」

小春は慌てた声を上げた。その視線の先を追った喜蔵は、目を見開いた。小春の横に置いてある鬼の像を櫛でガツガツと叩いていたのは、その櫛の持ち主である前差櫛姫だった。

「煩いわね、黙ってなさいよ！」

「妖怪の奇行を黙って見過ごすわけにはいかねえだろ！」

大きな目を真ん丸にした小春は、前差櫛姫を止めようと手を伸ばしたが、

「あいたーっ！」

ガシッと手の甲を引っかかれて、もんどりを打った。

「あんたなんかに構っている暇はないの！」

深雪が慌てて小春に手を伸ばす中、鬼の像を櫛で叩きつづける前差櫛姫に、喜蔵は「止めろ」と声をかけた。

「それは確かにもう売り物にもならぬものだが、わざわざ痛めつけるな」

「……あたし、優しい喜蔵が大好きよ。――でも、ごめんね」

呟いた前差櫛姫は、鬼の像を櫛で思いきり叩いた。その瞬間、ばりばりばりばり――と鬼の

像は勢いよく砕け散った。ばらばらになった破片が、台の上や土間に落ちた時、

「……へ!?」

店中に驚きが広がった。鬼の像が砕け散ったそこに、あるものがぽつんと置かれていたからだ。

「何と……!?」

「鬼の像の中に隠れていたのか……!」

身を潜めていた妖怪たちは、おそるおそる小春が乗っている台の上に集まってきた。

「小春……お主のお仲間だな」

ぽつりと述べた硯の精に、鬼の像だったそれを両手で摑んだ小春は、顔を顰めて答えた。

「生憎俺はもう猫じゃねえ。だが……お仲間といやあお仲間だな。こんなに妖しい気を発してるんだから、お仲間じゃねえなんて言わせねえ……なあ?」

小春は手中にある鬼の像――その中から現れた白い招き猫を見下ろし、低い声音を出した。「福」「開運」と書かれた小判を身につけたそれは、大きな黄色の瞳に、桃色に染まった耳と手のひら、小さな鼻ときゅっと上がった口角を持ち、非常に愛らしい。招き猫特有の不気味さがあまり感じられぬのは、本物の猫に似た作りをしているせいだろう。

「………」

「だんまりか？――お前も割るぞ」

脅《おど》しをかけた小春は、「あ!」と声を上げた。

「勝手に他人の物を壊そうとするな。弁償代を吊り上げるぞ」

睨みながら言ったのは、小春の手から招き猫を奪った喜蔵だった。

「だから、何で俺が弁償しなきゃならねえんだ！　中身は無事なんだからいいだろ！」

喚く小春を無視した喜蔵は、手にした招き猫をじっと見た。何の変哲もない、古ぼけた招き猫だ。喜蔵の手許を覗き込んできた深雪にも、心あたりはないようだ。

「お前が妖怪を招いたのか？　一体何が目的だ」

喜蔵の問いに、返事はなかった。

「こいつ、きっと喋る気ないぜ。むやみに妖怪を招くようだから、壊しちまった方がいい」

先ほどに続き、破壊を主張する小春を、喜蔵はじろりと一瞥した。

「壊すなら、俺がもらっていこうか？」

そう言いだした多聞に、喜蔵と小春は目を剝いた。

「……今度はお前が妖怪相談処を開くのか？」

「はは、それだとあんたが妖怪ってことになるね」

にんまりとした多聞は、眉を顰めた喜蔵に片手を伸ばし、招き猫を摑もうとしたが、

「おや……いいのかい？」

喜蔵の手から招き猫を奪い、腕の中に抱え込んだ小春を見て、楽しそうに述べた。

「お前にやるくらいなら、妖怪ばかり来て困ってる方がマシだ」

小春の言を聞き、喜蔵はむっと顔を顰めた。

「勝手なことを申すな。ここは俺の店でもある」

「居候していいと言われた俺の店だ」

「己の店と主張するなら、相応の代価を払え。金がないという言い訳は聞かぬ。お前がいずれ出ていく日までに、積もりに積もった負債をすべて返せ」

「守銭奴！　血も涙もないのか、お前は！」

喜蔵と小春は言い争いながら、招き猫を奪い合うように手を伸ばした。

「……今日はいつにも増して話の腰が折れてばかりだなあ」

二人を眺めて呆れている多聞に、硯の精が小声で「すまぬな」と詫びた。

「あんたが謝ることじゃないけど……その二人は話を聞く気がなさそうだ。もう帰るよ」

「待って！」

裏口へと進みかけた多聞の着物の袖を摑み、深雪は慌てて言った。

「このままじゃ、誰もその子のことが分からないわ。だから、聞かせてください！」

「深雪さんの頼みごとなら、うんと言いたいところだけれど……」

答えた多聞は、できぼしの手のひらをちらりと見て、ふっと笑った。

「どうやら、その必要はなさそうだ」

きょとんとした深雪は、「あ」と小さな声を漏らした。

「――この匂い」

低い呻きが聞こえたと思った瞬間、何かが天井まで飛び上がった。

「……やはり、お主は――！」

驚きの声を上げたのは、鬼の像にぶつかられて喪神していた雀――鷲神社の使いである、神鳥だった。

「猫股鬼――その者を放せ」

招き猫を持っている小春に、雀は鋭く言った。招き猫と雀を見比べた小春は、首の横に掲げるように招き猫を抱いてニッと笑った。

「こいつ、お前の知己なんだな？　こうすりゃあ、俺のことをもう襲えねえだろ？」

「小癪な真似を……」

歯噛みするような声を出した雀は、天井に浮いたままその身を震わせた。

「鷲さん……この招き猫さんは一体誰なんです？」

顔を上げて問いかけたのは、多聞の袖から手を離した深雪だった。じっと深雪を見下ろした雀は、二度大きく羽ばたき、厳かに述べた。

「その者は小梅《こうめ》という――かつては招き猫だった」

「でも……」と困惑した様子の深雪に、雀は頷いた。

「ただの招き猫ではない。魂を持った者だ。この店に住まう者たちと似たようなものなのだろう。妖怪とも神とも言えぬ者ではあるが……」

雀のその言葉に、荻の屋の中にざわめきが起きた。

「俺たちのように、付喪神ということか？」

「だが、わしらは妖怪じゃぞ？」

小太鼓太郎と茶杓の怪が首を捻って言えば、

「はじめから妖怪であったわけではない。そういえば、我らも神とつくが……」

硯の精が呟いた。作りが簡素すぎるあまり、表情が読めぬが、眉間にぐっと皺が寄った。

「ならば、俺たちも妖怪とも神とも言えぬ存在なのか？　てっきり妖怪だとばかり……」

「俺はどちらとも言えぬと思っていたぞ、弟よ」

「俺も実はそう思っていた！　知らぬ振りをしていた俺たち兄弟の奥ゆかしさ！」

兄弟漫才を繰り広げるしゃもじと釜の怪の横で、前差櫛姫が鼻を鳴らした。

「付喪神は付喪神よ。それで十分でしょう？　その招き猫が妖怪であろうと神であろうと、どっちだっていいわ」

「興味がないのか、前差は」

驚いたように言った茶杓の怪に、前差櫛姫はつんとした表情で「ないわ」と答えた。

「でも、散々迷惑をかけられたのだから、理由を話してもらわないと。ねえ、あんたはどう思っているの？」

前差櫛姫は小春の肩に飛び乗り、じっと招き猫――小梅の顔を見つめた。

「……だんまりを押し通す気？　何があったか知らないけれど、妖怪にしても神にしても、道理を弁《わきま》えてなさすぎるわよ」

前差櫛姫が怒りの声を上げた時、喜蔵は息を吐きながら「もうよい」と言った。

「理由を聞かされたところで、されたことは変わらぬ」

「理由を聞くよりも、戸を直したいんだろう？」

小春に揶揄《やゆ》された喜蔵は、口の下にぐっと皺を寄せた。表戸に開いた二つの穴の方が気になっているのは事実だった。飛ばされた妖怪たちが入ってこないのも、騒ぎを聞きつけて誰もやってこないのも不思議だったが、

（大方、こ奴が何かやっているのだろう）

喜蔵は多聞をちらりと一瞥した。目が合った多聞は、「やはり、持っていこうか？」と提案した。喜蔵はふるりと首を横に振った。

「蔵に入れるか、他の妖怪に預ける」

「蔵に入れても、妖怪は寄ってくるよ。あんたが頼りにしそうなのは、弥々子河童かな」

図星を指された喜蔵が、返事をせず眉を顰めた時、天井からぽつりと小声が響いた。

「小梅――お主が歩んできた道を見た」

喜蔵はハッとして見上げた。そこには、いつの間にか鷲の姿に戻った鷲祐社の使いが浮遊していた。多聞やできぼしも動きを止めて、顔を斜めに傾けた。鷲はじっと招き猫を見下ろしながら、説法をするような厳かな声音で続けた。

「お主を生みだした老婆は、お主がそのような姿になり、余生を歩むことを望んだか？あの老婆は皆を心から慈しんでいた。皆等しく――否、特にお主のことは――」

「……違う」

愛らしい声が響いた。声がした方――小春の手許を見た喜蔵は、目を見開いた。

（泣いている……）

招き猫の黄色の瞳から流れでた雫が、小春の組んだ足にぴちゃんと落ちた。

「……冷てえ」

ぽつりと述べた小春は、招き猫を胸許まで下ろし、その顔を覗き込んだ。

「お前さ……小梅だっけ？　言いたいことがあるなら、今のうちに言っておけよ。これから お前は弥々子に預けられるか、蔵にぶち込まれるか、はたまた閻魔商人に壊されるか……どのみち、おっそろしい道を歩まざるを得ぬのだからな」

「人聞きの悪いことを申すな」

小春を睨みながら言った喜蔵は、台の上にあった布を小梅に押しつけた。思わず、といった様子で手を伸ばして受け取った小梅は、上半身だけ猫に化けた。ぐしゃりと顔を歪ませて「御免」と呟いた。

「おらは駄目なんだ。おらがいると皆が不幸になる……福を招く猫なんて嘘っぱちだ。おらは……おらはさっき誰かが言ったように、禍福を――禍を招く猫なんだ」

「禍を招く猫……面白いじゃねえか！」

場違いに明るい声を上げた小春は、小梅から奪い取った布で、小梅の顔を乱雑に拭いた。

「さあ、好きなだけ話せよ。客はこんだけいるんだぜ？　あの目だらけ妖怪や天井に浮いている神さんの使いから、たんまり木戸銭《きどせん》がもらえるぞ！」

無邪気な顔で笑って言った小春に、喜蔵は胡乱な目を向けた。頭上からぶつぶつと「どこまでも無礼者め」という声が聞こえたが、小春を攻撃してくる者はいなかった。

「……おらを生んでくれたのは、おまつ婆《ばあ》という人だ。とても優しい人だった……おらのせいで死んだんだ」

小梅の告白は、静かに始まった。

＊

ある夏の夕暮れ、白髪で顔中に皺のある女が、背を丸めて一心に手を動かしていた。女の周りには、今戸焼《いまどやき》と呼ばれる、白色の焼き物がいくつも置かれている。片手を上げた猫の形をしているそれに、目や鼻を描き足し、耳や手のひらにほんのりとした朱を入れれば、招き猫の完成だ。

「ああ……驚いた」

招き猫を作っている女――まつは、言の通り驚いた顔をした。浅草の裏長屋に住まうまつは、粗末な衣をまとった小柄な老女だが、その顔は存外子どもっぽく見えた。

「可愛い顔だ。こんなに可愛くできたのはじめてだよ」

色を付けた当人だというのに、まつは「驚いたねえ」と繰り返した。

「これまで作った他の子たちも勿論可愛いが、お前は特別可愛いね。だって、何だかさ……ああ、売るのが惜しくなっちゃったよ。お前、うちの子になるかい？」

うふふ、と笑ったまつは、招き猫を本物の猫のように撫でながら、首を傾げて言った。

「桜……いや、お前は梅だ。小さくて可愛いからね。耳の赤みも梅と似ているもの。よし、今日からお前は梅……小梅だ」

（……小梅？　それがおらの名なのか）

招き猫は、心の中でまつの言葉を繰り返した。作られて間もないというのに魂が宿った──普通の付喪神ならば、あと百年はかかるところだが、それを疑問に思うことはなかった。生まれたばかりの小梅は、物事の道理をほとんど知らなかったのだ。小梅が世のことを知っていったのは、まつとの生活を通じてのことだった。

「江戸のお城には、将軍さまがいらっしゃるんだよ。将軍さまというのは、とても偉いお人でね。あたしのような者は一生会えぬお方さ。神さまみたいなもんだよ。ああ、でも、都の天子さまこそ神さまか……あたしにはどちらも雲の上のお方たちだね」

（地上にいるのに雲の上の人？　人間なのに神さま？　それはただの人間じゃないの？）

為政者の話は、何度聞いてもよく分からなかった。だが、まつが目を細めて話すので、どうやら悪い人間たちではないらしい。

「小梅、ご覧。生きが良いだろう？　これはめざしというんだよ」

貧相な魚を二尾見せながら、まつは言った。

（随分と小さい……それで足りるの？）

小梅の問いなど知らぬまつは、「美味しそうだ」と嬉しそうに笑う。呑まず食わずでも生きていける小梅には分からぬが、人間が生きる上で食は非常に大切なようだった。

（めざしが好きなら、あと十尾買えばいいのに……）

はじめはそんなことを思っていた小梅だったが、ある日まつが「うちには金がないからね」と呟いたため、めざしは買わぬのではなく、買えぬのだと気づいた。

「あたしは四十年ほど今戸焼に色付けしてるんだ。今は片手を上げて福を招く仕草をしている猫ばかりだけど、前は色々作ってたんだよ。浅草寺の市に出してるんだ。売れ行きは昔の方がよかったけど……必要としてくれる人がいる限り、作りつづけなきゃね」

招き猫に色付けをしながら、まつは己のことも語った。二十年前に夫に先立たれて以来、まつはずっとこの長屋に居を置いているという。

「あたしにはね、息子がいるんだ。ずっと昔に出ていっちまったけどね……喧嘩別れだよ。口煩いあたしに嫌気が差しちまったんだろうね……。だから、あたしが悪いんだ。寂しいけれど、しょうがないね」

まつはいつも笑っていたが、息子の話をする時ばかりは辛そうな面持ちになった。

「息子は吉竹《よしたけ》というんだ。あたしと小梅を合わせて、松竹梅だよ。めでたいだろう？」

そう聞いて小梅は、会ったことのない吉竹に嫉妬と親近感を覚えた。

（……おまつ婆と似ているのかね？）

いつか姿を拝んでやろうと思ったが、吉竹がまつの長屋を訪れることはなかった。

まつが一等よく話題にしたのは、同じ裏長屋に住まう人々のことだった。

「奥の長屋に住んでいる長兵衛《ちようべえ》さんは、腕のいい櫛職人なんだ。まだ若いのに立派なもんだよ。うちの左隣に住んでいる二朗《じろう》さんは、火消しをやっていてね。火事と聞くと、誰よりも先んじて駆けつける。大沢屋《おおさわや》さんで小火《ぼや》が起きた時も、話を聞くや否や飛んでいってね、危うく大火事になるところを未然に防いだんだよ。三軒先のおぎんさんは、琴が上手でね。お弟子さんはいないらしいが、そのうち大勢やってくると思うよ」

まつはよく他人を褒めた。そういう時、まつはまるで己のことのように嬉しげに語った。

それが、小梅には不思議でならなかった。親しい相手ならばともかく、まつには友の一人もいなかったのだ。近所の人々は吉竹と同様、まつの長屋を訪ねてくることはなかった。

（おまつ婆は善人だ……それなのに、なぜ周りに誰もいないのだろう？）

小梅は首を捻って考えた。答えを教えてくれたのは、唯一まつの長屋を訪ねてくる、裏長屋の大家だった。

「おまつさん、そろそろ店賃を納めてくれないかね」

「ああ……はいはい」

まつは慌てて土間に下り、ぼろぼろの財布から出した金を、訪ねてきた大家に渡した。

「そういえば、前に絵具を買うための金を貸したろ？　その分も今返しておくれ」

「……はい」

眉尻を下げて頷いたまつは、財布からまた金を取って大家に渡した。来た時は不機嫌だった大家は、口の端に笑みを浮かべて長屋から去った。乱暴に閉められた戸の前に立つまつの小さな背を、小梅はじっと見据えた。

(……どうして『嘘吐き』と言わないんだ)

まつは、大家から金を借りたことなどない。だが、大家は店賃を回収する時、必ず何かしら理由をつけて、まつから金をせびった。

(嫌だ、と言えばいいのに)

まつは決して口にしなかった。この日も、振り返って小梅に微笑んだだけだった。

「……どうも駄目なんだ。息子が出ていって以来、はっきり物が言えなくなっちまってね。言いすぎはよくないが、悪いことは悪いと言うべきだと分かっているんだよ。でも、駄目なんだ。可哀想だな、と思っちまうんだよ。そんなの、優しさでも何でもないのにね」

昔、きつく叱った時の、吉竹の傷ついた顔を思いだしてしまうのだという。

「もっと心が強い人間だったら、悪いことをした相手を叱って、改心させられるんだろう。吉竹にできなかった分、他にはそうすべきなんだ。でも、どうしても駄目でね……へらへら笑って誤魔化しちまう。そんな奴を誰も信用しないだろ？　あたしのせいなのさ」

相手は悪くない、とまつは騙されるたびに言った。その言葉を聞くたび、小梅は心の中で反論した。

(おまつ婆は悪くない。どんなにひどいことをされても、他人の悪口なんて一つも言わないじゃないか。そんなおまつ婆の優しさにつけ込んでいる大家が悪いんだよ。大体ね、金もない、家族もいない老婆を虐《いじ》めようなんて奴に、同情なんてしなくていいんだよ）
まつが辛い目に遭うたび、（己に力があったら）と小梅はいくどとなく思った。もしも力を得たら、まつに大金を授け、大勢の人々に囲まれるようにして、ともかくたくさんの福を授けてやろうと考えた。ただの夢想であったが、そう想わぬ日はなかった。
その願いが、天に通じたのかもしれぬ。

「……どうしたんだろうね」

浅草寺の市から帰ってきたまつは、途方に暮れた顔で言った。小梅がこの世に生を受けて一年経った頃のことだった。それまで鳴かず飛ばずだった招き猫が、にわかに売れはじめたのだ。長屋にたくさんあった招き猫はすべて売り切れたため、まつは慌てて新しいものを作った。しかし、それも次から次に売れていく。

「あんたが作った招き猫を店先に置くようになってから、山のように福が舞い込んだ。店の繁盛は勿論、孫が生まれ、娘は嫁入りし、父の病も快癒した。『この猫のおかげでしょうかね』と手代《てだい》が言ったので、私は『そんなことがあるものか』と笑って一度しまいこんだんだ。すると、それまでの招福がぴたりと止んでね……再び出したら、またいいこと尽くしだ。これは、招き猫のおかげで間違いない。だから、もう一つ売ってくれ！」

そう言って再び招き猫を求めてくる者もいれば、

「飯島屋《いいじまや》さんから話を聞いてやってきた。あんたの招き猫はすごいそうだな。どうか、俺にも一つ譲ってくれ。金はいくらでも出すから……さあ、早く！」

とせっつく者もいた。続けて来たのが浅草でそこそこ名の知れた商家ばかりだったため、あっという間にまつの招き猫の評判が世に知れることとなった。

「おまつさんが作った招き猫は、すごい力を秘めているらしいな！」

「河野屋《こうのや》さんのところなんて、日本橋《にほんばし》にもう一軒店を出すってさ」

「そりゃあ、すごい。どれ、俺もおまつさんに招き猫を分けてもらうか」

そうして、まつの許には連日大勢の招き猫を求める者たちが押しかけた。

「一体何が起きたのかねえ……不思議だねえ」

そう呟いたまつは、いつまで経っても途方に暮れた顔をしていた。これまでと違い、市に売りに行かずとも、客の方からまつを訪ねてくるようになった。不思議だ、と言いながらも、まつは招き猫を作るのを止めなかった。

「随分お待たせしてしまっているからね……早く皆に届けてやりたいよ」

寝食を削ってまで招き猫を作るまつは、いつも傍らに小梅を置いていた。

（ほどほどにした方がいいよ。身体を壊しちゃ元も子もない）

心の中で励ました声音は、まつに届くことはなかった。小梅の心配が的中し、まつは倒れてしまったのだ。

ちょうど招き猫を求めて客が訪ねてきたため、大事には至らなかった。医者や近所の人々が慌ただしく出入りするのを眺めながら、小梅はぎりっと歯噛みをした。

（どうしておらは話せないんだろう）

人間の言葉を理解し、心の中で返事をしているというのに――真っ青な顔色をしているまつの姿を見つめつづけた小梅は、悔しさで胸が一杯になった。


倒れてからというもの、まつを取り巻く環境が変わった。

「ゆっくり休んでいなきゃ駄目だよ。いい歳なんだから、身体を大事にしなきゃ」

「俺たちが面倒見てあげるから、おまつさんは何も心配することはないよ」

近所の人々がまつの許に押しかけ、あれこれ世話を焼きはじめたのだ。そのほとんどが同じ裏長屋の店子だったため、まつの話に出てきた者も大勢いた。

「ありがとう……ありがとうね……」

皆の厚意を受け、まつは泣きじゃくって喜んだ。

「困った時はお互いさまだろ？　ただ、どうしても気がおさまらないと言うなら、招き猫を譲っておくれよ。福を招いてくれると評判のあれをさ」

皆そう言って笑ったが、まつの枕許にいた小梅だけはむっと顔を顰めた。

（……これまで一度だってうちに来たことなどないくせに。調子がいいものだ）

面白くない気持ちで一杯だったが、まつは客人が来るたびに嬉しそうな顔をした。

「おまつさん、調子はどうだい？」

「おかげさまで大分よくなってきましたよ……ありがとうね」

言の通り、まつは徐々に回復していった。一時は命をも危ぶまれたのが嘘のようだった。

「病は気からというけれど、本当にそうだね……皆が会いにきてくれたおかげだ」

床から起き上がれるようになったまつは、小梅の頭を撫でながら言った。

（ふうん……）

こっそり目を細めた小梅は、まつを元気にしてくれた皆を少しだけ許す気になった。

そして、まつがすっかり回復したある日のこと――。

「おまつさんに聞いて欲しいことがあるんだ……」

中島屋《なかじまや》の丁稚《でっち》の助六《すけろく》が、真剣な面持ちで訪ねてきた。健康的に焼けているが、今日は顔色が悪い。招き猫の色付けを中断したまつは、助六の話を聞くために端坐した。

「……旦那さまの私財を勝手にうっぱらっちまった。国に残してきた両親が揃って倒れたんだ。助けるためには金が必要で……！」

泣きだした助六は、まつの家の畳に伏した。その背を、まつはそっと撫でた。

「……じきに露見しちまう……お縄をかけられるのはいいんだ。俺が悪いんだから……でも、旦那さまの信を裏切るような真似をした自分がどうしても許せない……！」

泣き崩れた助六から手を離したまつは、懐からあの粗末な財布を取りだした。中に入っている金の半分以上を摑むと、それを助六の手に無理やり握らせた。

「早く質屋に行って、買い戻しておいで」

まつの言葉に息を呑んだのは、顔を上げた助六だけではなかった。

（どうしておまつ婆がそんなことするの……!?）

小梅は目を見開いた。

「ご両親がよくなったら、少しずつ返してくれればいいよ。さ、こんなところで油を売っていないで、早く……！」

「おまつさん……俺……俺は！……かたじけねえ……」

畳に頭をこすりつけて礼を述べた助六は、俯いたまま長屋から去っていった。外を駆けていく足音がすっかり聞こえなくなった頃、まつは小梅を抱え、ぽつりと言った。

「いいことに使ってもらえるなら、あの金を作ってくれた猫たちも喜んでくれるさ」

人が好すぎる――朗《ほが》らかに笑っているまつに、小梅はそう叱咤《しった》したかった。

「助六さん、本当は国に帰ってご両親の面倒を看たいだろうにね……たった一人で江戸にいるのは寂しいよね」

一人なのはまつも同じだ。息子とは生き別れ、友の一人もいない。

「あたしには小梅がいるから寂しくないけど、助六さんは寂しいだろうね……」

まつの呟きに、小梅は（……馬鹿）と心の中で呟いた。まつにとって、小梅はただの招き猫の置物だ。それなのに、まるで小梅が生きているかのように言う。

「小梅……？　雨漏りかね……顔が濡れてるよ」

袂《たもと》で小梅の顔を拭ったまつは、穴など開いていない天井をちらりと見て言った。

（涙は出るのに、声だけは出ないなんていけずだ……）

己に魂を与えた誰かを、小梅は心の中でひっそり恨んだ。


数日後、助六が中島屋から出奔したという噂が町内を駆け巡った。

「金目の物を盗って逃げたらしいじゃないか」

「国に帰った？　あいつは江戸生まれ江戸育ちだよ。どこに帰るっていうのさ」

「女と逃げたんだ。ほら、裏長屋にいたおみよだよ。あの態度も尻もでかい女さ」

裏通りから聞こえてくる声に、小梅ははらはらした。

（そんなところで話さないで……おまつ婆に聞こえる）

だが、まつの耳には届いていなかった。まつはこの日も、招き猫を求めてきた客と相対していた。

「それじゃあ、高利貸しに騙されて……」

「ええ……でも、騙されたあたしが悪いんです」

そう言ったのは、裏長屋に住まう、艶《つや》という女だった。痩せた頬にほつれた髪がかかり、薄い唇を噛みしめている様は、名の通り艶っぽい。

「そんなことないよ。あんたは優しいだけだよ」

「……優しいのは、おまつさんですよ。こんなあたしを慰めてくれるんだもの。優しい人から買った招き猫なら、きっといい縁を招いてくれる。次の集金までに大金が舞い込んでくるかも――冗談ですよ！　そんな虫のいいことあるわけないもの。あたしはまだ若いから、いくらでも金は稼げるんですよ。この身一つさえあれば……だから、大丈夫」

顔を曇らせたまつに、掠《かす》れた笑い声で答えた艶は、招き猫を両手に抱え込み、長屋から出ていった。その姿をじっと見送っているまつの傍らで、小梅は嫌な予感がしていた。

（……まさか――）

「……待っておくれ！」

艶が長屋から出ていってすぐそう叫んだまつは、もつれる足で外に出た。懐に手を差しいれたのを目にした小梅は、（ああ……）と息を吐いた。

（駄目だよ、おまつ婆……騙されたそばから、どうして同じ真似をするの）

やがて長屋に帰ってきたまつは、「よかった」と呟いて、小梅を撫でた。

「あんな若い娘が嫌々身売りするなんて可哀想だもの……ねえ、小梅」

（おらはお艶なんてどうでもいいよ。おらはただ――）

おまつ婆が幸せでいてくれればいい――と思った小梅は、はたと気づいた。

（……幸せって何だろう？）

小梅には「幸せ」というものがよく分からなかった。招き猫を買いにくる者たちは揃って「幸せになりたい」と言ったが、その中身はそれぞれ異なるもののようだった。

（金持ちになりたい、子が欲しい、嫌いな相手と縁を切りたい……色々あったけど、どれが本当の幸せなんだ？……おまつ婆の幸せは何なんだろう？）

いくら考えても、小梅には答えが分からなかった。

その後も、艶は何度もまつの許を訪れた。

「高利貸しが毎日のようにやってくるんです……もう、川に身投げするしか……」

「馬鹿なことをお言いよ！　そんなことしちゃ駄目だよ。……これを持っていきな」

艶が泣いて悲観的な言葉を述べるたび、まつは稼いだ金を握らせた。

「駄目……これ以上もらえません……！」

「あんたが身投げするよりはずっといいよ！　死んじゃあ駄目だよ……！」

必死に説得するまつに、艶は泣き笑いを浮かべて頷いた。

「ありがとう……おまつさん。このご恩は忘れません……」

金を手にした後、艶はそう言ってそそくさと去るのが常だった。笑顔で見送るまつを横目で眺めていた小梅は、心の中でいつもこう訴えていた。

（……おまつ婆、よく見なよ。あの女、仕立てのいい着物を着るようになったじゃないか。簪だって豪華だ。あんなに着飾ってさ……肉付きだってよくなった。自分のために金を使っているんだよ。おまつ婆、気づいておくれよ……！）

小梅の心の声がまつに届くことはなかったが、代わりに近所中の噂となった。

「お艶ちゃん……おまつさんに金をもらってるんだって。あんだけ焼き物が売れりゃあ、たんまりあるよね。町内の皆が買ったくらいだ。あたしらはただでもらっちまったけど」

「もらっちまった？　招き猫が欲しくて看病しに行ったくせに」

「おい、そんなわけないだろ。そんな下心は……一寸だけだよ！」

「あたしもさ。評判通り、おかげでいいことが続いたけど……あーあ、あたしにも金をくれないかな？　裏店《うらだな》住まいは皆極貧だもん。別段嘘じゃないよね？　一寸頼んでみるか」

「まったく意地が悪いねえ。それで上手く行くなら、俺もやろうかな」

おまつが外に出かけている時、留守をしていた小梅は、裏通りでひそひそ話している近所の者たちの笑い声を耳にした。

（……冗談に決まってる）

にわかに金持ちになったまつをやっかんで言っただけ――小梅はそう信じた。

だが――。

「おまつさん……息子が奉公先の坊ちゃんを殴ってしまったんだ。旦那さんは大層お怒りだそうで、金を払うか、自害しろと言うんだ。あたしの可愛い太郎《たろう》が死んじまう……！」

涙ながらに語ったのは、まつの長屋の右隣に住んでいるコウだった。

「お金ならここにあるから。おコウさん、気をしっかり持ってよ……！」

コウの話を信じたまつは、艶たちの時と同じことをした。その翌日に訪ねてきたのは、左隣の長屋に住まう二朗だった。

「俺はもうもたねえらしい……心の臓の病を患ってるんだ。薬はべらぼうに高くて……」

青い顔をし、胸を押さえながら語る二朗を憐れに想い、まつはやはり金を渡した。

「あ、赤子が連れ去られちまった！　返して欲しくば、金を寄こせと脅されて……こんな貧乏長屋に住んでいる俺が金など持っているわけねえのに……畜生……！」

生まれて間もない赤子が攫《さら》われたと訴えたのは、五軒先に住まう兵太《へいた》と、その妻きよだった。きよはずっと肩を震わせ、袖で顔を隠していた。泣いている――わけではない。

三人の様子をじっと見守っていた小梅は、きよが笑いを堪えていることに気づいていた。

「可哀想にね……でも、大丈夫だよ。これで助けてやっておくれ」

まつがそう言って金を渡すのを、小梅は黙って見ていることしかできなかった。その後も、毎日代わる代わる近所の者たちが来た。そのたびに、小梅はひたすら心の中で叫んだ。

（おまつ婆、騙されているんだよ……どうか、どうか、気づいておくれ！）


三月後――まつはにわかに倒れた。

（……おまつ婆……！）

さっと青褪めた小梅は、畳の上に伏せたまつのそばで大声を出した。

（誰か……誰か助けてくれ……おまつ婆が大変なんだ！）

誰にも聞こえぬと分かっていながら、小梅は助けを呼ぶことをやめなかった。以前のように、たまたま誰かが立ち寄ってくれることを願ったが、一向にその気配はない。

――おまつさん、頼られるまま金を渡したせいで、一文無しになったそうじゃないか。

――憐れだねえ……老婆にひどいことをするもんだ。だが、自業自得なのかな……いくら自分の金だとはいえ、そうほいほい渡すもんじゃないよ。

そんな声が近所から聞こえてきたのは、十日ほど前のことだった。もっと前からそうした噂が出ていたのかもしれぬ。半月前から、まつの許にぱたりと人が来なくなったのだ。

――……このところ、碌に招き猫が作れていないからね。早く手を治して、もっとたくさん作らなきゃね。

まつは、手を擦りながら言った。老婆らしく皺だらけで、指は曲がっていた。毎日必死になって招き猫を作っていたせいだろうか。いつからか、まつの手は痺れるようになり、症状は日に日にひどくなっていった。

――皆、お前のようないい子を待っていてくれるんだもの。ねえ、小梅や……。

眉尻を下げて述べたまつが、震える手で小梅を撫でたのは、昨日のことだった。

まつは今日も青い顔をしながら、招き猫を作ろうとした。絵具を用意するのも一苦労の様子で、もう止めておくれ――と小梅が何度も繰り返した時、まつはついに倒れた。

（誰か……誰か助けてくれ！　皆、おまつ婆の世話になっただろう!?　人の好いおまつ婆を騙して、金を奪ったじゃないか……金を返せとは言わない。おまつ婆を医者に診せてやってくれ！　この憐れな婆の命を……助けておくれよ！）

小梅の心の叫びに応えてくれる者は、誰一人としていなかった。

結局、まつは目が覚めることのないまま、亡くなった。遺骸《いがい》を発見したのは、数日後店賃を取り立てにきた大家だった。

「……嫌だね。何だか後味が悪いよ」

「あんただって騙したじゃないか。今更そんなこと言ったたって遅いよ」

「そういうお前も金をせびっていたじゃねえか！」

まつの死後、裏店の者たちはまつが住んでいた長屋を訪れた。そこで行われたのは懺悔《ざんげ》ではなく、罪のなすり合いだった。

「元はといえば、助六さんのせいだ……金を奪って逃げたまま、帰ってきもしねえ」

「一番金を取ったのは、お艶さんだろ？　お艶さんが悪いよ」

「あ、あたしは無理やり奪ったわけじゃない……おまつさんが金を押しつけてきたから！金額の差はあれど、皆おまつさんから金をもらったんでしょう？　皆、同罪ですよ！」

罵り合う声が響く中、小梅は静かに皆を見つめていた。

（助六に艶、よねに二朗、コウに喜三郎《きざぶろう》、捨助《すてすけ》に佐太郎《さたろう》、みよにふね……）

小梅が心の中で唱えたのは、その場にいる者だけではなかった。まつを騙し、金を奪い取った者と、まつを不幸にした者も含まれていた。

「……ねえ、この招き猫はどうする？」

にわかに沈黙が満ちた時、艶がぽつりと述べた。艶の目線の先には、小梅がいた。

「いつもおまつさんが隣に置いていた招き猫か……俺が形見としてもらおうかね」

「馬太郎《またろう》さん、そりゃあないよ。あんたよりあたしの方がおまつさんと仲がよかった！」

馬太郎を指差しながら怒鳴ったのは、コウだった。

「仲がいい？　金をもらいに来る時だけだろ。よくもそんな口が叩けたもんだ。俺はあの婆さんの看病だってしたことがある。俺の方がその招き猫を持つに相応《ふさわ》しい」

「私も看病したよ！　三度も……いや、もっとだった。……そういえば、その時『あたしが死んだら、その招き猫をあげる』と言われたんだ。だから、これは私の物だね！」

捨助が唸り声を出して腰を上げると、目の色を変えて言ったこまは、勢いよく小梅に手を伸ばした。

「やめろ、これはあたしのもんだ！」

慌てたコウがこまの髪を掴むと、横にいた二朗がコウの腕を叩いた。

「違う……これは俺の物だ！……寄こせえええ！」

二朗の雄《お》たけびを合図に、長屋にいる者たちは皆立ち上がり、小梅に飛びついた。招き猫の所有を巡っての争いは、それから半刻近く続いた。

（……もっとやれ。もっと苦しめ）

皆からもみくちゃにされ、奪い合われた小梅は、心の中でずっと念じていた。

（おらは許さない。おまつ婆から幸せを奪ったお前たちを――決して許さない）

半刻後、まつの長屋の中に立っていたのは、小梅だけだった。

「うう、痛い……痛いよう……うう、何でこんなことに……！」

「あああ……あああ……あああ……っ！」

呻き声を上げていたのは、狭い長屋の中に折り重なるように倒れている者たちだった。痣《あざ》を作り、血を流した一同を眺めて、小梅は嘲笑を浮かべた。小梅の所有を巡る争いは、いつしか力勝負に変わり、最後には刃物まで飛びだした。死人はいないようだが、肩から血を流した者や、足の骨を折った者など、重傷者は多数いた。

「――天罰だ」

長屋に響いた声に、倒れていた者たちは皆、震えあがった。

「何だ、今のおぞましい声は……」

「待って……い、今の声、その招き猫から……え、猫になった!?」

ぎゃああという悲鳴が轟いた。自身が白い猫に変じたことにも気づかぬまま、小梅は動けぬ者たちを踏みつけながら、長屋の外に出た。

「まだ天罰が下っていない者たちがいる……待ってろ、おまつ婆――」

ついに、心の声を口から発することができるようになった小梅は、ゆっくり歩を進めた。

「……ねえ、あの裏長屋、呪われているんじゃないの？」

「婆さんが死んで以来、刃傷沙汰が起きるわ、盗人《ぬすつと》が入るわ、火事が起きるわ……皆出ていっちまったもんな。今は一人も残ってないんだろう？　大家さんも大変だねえ」

「それがね、大家さん……馬に蹴《け》られたらしいよ。寝たきりなんだってさ。奥さんは前から大家さんを毛嫌いしてたから、いい機会だからと実家に帰っちゃったんだよ」

「そりゃあ……不幸せが続いちまったなあ。本当に呪われているのかねえ……」

表通りで世間話をしていた者たちは、裏長屋がある方を眺めて青い顔をした。

(呪いじゃなく、天罰さ)

心の中で呟いた小梅は、猫の姿で屋根の上を歩いた。天罰と称した小梅の復讐は、わずか半月の間でそのほとんどを終えた。

(あと一人……)

残すは、まつの息子の吉竹だけだった。小梅はたった一度だけ吉竹の姿を見たことがあった。まつの招き猫が評判になってしばらく経った頃、長屋を訪ねてきたのだ。

(……この男……どこかで見た気がする)

吉竹と会うのははじめてだった。だが、彼の顔を見た瞬間、小梅は懐かしさを覚えた。まつがよく口にする吉竹は、がっちりとした体軀の壮健な男という様子だったが、目の前にいるのは顔色の悪い、痩せた男だった。きょろきょろと長屋の中を見回し、ハッとしたような顔をすると、何かを言いかけては口を閉ざすような素振りを見せた。

――おっかあ……あのさ……。

――吉竹……よく来たね。さあ、顔を見せておくれよ……！

吉竹の頰に手を添えながら言ったまつは、見たことのない鮮やかな笑みを浮かべていた。

(こんな嬉しそうなおまつ婆、はじめて見る……)

小梅は驚きつつも、じんわりと胸が熱くなった。

――ちゃんと食べているのかい？　こんなに痩せて……。

心配そうに言ったまつは、「でも、大丈夫」と眉尻を下げて笑った。

――おっかあ、俺は話があって来たんだ……実はな……。

――大丈夫だよ。おっかあが助けてあげるからね。

吉竹の話を遮るように明るく微笑んだまつは、懐から小風呂敷包みを出した。それを、まつは吉竹の懐にねじ込み、「取っておいておくれよ」と言った。

――……何だよ、これ……いらねえよ。

――遠慮しないで……これはあんたのものだからさ。取っておいておくれよ。

――いらねえよ。あんた、やはりよその奴にもこんな真似を……！

――吉竹！　おっかあの言うことが聞けないのかい!?

まつが人を叱るところをはじめて見た小梅は、驚きのあまり飛び上がりそうになった。

――あ、あんたは昔からそうだ……俺の話をちっとも聞いちゃいねえ。

――あんたこそ、親の話を聞いちゃいないじゃないか。さあ、受け取りなよ！

母子はしばし揉《も》めていたが、先に我慢の限界が来たのは吉竹の方だった。

――もう二度とあんたの面は見たくねえ……！

鬼の形相で述べた吉竹は、「待っておくれ」と叫ぶまつを置いて、長屋から出ていった。

懐の中には、まつがねじ込んだ小風呂敷包みが入ったままだった。

――……どうして駄目なんだろうね……血が繋がった親子なのにさ……。

畳の上に手をついたまつは、嗚咽を漏らしながら泣きつづけた。

（……あいつは、金のみならず、おまつ婆から幸せを奪った）

だから、決して許しはしない――そう誓った小梅は、一度嗅《か》いだ匂いを頼りに、吉竹を捜しまわった。小梅は吉竹の居場所を知らない。だが、そう遠くない地に住んでいるというのは、生前まつが苦笑交じりに漏らした言葉から知れた。

――歩いていける距離にいるのに、会えないなんてね……。

まつが歩いていける距離よりも、さらに広い範囲を、小梅は捜しまわった。いつかは必ず吉竹が見つかることを願って――。

「必ず、天罰を下してやる……」

呪いの言葉を吐きながら、小梅は旅に出た。

三月後――小梅は、まつが眠っている寺の墓所を訪れた。今日はまつの月命日だった。

「はあ……はあ……はあ――」

荒い息を漏らしながら、小梅はゆっくり前に進んだ。

（おまつ婆……御免よ）

必ず天罰を下すと誓ったが、結局吉竹を見つけだすことはできなかった。

（おらの力が足りなかったせいだ……仇《かたき》を取れなくて、御免……）

小梅は疲弊しきった身を引きずりながら、墓所の奥に向かった。そこには、身寄りのない者たちが埋まっている、無縁仏の墓があった。墓といっても、土が盛られているだけだ。あれほど皆に尽くしたまつだったが、誰一人として彼女のために金を出す者はなく、この一角に眠っていた。

（……人間はひどい……ひどい生き物だ）

瞼にじわりと涙が浮かんだ時、小梅は足を止めた。見知った相手が数間先にしゃがみ込んでいたからだ。

見つけた——。小梅は笑いだしたいのを我慢し、静かにその相手に近づいた。小梅に背を向けているその男は、まつの長屋を訪ねてきた時よりもさらに痩せていた。

（少しは悪いと思ったんだろうか？……そんなことあるわけない）

男はまつに向かって、「二度と顔も見たくない」と言ったのだ。そんな相手が、まつの死を悼《いた》むわけがない。

手を伸ばせば、男の背に触れられる——その距離に来た時だった。

「おっかあ……！」

男——吉竹は咽《むせ》び泣き、目の前にある立派な墓に縋りついた。驚いた小梅は、思わずよろけた。ごろり、と転倒した音が響いた直後、吉竹はちらりと振り向いた。

「お前……さくら！　いや、猫じゃねえ……？　おっかあが作った招き猫か……！」

大粒の涙を流しながら呟いた吉竹は、震える手で小梅を拾い上げ、腕の中に閉じ込めた。

「そうか、お前もおっかあに会いに来てくれたのか……ほら、おっかあならここにいるぞ。おっかあ、あんたの可愛い子が会いに来てくれたよ。ご覧よ、ほら……！」

「……どうして――」

小梅は思わず声を漏らした。美しく磨かれた真新しい墓石に刻まれていたのは、小梅をこの世に生んでくれたまつの名だったからだ。無縁仏として打ち捨てられていたはずのまつが、なぜこんな立派な墓に――。

「……お前、人の言葉が話せるのか？」

呆然とした様子で述べた吉竹に、小梅は我に返った。

（しまった……！）

慌てて逃げようとしたが、疲れ切った身には力が入らない。

「おっかあが魂を分けてくれたのかね……あの人、招き猫を作るのに心血を注いでいたからさ。きっと、お前は特別可愛かったんだろうな……」

「どうして……おまつ婆と喧嘩したの……？」

己を撫でてくる手のあまりの優しさに、小梅は思わず素直に問うた。

「ああ……やはり、お前は話せるのか。否、俺の頭がおかしくなって、勝手に聞こえてくるだけなのか？……まあ、どちらでもいいか。ちょうど誰かに話したいと思っていたところなんだ。まさか、招き猫相手とは思わなかったが……聞いてくれるか？」

苦笑した吉竹は、ぽつぽつと過去を語りはじめた。

「俺とおっかあは昔から折り合いが悪くてさ……嫌いだったわけじゃねえ。むしろ、好きだったよ。でもさ、どうしたって合わねえもんは合わなかった。俺はおっかあの小言ばかり言うところが苦手でな……俺の話をちっとも聞きやしねえから、悔しくて寂しかった」

吉竹の父が生きていた頃は、彼が「まあまあ」と間に入ってくれることが多かったため、言い争いにまで発展することはなかった。だが、父が亡くなった後、まつはますます小言が増え、吉竹の言い分を一切聞かなくなった。

「おっかあが口煩いのは、俺だけにというわけじゃなかった。近所の皆にも遠慮がなくてな。それを厭う奴は多かったんだ……悪いことしているわけじゃねえのに、悪く言われる。おっかあのことも俺のことも……俺はそれに段々と堪えきれなくなってな。『少しは俺のことを考えろ。誰かが困っていても、余計な口出しはするな』と怒鳴っちまったんだ。そうしたら、おっかあは見たこともないほど泣いてさ……やっちまった、と思ったよ」

まつと共に今戸焼を作っていた吉竹だが、気まずさと息苦しさから家に帰らぬようになった。暇を持て余し、悪い仲間とつるむようになるには、それほど時がかからなかった。

――いい歳してふらふらしてばかり……みっともないからやめな！

――うるせえ……あんたは俺を叱りたいだけで、俺のことなどどうでもいいんだろう!?

顔を合わせるたびに、吉竹とまつは言い争いばかりするようになった。やがて、

――いつまでも子どもみたいなこと言ってるなら、出ていってもらうよ！

――ああ、出ていってやるさ！

売り言葉に買い言葉で、吉竹はまつの許から去った。

「それからの俺は、食うに困る根無し草さ。あちこちふらふらして……おっかあの言う通りになっちまった。俺はいい歳して、自分の面倒も見られない餓鬼だったんだよ」

吉竹は顔を歪めて笑った。そんな荒れた生活を送っていた吉竹が改心するきっかけとなったのは、まつの様子をこっそり覗きにいった数年前のことだった。そこには、記憶の中にある母とは似ても似つかぬ、くたびれた老婆がいた。

「おっかあはな、ああ見えて昔はえらい美人だったんだ。俺が出ていくまでは、本当に綺麗だったんだよ……それがたった数年であんなに老け込んじまって……」

己のせいだ——そう悟った吉竹は、財布の中にわずかに残っていた金をまつの長屋の中に放り込み、急いで立ち去った。懸命に働きだしたのは、それからだった。これまでの分を取り戻すように、休まず働いた。稼いだ金は、自分が生きていける分だけ懐に納め、残りはまつに渡した。

「直接顔を合わせるのは気まずかったからさ……最初の時のように、長屋の中に放り込んで逃げた。おっかあに気づかれないように、こっそりとな」

そう言って苦笑した吉竹に、小梅はぽつりと言った。

「……おまつ婆はいつも貧しそうだった」

「うん……招き猫が売れたという話を聞いて、これでやっとおっかあも上等な着物を着て、美味い飯をたらふく食ってくれるかと思ったが……思いきって会いに来てみたら、前と何も変わってないじゃないか」

誰かに金を集《たか》られているのでは——そう察した吉竹は、「そんなことをするな」と説得しようとしたが、まつはまるで話を聞こうとせず、金を押しつけてきた。

「……我慢ならなかった。俺なんかより、まず自分だろう？　俺がこれまで何のために生きてきたと思っているんだ——そんな勝手なことを思っちまってさ……」

怒りに任せてまつの許を去った吉竹だが、その半年後、己の行動を後悔することになった。

「渡された金のこと、忘れてたんだ。行李《こうり》の奥にしまい込んで、見ない振りしてた」

小風呂敷包みを解いたのは、偶然だった。行李に鼠《ねずみ》が入ってしまい、慌てて追っ払っている最中、結び目が解けたのだ。中から出てきたのは、金と、まつの認めた文だった。

——いつもありがとう。吉竹の心遣いだけ頂戴します。

「おっかあは気づいていたんだな……俺が勝手に金を放り込んでいたことにさ。金は使わず取っておいて、そこに自分が稼いだ分も足して、俺に渡してくれたんだ。話を聞かなかったのは、俺の方だったんだ……」

吉竹は急いでまつの許に向かった。いきなり小言を浴びせられても、黙って聞こうと思った。今なら、どんな小言でも笑って聞ける気がしたのだ。

しかし——まつは亡くなっていた。

「……おまつ婆の墓を建てたのは、あんたなの？」

　小梅の問いにこくりと頷いた吉竹は、止め処《ど》ない涙を流していた。痩せ細った頬から伝った涙は、小梅の顔にぴちゃぴちゃと当たった。

「せっかくの大金だったのにさ……美味いもんの一つも食わせてやれなかった。俺がもっと早くに素直になってりゃよかったんだ……年老いた母一人幸せにしてやることもできなかったなんてさ……ごめんな、おっかあ――」

　嗚咽交じりに言った吉竹は、その場に蹲った。胸に抱かれていた小梅は、口を開いては閉じるを繰り返した。

（せっかく話せるようになったのに……おらは、どうして……）

　まつは吉竹を想っていた。最期まで恨んでなどいなかった。吉竹の心が嬉しかったというのは、きっと真だ。

　しかし、まつは吉竹と仲違いしたまま死んだ。皆に裏切られ、失意の中で――。

（おまつ婆が幸せだったと、おらは思えない）

　吉竹を慰めるために、一度だけ嘘を吐けばいい。それが正しいことだと分かっていても、小梅にはどうしてもできなかった。小梅は招き猫だ。己を大事にしてくれる人間に、幸せを呼び寄せるために生きている。それなのに――。

（おらが呼び寄せたのは、禍ばかりだ……おらのせいだ。おらのせいでおまつ婆は――）

　小梅の黄色の瞳から、大きな涙がこぼれた。吉竹の手の甲にそれが触れた瞬間、吉竹はふらりと横に倒れた。

「……吉竹！」

力の抜けた吉竹の腕から転がり落ちた小梅は、慌てて起き上がりながら叫んだ。吉竹は足を抱え込むように倒れたまま、動かない。

「吉竹、どうしたの……吉竹！」

小梅は両手を伸ばし、吉竹の右肩を揺すった。薄っすら目を開けた吉竹は、小梅に顔を向けて微笑んだ。

「やはり、お前はさくらなんだな……迎えに来てくれたのか？……おっかあに会いに行ったのはさ、俺の身体が長く持たねえと知ったからなんだ。まさか、おっかあが先に死んじまうとは思わなかったが……待たせて悪い、今行くよ」

おっかあ――そう呟いた吉竹は、小梅に伸ばしかけた手を地に落とし、目を閉じた。

「……どうしておらは……」

皆を幸せにできないのだろう――。

不甲斐ない己を恨みながら、小梅はいつまでもそこに立ち尽くした。

七、鬼の福招き

吉竹の最期を目にした小梅は、いつの間にか歩きだしていた。疲労の溜まった身体は思うように動かず、何度も立ち止まった。まつの長屋を出てから自然と猫の姿に変じていたが、にわかに招き猫の姿に戻ったり、また猫になったり、と変化が安定しなくなっていた。

「おい……これ、浅草寺で売ってた猫の置物じゃないか？」

道端で休んでいた時、頭上から声がかかった。見上げた先には、見知らぬ男女がいた。

「ほら、ご利益があると有名な奴だよ」

男がそう言いながら手を伸ばすと、女が慌てて「駄目だよ！」と止めた。

「このところ、この招き猫を買った皆がひどい目に遭ってるんだって。何でも、その招き猫を作った死んだ婆さんの怨念が籠ってるそうだよ……！　触ったら祟られるよ！」

二人は怯えた目でちらちらと小梅を見ながら、足早に去っていった。

「……行かなくちゃ」

ぽつりと言った小梅は、猫の姿に戻ってよろりと身を起こし、また歩きだした。

小梅が向かったのは、まつが招き猫を売っていた浅草寺だった。広い境内を進んでいくと、本堂の右奥にこぢんまりとした神社がある。その横にある木の下で小梅は止まった。

(……おまつ婆の匂いがする)

じわり、と涙を浮かべた小梅は、後ろ髪を引かれつつ、神社の中に入っていった。

「うう……うう……はあ……はあ……」

呻き声と荒い息を漏らしながら、小梅は奥に進んだ。社の前で止まった時、目の前にふっと三人の人影が現れた。後光が差している彼らの顔は、少しも分からなかった。

「……ここの社の神々とお見受けする。邪の力に満ちたおらを、どうか滅していただきたい……こんな力など、おらはいらない……これ以上禍を招きたく、ない……」

言い終えるなり、小梅はその場に崩れ落ちた。ごろりと転がった瞬間、招き猫に戻ったことを悟った。神聖な気が邪に満ちた身に障ったのだろう。全身に刺すような痛みが走った。

(やはり、おらはもう福など招けないんだ……)

苦笑した小梅は、ゆっくり目を閉じた。次に目を開いた時には、この世から消えてなくなっていますように、と願いながら――。

……お前は確かに邪に満ち、穢《けが》れている。しかし、魂は穢れきっていない。このまま鬼と化すか否か、しばし見守る必要がある。

頭の中に響いてきた声に、小梅は思わず「……駄目だ!」と叫んだ。

「おらは身も心も穢れきっている。復讐を誓った日から、鬼になる覚悟はできていた。おらは鬼だ……だから、もうおらを眠らせておくれよ……！」

まつも吉竹もこの世にいない今、皆を不幸にするために生きていたってしょうがない
――そんな想いが溢れた小梅は、残りわずかな力を振り絞って声を上げた。

……それほど鬼になりたい……と望むの……ならば……――。

声が遠のいていくのを感じた小梅は、己の願いを聞き届けてくれるのだと安堵した。

――小梅……小梅……。

代わりに響いたのは、まつの声だった。別れてから半年と経っていないが、懐かしくて堪らなかった。おまつ婆、と小梅は心の中で呟いた。

――……こっちに来ちゃだめだ……お前は……さくら……の分も長く――。


目覚めた時、小梅は己の身が何かに覆われていることを悟った。身動きは取れぬが、わずかに隙間がある。息苦しいはずなのに、なぜか心地がいい。目が慣れてくると、外の景色が見えるようになった。これまでと変わらぬ世にいる――そう悟った小梅は愕然とした。

(どうしておらを滅してくれなかったの……？)

小梅は青い空の下にいた。どうやら市が開かれているようだ。大勢の人が行き交っている。誰かが敷いたござの上に並べられていた小梅は、己の前で足を止めた相手を見上げた。

「……これを」

厳めしい顔をした男は、金と引き換えに小梅を受け取ると、足早に歩きはじめた。小梅は混乱しつつ、周りを見た。どうやら、浅草寺の境内のようだ。しかし、記憶より古びて見えた。あれからどれほど経ったのだろうか？　数年か百年か——見当もつかなかった。

「何という鬼なのだろうな……」

男は小梅を見下ろし呟いた。内心首を捻った小梅は、男の目の中に映った己の姿を見て、ハッとした。そこにいたのは、憂《うれ》い顔をした鬼の像だった。

「俺には骨董《こっとう》の価値は分からんが……親父はきっと気に入るだろう」

照れ臭そうに言った男は、やがて商家通りに入り、荻の屋という店の前で足を止めた。

（古道具屋……誰かがおらを買いにくる……？）

小梅は青褪めた。また誰かを不幸にする前に、どうにか逃げなければ——そう思ったが、男はなぜか店の前から動かない。決まりが悪そうに頭を掻いた男は、息を吐いて裏道に入った。裏木戸からそろりと中に入ると、男はまたそこでも立ち尽くした。

「……帰るのはまたにするか」

やがて男は呟くと、裏戸の脇に懐紙《かいし》を敷き、その上に小梅を置いた。男が立ち去ってすぐに小梅は動いた。猫に変じることはできなかった。ごろごろと転がって、何とか前に進んだ。

（誰かに見つかる前に、早く隠れなきゃ……誰にも見つからないところに——）

周囲を見回した小梅は、目を見開いた。家屋の奥に蔵を発見したのだ。残りの力を使ってそこの鍵に体当たりすると、わずかに開いた戸の隙間から滑り込んだ。整然と並ぶ棚の奥に収まった小梅は、もう二度と目を覚まさぬ――そう決意して、固く目を閉じた。

＊

小梅の話が終わった後も、荻の屋には沈黙が満ちていた。

（……招いたのは禍だけだったというわけか）

だが、本当にそうなのだろうか？――喜蔵は眉を顰め、唇を噛んだ。人生は、よいことと悪いことの両方が起きるものだ。当人が不幸せだと思っても、他人には幸せに映ることもある。その逆もしかりだ。結局、己の気持ちは己にしか分からぬものだ。

喜蔵はちらりと深雪を見た。眉尻を下げて哀しげな表情を浮かべている深雪は、その表情の通り、心の底から小梅たちに同情しているようだった。深雪は優しく、親切だ。己よりも他人を優先してしまうほどに――それを怒っている小春も、小梅のことを憐れに思っているらしい。不機嫌そうな表情を浮かべているが、それはきっと小梅やまつを苦しめたさだめに憤りを感じているのだろう。他人の心が分からぬと思いながら、矛盾している――微かに笑った喜蔵は、台の上で胡坐をかいている小春を叩いた。

「って！　いきなり何すんだよ！」

「諸悪の根源はお前ではないか」

額を手で擦りつつ喚いた小春に、喜蔵はむすりとして言った。

「確かに蔵からこいつを出したのは俺だけど！……俺が見つけなければ、こいつはずっと鬼の像の中にとじ込められたまま、悔悟の念を抱えて生きていかなければならなかった。俺は妖怪助けをしたんだ！」

「妖怪の心など知らぬ」

そう答えつつ、喜蔵は内心頷いた。小春が鬼の像を蔵から持ちださなければ、小梅が経験した哀しい過去も、蔵の中に命が宿った者がいることも、喜蔵は知らずに生きたはずだ。どちらも喜蔵にはかかわりのないことだが、知らなかった方がよかったとは思えなかった。

「……泣かないで」

深雪がぽつりと零した声に、喜蔵はハッとした。深雪が手を伸ばした先には、大粒の涙を流した小梅がいた。小春から布を受け取った深雪は、それで小梅の目許を優しく撫でた。

「おらなど生まれてこなければよかった……そうすれば、誰も不幸にならなかったのに」

空虚な目をした小梅は、疲れ切った声音を出した。心底そう思っている様子に、喜蔵はぐっと詰まったが――っ
「それは違うぞ」

そう言ったのは、向かいの棚の上に立った小太鼓太郎だった。

「お前一妖のせいで皆が不幸になどなるものか」

「そうだそうだ」と声が上がった。小太鼓太郎の隣に座すしゃもじもじと釜の怪だった。

「たった一妖変な奴がいたとしても、その一妖のために皆が倒れたりしないものな」

「まあ、運悪く倒れる時もあるが、そうならぬように他の者が存在しているのさ」

「俺もまったくその通りだと思うぞ、兄者！」

深く頷きあう兄弟の間を割って姿を現したのは、前差櫛姫だった。

「皆の言う通りよ。あんた、いささか図々しいんじゃない？　あんた一妖でかかわった人間皆を不幸になんてできないわよ。妖怪と比べて短いといっても、人生は長いのよ。あんたごときに不幸にされたからって、死ぬまで不幸でいられるわけないじゃない」

「まつと吉竹は死んでしまったがのう……」

ぽつりと述べた茶杓の怪は、一つ奥の棚の二段目に腰かけていた。

「それはただの寿命でしょ。しようがないのよ、誰だっていつかは死ぬんだから。たまたまその時があんたの言う禍と重なってしまっただけじゃない。何でも自分のせいだと思うんじゃないわよ。あたしの方がずっと強いのよ。大した力もないくせに図々しい……！」

「お主は慰めているのかそうでないのか分からぬな」

ぶつぶつ言う前差櫛姫に呆れ声をかけたのは、小春の隣にいる硯の精だった。

「何であたしが慰めなきゃいけないのよ！」

「他の皆も含め、大半は慰めの言葉に聞こえたが……」

硯の精の言に、付喪神たちは揃って「そんなわけがあるものか！」と否定の声を上げた。

「皆はこう申しているが、お前自身はどうだ？　まだ、己のせいだと考えているのか？」

硯の精は四角い身を斜めに傾け、小梅に問うた。

「……おらのせいだよ。そうとしか思えない。だって、おまつ婆はもう死んでしまったんだもの。おまつ婆がおらといて幸せだったと言ってくれない限り、おらは信じられない」

小梅は強張った声で答え、また一つ涙を零した。

「どう思っていたのか教えてあげようか？」

場違いに明るい声音で提案したのは、多聞だった。小春と喜蔵から同時に睨まれた多聞は、肩を竦めて「善意で言ったのに」と零した。

「いいことを教えてやる。お前の中に『善』なんて一つもねえよ！」

「そりゃあ、俺は妖怪だもの。元妖怪のあんたとは違うさ」

「一応まだ妖怪だ！……お前、おまつの知己なのか？」

自分で「一応」と言ったくせに不満たっぷりの顔をした小春は、ぼそりと続けた。

「いいや、まったく」

穏やかな声で答えた多聞は、ますますふくれた小春を無視して、小梅を見つめた。

「俺はとてもいい目を持ってる。あんたが望むなら、在りし日の様子を見せてあげよう」

目を見開いた小梅に、多聞は「でも」と含み笑いをしながら続けた。

「俺の目は真実しか映せない。見たくないものが見えるかもしれない。たとえば、おまつがあんたを恨みながら死んでいったとか――」

そこで言葉を切った多聞は、己の首に伸ばした爪を突きつけた小春に冷笑を向けて言った。

「あんたのすぐ熱くなるところ、嫌いだな」

「……お前に好かれたくなんかねえから、このままでいるわ」

ふてぶてしい顔つきで言い返した小春だったが、隣にいた喜蔵は気づいた。

（……恐ろしいのか）

小春が唇を噛みしめたのは、震えを隠すためだろう。悔しさゆえでないと判断したのは、店の中にいる妖怪たちが小春の比ではないほど震え上がり、悲鳴を上げていたからだ。

「ひいっ……何度味わっても慣れぬこの妖気……！」

「こんな気色悪いものに慣れてたまるものか！」

多聞が発している妖気に晒《さら》されているらしい妖怪たちは、さっとその場に伏せながら、怯えた声を上げた。小春と睨み合っていた多聞は、不意に興味を失ったような顔をして、小梅に視線を戻した。

「俺はどちらでもいいよ。あんたが決めておくれ」

「……おらは……」

小梅は言いよどみ、俯いた。

「必要なし、か。では、俺は本当に行くよ。できぼしは……先に帰っちゃったのかな？」

いつの間にか姿を消したできぼしを捜しつつ、多聞は奥に向かった。小春の爪を避けなかったので首に傷がついたが、気にする様子はない。

(……こちらの方が気にしているではないか)

喜蔵は舌打ちした。多聞の首に滲んだ血に目を見開いた小春は、さっと爪を引っ込め、拳をぎゅっと握った。

多聞が土間に消えようとしたその時、小梅が叫んだ。

「……見せてくれ！　幻でもいい……おら、おまつ婆に会いたい！」

そこにいた者たちは皆、息を呑んだ。荻の屋の中に、無数の大きな目が現れたのだ。

(これは――)

それらは、瞬き一つする間にすべて消え去り、辺りは暗闇に包まれた。

＊

「おっかあ……同じような猫ばかり作ってどうするんだ」

焼き上がった今戸焼を長屋に持って帰ってきた男は、呆れたように言った。おっかあと呼ばれた男の母は、畳の上に端坐し、熱心に色付けをしている。彼女の手許にあるのは、息子が持ち帰った物と同じ、福を招くために手を上げた猫の置物だった。

「いくらさくらが死んで寂しいからって、猫ばかり作るのはどうかと思うよ。近所の人も言っているみたいだぞ……おまつさんは飼い猫が死んでから変になっちまったって」

さくらというのは、女――まつが飼っていた猫だ。耳と鼻が桃色の、真っ白な毛並みをした小さな猫だった。元気がよく、まつたちが仕事をしていると、よくその邪魔をしてきた。息子の吉竹は困って動けなくなったが、まつは器用に片手で撫でつつ、作業を続けた。

——可愛いね、さくら。ずっとそばにいておくれよ。

まつはいつもさくらにそう声をかけていたが、さくらはたった五年で生涯を閉じた。何が原因だったのかは分からない。分からぬまま、まつの腕の中に抱かれて逝った。

さくらが死んでからしばらくの間、まつはふさぎ込み家に閉じこもった。心配した吉竹が「新しい猫を飼うか」と提案しようとした頃、まつはにわかに招き猫を作りはじめた。

「吉竹。さあ、できたよ」

まつは明るい声を上げて、息子——吉竹に色付けした招き猫を掲げて見せた。

「どうだい？　幸せな心地がするだろう？」

「見ただけで幸せになるなら、誰も苦労はしないだろうに……」

頬を掻きながら呆れている吉竹に、まつは笑って言った。

「さくらはあたしに一杯幸せをくれた。あの子は死んじゃったけど、その幸せは消えることがないんだよ。あの子を思いだすと寂しくなる……でも、それ以上に嬉しくて、幸せな心地になるんだ。あたしはね、その幸せを皆に分けたいんだ。こんなもんで幸せになるもんか！　と怒りだすような人にね……一寸でもいいから、幸せになって欲しいんだよ」

「……おっかあは変な人だね。他人の幸せよりも、己の幸せを願ったらどうなんだよ」

ぼそりと述べた吉竹に、まつはにこにこと笑うばかりだった。

「この子たちを作りつづけていれば、いつかさくらに会える気がするんだよ」

「会えるとしたら、あの世でだろ……」

「吉竹！　縁起でもないこと言うんじゃないよ！」

「そういうところはちゃんと聞いてるんだからなあ……」

うんざりとして述べた吉竹は、拳を振り上げたまつを見て、ぷっとふきだした。

＊

笑いあう二人の姿が闇の中に消えていった後、いくつもの行灯に一斉に火を灯したかのように、荻の屋に光が戻った。

「――あの目だらけ野郎……」

チッと舌打ちした小春は、台から飛び降り、急いで奥に駆けていった。慌ただしい足音が響く中、店の中にいた者たちは段々と正気を取り戻したような顔になった。

「お兄ちゃん……今のはきっと多聞さんが見せたのよね……？」

喜蔵はややあって、無言で頷いた。

「どうして……」

途方に暮れたような声音を出した深雪に、喜蔵は内心同意した。

（百目鬼め……一体どういうつもりだ？）

喜蔵たちをからかうのを面白がっているだけ――とは思えなかった。いつも飄々として何を考えているか分からぬ男だが、時折妙に思いつめたような目をする。おそらく多聞は、喜蔵が考えつかぬような目的を持って、こちらに近づいているのではないか――それがこしばらく多聞に翻弄されてきた喜蔵の考えだった。

じっと考え込んでいた喜蔵は、額にぴしゃりと冷たいものが伝ったのに気づいた。

（雨か……？）

屋内なのになぜ――と思いかけた喜蔵は、顔を上げてハッとした。

「……あ！」

驚きの声が重なった。荻の屋の中にいる者たちは揃って天井を見上げ、唖然とした。

「小梅は連れていく」

小梅を嘴に咥《くわ》えた鷲が言った。喜蔵の額を打ったのは、小梅の流した涙だった。

「……どこに連れていく気だ？」

喜蔵は唸るように訊ねた。

「浅草寺にある浅草神社《あさくさじんじゃ》へ――この者を鬼の像の中に閉じ込めた神々に引き渡す」

「また封じ込める気か……!?」

「今の小梅は邪の力に満ちており、妖しき者たちを引き寄せている。否、陰の力の持ち主だけでなく、我でさえも翻弄された。このまま捨ておけば、また騒ぎが起こる。そもそも、小梅は浅草神社内に封じられていたはずだった。だが、何かの手違いで外に持ち出され、市に流れた。本来の場所に戻るだけだ」

「……そ奴は、過去の行いを悔いている。だから、許してやってくれ」

「お主が復讐された者の家族であったら、同じことを言えるか？」

鷲の問いに、喜蔵はぐっと詰まった。

「あたしは許せないと思います」

喜蔵に向けられた問いに答えたのは、深雪だった。

「許せないからこそ、封じ込めたら駄目なんじゃないでしょうか？　生きて、しっかり罪を償《つぐな》うべきだわ」

「……償いはいかにする気だ」

「分かりません……それは小梅ちゃんが考えるべきことだから。あたしが考えたことをやっても、償いにはならないと思います」

深雪の答えを聞いた鷲は、ゆっくり九度羽ばたいた後、厳かな声音を出した。

「娘、真の心を述べよ」

「……小梅ちゃんに幸せに生きて欲しい」

ぼんやりとした目つきで呟いた深雪は、ふらりとよろめいた。しっかり肩を摑んだ喜蔵は、ぎろりと鷲を睨み上げた。

「妹に何をした!?」

「何も――ただ、心に訊ねただけだ。なぜ、その娘が割って入ってきたのか、その理由が知りたかった」

　鷲は大きく羽ばたき、淡々と答えた。

「……こんな手荒な真似をせずとも、他にいくらでも訊きようがあるだろう！」

「いや、無理だろ。下々のことなど道に落ちてる塵屑《ちりくず》くらいにしか思ってねえんだよ」

　からからと笑い声を上げて言ったのは、奥から戻ってきた小春だった。

「口では平和だの何だのと言いながら、本当は自分のことしか考えてないんだ。そのくせ、人間たちからは神さん神さんと崇められ、貢物《みつぎもの》までもらう。あー羨ましいこった」

「……神罰を与えていなかったな」

　低く唸った鷲は、大きく羽ばたいた。再びあの灰黒色の粉が舞いはじめたが――。

「くっ」

　鷲の身が、突如表戸の方にぐいぐいと引っ張られた。

「小梅！　なぜこのような真似をする」

　鷲は声を荒らげた。喜蔵は鷲の嘴に挟まれた小梅を見上げ、目を瞬いた。小梅の身から、強い気のようなものが立ちのぼっているのが分かったからだ。

「小春たちはおらを助けてくれた！　だから、ひどいことはしないで！　罰を与えるなら、おらにしておくれ……！　おらは……おらは、さっきの画を見て分かったんだ。おらは前の世で、さくらという猫だった。せっかく生まれ変わって、またおまつ婆と会えたのに、幸せにしてあげられなかった。だから、おらが罰を――」

「そんなことはねえ！」

小梅の言を遮ったのは、大声を上げた小春だった。

「おまつは幸せだった。さっきの顔見りゃあ、誰だって分かる。お前と共にいた時も、あんな顔してたんだろ？　お前が生まれ変わった時、おまつは『さくら』と名付けそうになった。でも、お前は小梅と名付けられた。お前はちゃんと小梅としておまつに愛されたんだ。さくらの魂を持つお前と共にいられて、おまつは幸せだったんだよ。そんなの、おまつの心を聞かなくったって分かんだろ!?」

「……おまつ婆はおらを……とても可愛がってくれた。さくらの時もそうだった……おらは……おらは、おまつ婆にたくさんの物をもらった」

つっかえながら答えた小梅に、小春は深く頷いた。

「お前だって同じくらい返せてた。お前にそんなの分かるもんか――なんて言うなよ？　俺も元猫だ。飼い主の愛情がどれほど深いものなのか、分からんわけがない。招き猫だったことはねえけどさ……おまつはお前の友なんだろ？　友が大事な気持ちは俺にも分かるよ。たとえ、相手がいけすかねえ閻魔面野郎でもな。心から大事だから、幸せになって欲しいと思う。相手だってそう思ってる――かは知らねえけど、どうでもいいや。俺は大事にしたい相手を大事にするし、俺を大事にしてくれる相手を大事にしたいと思う。お前だってそうなんじゃないか？」

「……おらは……」

小梅は大粒の涙を零した。その途中、猫の身に変じ、また招き猫に戻った。揺れ動く感情のまま、身体が変化しているのだろう。

「おまつ婆はもういないけど……おまつ婆の分も、皆に幸せになって欲しい……！」

「……おう！」

力強く頷いた小春を見て、小梅ははじめて笑みを見せた。

「──妖怪でもなく、神でもない。正とも邪とも言えぬ存在──浅草神社の神々がお主を鬼の像の中に閉じ込めたのは、そういう理由か」

鷲は低く呟くと、鋭い目をきゅっと眇めた。

「猫股鬼。約束を覚えているか？」

「お前んとこの神さんを連れ戻すというあれか？　そりゃあ、一応手付をもらったからな。忘れちゃいねえよ」

ふんっと鼻を鳴らした小春に、鷲はこくりと頷くような仕草をした。

「小梅の処遇はよきものとなるように、浅草神社の神々に進言しよう」

「……ただでとは言わねえよな？　俺が約束を守るなら──ってことか？」

「代価は払うべし──それはお主も申していたようだが」

「ハッ！　神さんに仕えてるだけあって、いい性格してらあ！　いいぜ、やってやる！」

胸を叩いて答えた小春に、喜蔵は「おいっ」と焦った声を上げた。

「できるか分からぬことをそう易々と引き受けるな」

「引き受ける以外に、他に手立てはあるか？」

ぐっと詰まった喜蔵は、ちらりと天井を見上げた。

「おらのためにそんな約束しないで……！　おらはこれ以上皆を不幸にしたくない！」

小梅はますます涙を零して叫んだ。

「な一に言ってんだ？　俺は俺でやりたいことをするまでだ。誰かのためじゃねえ。俺自身のためにな！」

再び胸を叩いた小春を見下ろして、鷲は厳かな声を発した。

「期限は三の酉だ」

そう宣言するなり、鷲は小梅を咥えたまま表戸の方にくるりと身を翻し、飛びはじめた。表戸を潜る瞬間、「おらも――」と小梅の叫びが聞こえたが、鷲は振り返ることもなく去っていった。

「……三の酉まであと六日か。短くもねえが、長くもねえ」

鼻で笑った小春は、台の上に飛び乗り、喜蔵を手招きした。

「何だ――何をする！」

意思とは無関係に二歩進んだ喜蔵は、思わず声を荒らげた。未だぼんやりとしている深雪に、小春が鋭い手刀を入れたからだ。がくり、と力が抜けた深雪を支えた喜蔵は、「貴様……」と低い唸り声を上げた。

「手荒で悪いが、眠らせた。さっき、鷲の奴が妙な術を使っただろう？　あれは起きている限り、あの世とこの世のあわいを彷徨っているような心地になるんだ」

本当に彷徨っているかは知らんが、と溜息を吐いた小春に、喜蔵はむっと口を噤んだ。

「……やるならやると言え」

「そんな手荒な真似をするな！　と怒るだろ？」

肩を竦めて言った小春は、居間に駆けた。布団を敷いている姿を見て、喜蔵は嘆息した。

（訳が分からぬうちに終わった……）

否、終わりではない。ただ、決着の期限が延びただけだ。深雪を抱えた喜蔵は、揺らさぬように慎重に歩を進めた。居間に上がった時には、小春の姿は見えなかった。

深雪を寝かせ、裏に向かったが、そこにも小春はいなかった。裏戸を開け、外に出た喜蔵は、赤く染まりはじめた空を見上げ、また息を吐いた。

*

鵼の一件後、喜蔵が真っ先にしたことといえば、表戸の修繕だった。その日は応急処置しかできなかったため、やきもきしながら翌日を迎えた。

「でかい穴を開けおって……直してから帰ればよいものを……」

ぶつぶつ言いながら板を打ちつけていると、背後から「まあ……!?」と驚きの声が響いた。振り返った先には、まだ開いている方の穴を見つめ、口に手を当てている綾子がいた。

「見事な穴ですねえ……あ、ごめんなさい！　思ったことをすぐ口にする癖《くせ》を止めないと思っているのですが……」

感心したように呟いた綾子は、慌てた声を上げた。顔を朱に染めた綾子をじっと見据え、喜蔵は首を横に振った。

「そのままでいいと思います」

「……ありがとうございます」

眉尻を下げて微笑んだ綾子に、喜蔵は「今日の御用は」と話を変えた。

「ごめんなさい、また思いだせなくて……」

綾子の返答に、喜蔵は顔を顰めた。去った後もなお綾子を引き寄せている。他者を引き寄せる小梅の力は、鷲が言っていた通り、強大なものなのかもしれぬ。鷲が連れていった先の浅草寺は、どうなっているのだろうか？　ハッとした喜蔵は、振り返って声をかけた。

「おい、俺は少し出て――」

言い終える前に、喜蔵は気づいた。

「小春ちゃん、いないんですか？」

ちらりと店の中を見た綾子は、おそるおそる問うた。

「……朝餉を食ってからすぐ出かけました」

それをすっかり忘れていた喜蔵は、眉間に皺を寄せて答えた。

昨日、鷲が小梅を連れ去った後、小春は何も言わずどこかに消えた。このまま帰ってこ

ぬのでは――そんな嫌な予感がしたが、

――あー腹減った！　飯飯飯ー！

一刻後、賑々しく帰ってきた小春は、常より控え目に夕餉を食べた。

――……どこに行っていたのだ？

――ちと野暮用があってな。

小春はへらりと笑って答えた。喜蔵が問うたのは、その「野暮用」の中身だったが、結局詳しいことは訊けなかった。夕餉を食べている途中で、深雪が目を覚ましたからだ。

――調子はどうだ？　何か妙なところはないか!?

――お兄ちゃん……確かに妙だわ。

布団から身を起こした深雪は、喜蔵の問いに神妙な声音で答えた。

――身体がとっても軽いの。今だったら、裏山を十往復くらいできそうだわ。

鷲を殴りに行こうと腰を上げかけた喜蔵だったが、深雪の言に珍しく目を丸くした。

――あ奴は神の使いだ。いたいけな娘を害するような真似はせぬ。見たところ、深雪の身はいつも以上に力が張《みなぎ》っているようだ。その力が何であるのかは分からぬが……術を掛けた詫びに授けたのかもしれぬ。

店からやってきた硯の精は、喜蔵と深雪を見比べながら言った。

――すごいわ。明日くま坂に行ったら、色々試してみなきゃ。

やる気に満ち溢れた顔をして述べた深雪に、「明日は休め」と言ったが、

——身体の調子がおかしかったら帰ってくるから。約束します。

そう押し切られてしまい、喜蔵は憮然《ぶぜん》とした。そんな中、夕餉を終えた小春が、また姿を消した。一向に帰ってこぬ小春に苛々しつつ寝た喜蔵は、夜半過ぎふと目を覚ました。いつ帰ってきたのか、小春は隣の布団の中で呑気に鼾《いびき》を掻いていた。

そして、翌日の今日、朝餉を食べ終えた小春は、一寸目を離した隙にまたいなくなった。

「野暮用のくせに、いやに何度も出かけるではないか……」

喜蔵の呟きに、綾子は「え？」と不思議そうな声を漏らした。

「何でもありません……あの餓鬼が妙な真似をしているだけです」

ぼそりと答えると、綾子は一寸間を空けてふきだした。

「ごめんなさい……でも、おかしくて。小春ちゃんが妙な真似をしているのに、喜蔵さんは『何でもない』んですね。小春ちゃんのことをとても信頼しているのが分かりました」

「……馬鹿な」

引きつった笑みを浮かべて呟いた喜蔵に、綾子は忍び笑いを漏らしつつ言った。

「小春ちゃんのことだから、きっと誰かのために一生懸命になっているんでしょうね。私に何かできることがあったら、お手伝いしますと小春ちゃんにお伝えください」

「……わざわざ面倒事に巻き込まれなくてもよいのでは？」

胡乱げに述べた喜蔵に、綾子は高らかな笑い声を上げた。眉を顰めた喜蔵は、往来にいる人々がこちらを見ていることに気づいた。普段だったら、喜蔵の恐ろしい顔を見て慌てて目を背けるであろう近所の人々が、綾子の美しい笑みに見惚《みほ》れている。

「面倒だと思っているなら、連判状なんて書きません。喜蔵さんだってそうでしょう？」

「あれは……たわいないまじないのようなものです」

猫股の長者との戦いを覚悟した小春は、喜蔵たちの前から姿を消そうとした。それを阻止しようとした喜蔵は綾子たちに頼み、

――小春殿　一同の命御預け申し奉る。

そう認めた紙に名を連ねてもらった。効力など何もない。小春を引きとめるための方法が、それしか浮かばなかっただけだ。

「いくら俺たちが心配したとしても、あ奴の力にはなれません。……俺たちとあ奴は違う生き物だ。力を貸そうとしたところで、足手まといになるだけです」

これまでも、薄々感じていたことだ。小春や、小春の兄である椿《つばき》の制止も聞かず、猫股の長者の前に立った喜蔵は、小春が違う世に生きている者だと改めて悟った。

「……私が一つだけ喜蔵さんよりも得をしているところが何か分かりますか？」

綾子の唐突な問いに、喜蔵は首を傾げた。

「喜蔵さんよりも長く生きているところです。だから、少しだけ分かることがあるんです。どんな形であっても、力にはなれます。相手がこちらを必要としてくれるなら必ず――」

「……あ奴は必要ないと言うと思います」

「連判状を受け取ってくれたんですもの。きっと大丈夫です」

きっぱりと言いきった綾子は、眩しい笑みを浮かべた。

（……妙な人だ）

綾子はおどおどとしているが、お節介だ。そのくせ、人との間に距離を取りたがる。喜蔵の告白を聞いてからというもの、綾子はずっと壁を作っていた。その壁は荻の屋の表戸よりもずっと厚く、どうやっても破れぬものだった。それなのに、綾子はこうして容易《たやす》くその壁を壊した。できぼしが開けた穴に感心していたようだが、喜蔵からすると、綾子の方がずっと凄いように思えた。それ以上に、（ずるい）と感じた。

（未練たらしい……この人にはかかわりのないことだ）

俯いた喜蔵に、綾子は「喜蔵さん？」と心配するような声をかけた。ゆっくり顔を上げた喜蔵は、綾子の目をじっと見据えて言った。

「……あ奴を問い詰めて、できることを吐かせます」

目を瞬いた綾子は、ややあって嬉しそうに頷いた。

――俺は俺でやりたいことをするまでだ。誰かのためじゃねえ。俺自身のためにな！

（真似をするわけではないが、俺もそうしてやる……）

喜蔵は密かに決意した。

綾子と別れた喜蔵は、店の戸締りをして、浅草寺に向かった。雨が降ってきたため、傘を差していったが、常と変わらずの早足だった。

境内を進んでいった喜蔵は、彦次が描いていた桜木の近くまで来た。そこには、彦次の姿も類の姿もなかった。

例の一件後、彦次は時折浅草寺を訪れ桜木を描いている。類は自宅で療養しているらしい、と風の便りで聞いた。

「……おらぬか」

喜蔵はほっと息を吐き、本堂に足を向けた。浅草には数多く寺社仏閣が存在するが、その中でも浅草寺は特別立派だ。広い境内の中に、大きな本堂を擁し、歴史も古い。近くに住んでいる喜蔵は、お参りといえばここを訪れた。もっとも、自ら来たことはほとんどなかった。祖父が生きていた頃、彼と二人か、彦次も交ざっての参拝だった。

(否――一度だけあの人と二人で来たか)

脳裏に浮かんだのは、喜蔵が十の時に出奔した父の姿だった。本堂に入る前に手を清めながら、喜蔵は記憶を探った。確かあれは、十年前の寒い冬の日――雪がちらちらと降っていた頃のことだった。

――おい、支度しろ。浅草寺に行くぞ。

家を留守にしがちだった父は、あの日帰ってくるなり、喜蔵にそう声をかけた。祖父と共に店番をしていた喜蔵は、むっと顔を顰めて首を横に振った。

商家に生まれながら、尊王攘夷《そんのうじょうい》活動を志していた父は、喜蔵が幼い頃、妻と離縁した。はっきりと聞いたわけではないが、離縁の理由はその活動のためだったようだ。幕府の要人を襲う企てに参加するはずだったが、直前で計画が変更になり、志を遂げる機会を失くしたらしい。脱藩浪士たちと交ざって活動していたものの、商人との二足の草鞋《わらじ》を履く父は、皆から格下に思われていたそうだ。実家と同志の間に挟まれ、父は父なりに苦悩を抱えていたようだが、喜蔵からしてみれば、父は祖父の足を引っ張る厄介者だった。

――喜蔵、行っておいで。

祖父の一声に渋々従った喜蔵は、綿入れを着込み、不機嫌を隠さず父の後を追った。父と喜蔵は似ていないが、足の速さは唯一そっくりだ。さっさと行って帰ろう――そう思っていた喜蔵は、いつになく足取りの重い父に苛立ちを募らせた。

やっとのことで浅草寺に着くと、父は手水《ちょうず》も使わず、ずかずかと本堂に上がった。喜蔵は昔から神仏の類を信じていなかったが、父の無頓着さには腹が立った。置いていかれようと構わぬと思い、きちんと手と口を清めてから本堂に向かった。

本堂の中には、十数名の参拝客がいた。女が多かった気がしたが、はっきりと覚えていない。その時の喜蔵は、観音の前に呆然と立ち尽くす父に目を奪われていた。

――……何を願った？

問われた喜蔵は、「何も」と素直に答えた。

――俺は本願成就を願った。

訊いてもいないのに言った父は、喜蔵を見下ろして「それと」と続けた。

――この後も、ついてきてくれるか？

行く先も言わず、喜蔵の父はそんな問いをした。

(俺は何と答えたのだったか……)

久方ぶりに本堂に足を踏み入れ、観音の前に立った喜蔵は、おぼろげな記憶を探った。

——……祖父さんが一人で大変だから行かない。

確かそう答えたはずだ。祖父は高齢で腰が悪かったが、それでも毎日朝から夕方まで店番と、道具の修繕をしつづけた。本来なら、喜蔵の父がすべきことだ。国事がどうとか声高に叫び、家をないがしろにして留守ばかりしている父が、喜蔵は嫌いだった。

——そうか……そうだよな。

喜蔵の答えを聞いた父は、噛みしめるように何度も頷き、こう呟いた。

——悔いが残らぬように生きろよ。

あの時、父はどんな顔をしていたのだろうか？　笑っていたのか、泣いていたのか——いくら考えても思いだせなかった。もう十年も前のことだ。昔ほど嫌悪感はないが、かといって親しみの情もない。喜蔵にとって父は、血の繋がりがあるだけの赤の他人だった。

——俺には骨董の価値は分からんが……親父はきっと気に入るだろう。

(昨日、小梅の話に出てきた鬼の像をうちの前に置いた男は、あんただったのか？)

家に居つかなかった父が、時たま家に戻ってきた際、気紛れに手土産《てみやげ》を持ってきたのを喜蔵は思いだした。

浅草寺に行った翌日、父は出奔した。以来、一度も家に帰っていない。答えを知る機会はおそらくないが、それでいいと喜蔵は思った。

「……ついてきて欲しいなら、そう言えばよかったのだ」

喜蔵は、誰にも聞こえぬくらいの小声で言った。あの時は分からなかったが、父は喜蔵を伴って家を出ていくか迷っていたのだろう。結局己では決められず、喜蔵に託したのだ。問われれば、喜蔵ははっきりとこう答えただろう。俺は行かぬ――と。

喜蔵は目を瞑り、手を合わせた。祖父と共に来た時は祈る振りだけだったが、今は違う。

（……俺の心の中にいる者たちが皆、健やかに暮らせますように）

深々と礼をした喜蔵は、さっと踵を返した。雨降る中、再び境内を通り、大家の許に向かった。


「呼ばれてへんのに訪ねてくるなんてはじめてやな。天変地異の前触れちゃうか!?」

又七の部屋に通されて早々、口を開いたのは七夜だった。止まり木の上にいる七夜は、九官鳥の形をしている。部屋の主である又七は、所用があるとかで席を外していた。

「鬼が天変地異に遭うなんて、さぞやおもろ――大変なことなんやろ？　この七夜冗さんに話してみ。ささっと解決したるさかい」

ふふんっと胸を膨らませて言った七夜に、喜蔵は「頼む」と答えた。

「そないいけずなこと……は!?」

ぱかっと嘴を開いた七夜は、真面目な顔をした喜蔵を見つめて、驚きの声を上げた。

「あ、あんたがわてに頼み事するなんて……それこそ天変地異や！　わてを喰いたいとか言われても無理やで！　ご主人も駄目や！　ええか、喜蔵坊。わてもご主人も美味そうに見えるかもしれへんし、実際そうやと思うけど、喰らうのは――」

「連判状に名を記したのを覚えているか？」

七夜の言を遮り、喜蔵は言った。目を細めた七夜は、「……そない昔のこと忘れた」とつまらなそうな声を出した。

「ちっとも覚えてへんし、ほんまに忘れたけど、ええで」

「……俺の頼みを聞くということか？」

嘴を下に動かした七夜は、ぱっと飛び上がり、一瞬で人間の姿に変じた。「ええ加減飽きたわ」とぶつぶつ言いながらその場に座した時、襖がすっと開いた。

「二人とも、ちょうどいい時に訪ねてきてくれましたね」

中に入ってきた又七は、喜蔵と七夜を見ながら言った。彼が持っている盆の上には、三人前の蕎麦が載っていた。

「今日に限って一杯多いから、どうしようかと思っていたところでね」

「はあ……」と生返事をした喜蔵を気にせず、又七はそれぞれの前に蕎麦を置いた。又七は穏やかで優しげだが、有無を言わさず物事を推し進めるところがある。密になってからの短い付き合いの中でそれを知った喜蔵は、黙って蕎麦を食すことにした。

「私もあんたの頼みを聞き届けましょう」

蕎麦をいち早く食べ終えた又七は、気軽な調子で言った。

「ご、ご主──じゃない、又七さん、話聞いてたんか!?」

焦ったのは、まだ蕎麦を啜っていた七夜だった。ごほごほと咽て慌てる七夜を見て、喜蔵は少し憐れに思った。

「あんた、喜蔵さんに何か頼み事をされていたね。他はよく聞き取れなかったよ」

「そ、そうや……話したんはそれだけやで！」

こくこくと顎を動かす七夜に、又七はにこっと笑みを向けた。

「……頼みにきた俺が言えた立場ではありませんが、よく話を聞いてから返事をされた方がいい。妙なことを頼まれたらどうするんです？」

「でもねえ……あんたはそんなことしないでしょう？」

喜蔵の問いに、又七はのんびりとした声音で答えた。

（………どいつもこいつも）

頭をガシガシと掻いた喜蔵は、ふうっと息を吐いて口を開いた。

「実は──」

又七の家を後にした喜蔵は、隣の黒木屋《くろきや》を訪ねた。

「あ……荻の屋さん……ど、どうされました？」

黒木屋の主人である太兵衛《たへえ》は、怯えた顔で言った。太兵衛とは歳が近いものの、幼い頃に遊んだ記憶はない。喜蔵の友は、いくら睨んでも怒ってもへこたれぬ彦次だけだった。未だに続いている奇縁を呪い、喜蔵は深い溜息を漏らした。それが己へのものと勘違いしたらしい太兵衛は、びくりと身を震わせ、ぺらぺらと弁明しはじめた。

「もしや、深雪ちゃんのことですか!?　誤解です！　可愛い娘さんだなと思いますが、俺には嫁が……！　それに、鬼に嫁をもらうのは一寸……じょ、冗談です！　ご勘弁を！」

「頼みがあってきました」

「……ど、どういったものでしょう……？」

喜蔵の真剣な声音に、ただごとではない何かを感じたのだろう。喉を詰まらせたような反応をした太兵衛は、おそるおそる問うた。頷いた喜蔵は、又七に語った話を再びした。

「──頼みというのはそれですか？」

話が終わった後、太兵衛は拍子抜けしたような顔で言った。

「てっきりもっととんでもないことかと……そんなことでいいなら、お安い御用です」

「できれば、ご家族も……」

「勿論」と笑って頷く太兵衛に、喜蔵は感謝の意を込め、頭を下げた。それから喜蔵は、近所中を回った。表通りにある店は勿論、裏店も訪ね、又七や太兵衛に頼んだ話をした。

「はあ、いいですけど……一体どうしたんです？　誰かに頼まれたんですか？」

不思議そうな顔をしつつ了承する者もいれば、

「頼まれずとも、元々行く気でしたよ。物心ついてから行かなかった年はないんでね！」

と胸を張って答える者もいたが、

「……まさか、そこで変な商売しようとしているんじゃないだろうね？　誰かを騙すようなことしちゃいけないよ。あんたのところの祖父さんが草葉の陰で泣いちまう！」

喜蔵がよからぬことをはじめたのではないかと訝しみ、叱咤してくる者もいた。げんなりしつつ、綾子の許も訪ねた。「あ奴の申し出ではないのですが」と前置きして語ると、綾子は「承知しました」と一も二もなく頷いた。

「……理由はお訊きにならないんですか？」

「あ……ごめんなさい。お訊きした方がいいですか!?」

慌てて言った綾子に、喜蔵は首を横に振った。

「又七さん以外は皆訊いてきたので、あなたも知りたいのではと思っただけです」

「……私はどちらでもいいです。小春ちゃんや喜蔵さんが困っているなら、力になりたいんです。私の力なんて大したことはないと思うけれど、少しでもお役に立てるなら」

綾子はにこりとして答えた。唇を噛んだ喜蔵は、一礼し、綾子の長屋から立ち去った。

この日、喜蔵が荻の屋に帰ったのは、いつも夕餉がはじまる刻限だった。

「おせえ！　飯も作らず、どこをほっつき歩いていたんだ!?」

居間に入って早々声を上げたのは、箱膳の前に胡坐をかき、腕組みをした小春だった。その隣に端坐している深雪も、揃って夕餉に手をつけていないようだった。二人の向かいに置かれた箱膳の前に腰を下ろした喜蔵は、そこに並んでいる夕餉をじっと見た。

深雪は料理が苦手だ。不味いわけではないものの、どこか珍妙な味付けをし、唯一得意なおはぎは、形が不恰好だった。しかし、今宵《こよい》の夕餉はどれも綺麗にまとまっていた。手を合わせて「いただきます」と述べた喜蔵は、味噌汁を啜り、餡かけ豆腐に箸をつけた。

「……美味い」

「まあな！」

喜蔵の呟きに答えたのは、偉そうに胸を張った小春だった。胡乱な目つきで小春を見遣った喜蔵に、深雪はにこにこして言った。

「今日のお夕飯、全部小春ちゃんが作ってくれたのよ」

また褒め言葉を口に出そうとしていた喜蔵は、危うく咽るところだった。

「……お前、料理などできたのか？」

もう一度味噌汁を啜った喜蔵は、一息吐いてから問うた。これまで何度か飯の手伝いをさせたことはあったが、大した作業は任せていなかった。

「俺は器用だから、一寸習えばすぐできるようになる」

「誰に習ったのだ？」

喜蔵の問いに、小春は馬鹿にしたような笑みを浮かべた。

「……昨日と今日どこに行っていたのだ？」

「そういうお前は今日どこに行ってたんだ？」

「俺の問いが先だ」

「俺の方が年長者だ。お前が先に答えろよ」

「……お前にはかかわりのないことだ」

「ふうん……それなら、俺も同じだ」

この——と言いかけた喜蔵は、かちゃんっと響いた音で動きを止めた。驚いて視線を向けると、深雪が箱膳の上に茶碗を乱暴に置いたところだった。

「この頃、二人とも何だか変よ。好き勝手言い合っているように見えて、肝心な気持ちは隠しているみたい。せっかく皆でご飯を一緒に食べられるようになったのに……」

哀しげな表情を浮かべた深雪から顔を背けた喜蔵は、眉を顰めて考えた。深雪の言う「変」さは、喜蔵も感じていたところだ。だが、それが何かはっきり分からない。小春が何かに苛立っているのは分かったが、それが何に対する怒りなのかは判然としなかった。

——この役立たずの妖怪もどきめ！

売り言葉に買い言葉で口から滑らせた台詞を、未だ引きずっているのだろうか？　箸を置いた喜蔵は、咳払いをしながら不承不承に言った。

「あれがまだ気になるというなら、謝ってやってもいい」

「はは……お前は本当に何も分かっちゃねえんだなあ」

呆れと諦めが混じった表情を浮かべて呟いた小春は、よっと腰を上げた。箱膳を片付け、居間を出ていこうとする小春に、喜蔵はむっとして声をかけた。

「まだ話は終わっていない。それに、飯も途中だろう」

碗や皿の中身は空だったが、小春がたった一杯で食事を終えるなど、有り得ぬことだ。

「野暮用があるから、一寸出てくる」

昨夜と同じ答えを述べた小春は、喜蔵が伸ばした手をひらりと避けて、土間に下りた。

「……追いかけないの？」

裏戸が閉まる音が響いた時、深雪が小声で問うた。首を横に振った喜蔵は、上げかけていた腰を下ろし、再び箸を手にした。

「変よ、お兄ちゃんも小春ちゃんも」

「気のせいだ」

「そんなわけないいじゃない……もう」

嘆息した深雪は、味噌汁を啜って、「美味しい」と呟いた。

その夜、小春は帰ってこなかった。

（なぜ俺が他人――他妖の心が分かると思うのだ？　そういうのは不得手だと知っているだろうに……お前こそ言いたいことがあるなら、言えばいいのだ）

寝床に入ってぐるぐると考え込んでいた喜蔵は、眉を顰めて内心文句を言った。

（俺に何を言わせたい？　煽るような言葉ばかり口に上らせて、肝心なことを言わぬ。それでは、分かるわけがないだろうに――）

「肝心なことを言わぬのは、俺も同じか……」

思わず小声を発した喜蔵は、ハッと顔を横に向けた。衝立《ついたて》を隔てた先にいる深雪を起こしてしまったかと危ぶんだが、健やかな寝息が聞こえてくるばかりだった。

「どっちもどっちだけれど、あたしは喜蔵の方が悪いと思うわ」

顔を正面に戻し、目を閉じた時、耳許で声が響いた。

「喜蔵の優しいところは好きだけれど、優しいだけじゃ駄目なのよ。優しくするだけが優しさじゃないもの。駄目な時は駄目と言わないと。おまつ婆も言ってたそうじゃない」

「……俺でない者の味方をするのだな」

「喜蔵ったら、子どもね。あたしの厳しい優しさも分からないの？」

くすくすという笑い声はやがて収まった。静まり返った闇の中、喜蔵は深い息を吐いた。


明治六年十一月二十八日――。

小春との間にわだかまりを残したまま、三の酉前日となった。結局、小春がどんな風に依頼を成し遂げるつもりなのか、分からぬままだ。祭りが開始される子の刻まで、あと半刻――喜蔵と小春はいつになく厚着で外に出た。

「……深雪の奴、大げさだな。何もこんなに着せなくても」

小春は首にぐるぐると巻かれた布をつまんで、呆れ声を出した。

「じきに師走だ。夜は思った以上に冷え込む」

小春の横を歩く喜蔵は、腕組みをしながらぼそりと述べた。

「動いてりゃあ、あっつくなるじゃねえか」

「今日はじっと祭りを眺めているだけのはずだが――それとも、激しく動く予定でもあるのか？　まさか、鷲と戦う気ではあるまいな？」

　顔を横に傾けて言った喜蔵は、小春をじろりとねめつけた。そっぽを向いた小春は、頭の後ろで手を組み、唇を尖らせた。

「……さあな。小梅を助けられなかったら、戦うしかねえだろうけど」

「大した力もないくせに戦うのか？　命を捨てるようなものだな」

「なら、どうすりゃいい？　小梅と俺を助けてくれーって命乞いでもしろと言うのか？」

「そうだ。土下座でも何でもすればいい」

　腕を下ろした小春は、静かに足を止めた。数歩進んだ喜蔵は、ゆっくり振り返った。行灯を掲げずとも、姿がはっきり見えるのは、彼の目が発している朱の光のおかげだ。

「力を失ったのは確かだが、矜持まで失った覚えはない」

「矜持など、命に比べたら軽いものだ」

「それはお前の考えだ。妖怪にとっては――俺にとっては、命よりずっと大事なものだ」

　真摯な目をして述べた小春を、喜蔵はじっと見据えた。人間の子どもにしか見えぬが、本来の姿は正反対だ。尖った角に、鋭い爪や牙を持ち、強い力を存分に振るう。好戦的で、強い相手を認めると目の色を変える。強大な力に見合った自尊心の持ち主で、本気ではないことが明らかな喜蔵の言にも目を赤くする――その怒りは一見子どもじみているが、百五十年以上も戦いの中に身を置いてきた証なのだろう。喜蔵には理解できなかったが、小春が矜持を何よりも大事に考え生きているということを、覚えていようと思った。

「……それが共に生きていくということだろう」

喜蔵の呟きに、小春は不思議そうに小首を傾げた。

「先日、深雪が口にした言葉を覚えているか？　お前のことをすべては知らぬが、お前の知らぬお前を知っているというものだ」

「何だよ……お前もそう思ってるってか？」

馬鹿にしたように述べた小春に、喜蔵は首を横に振った。

「改めて考えたが、お前のことも、お前が知らぬお前とやらも、俺にはよく分からぬ」

「お前……そこは嘘でも分かると言っておけよ……」

怒りをやや引っ込めて言った小春は、呆れたように頭を掻いた。そんな小春を相変わらずじっと見据えて、喜蔵は問うた。

「お前は俺のことが分かるのか？」

「……分かる、というのは癪だが、まあ分かる。お前は分かりやすいからな」

「分かるから、俺が言いたいことを言わぬのが嫌なのか？」

小春は目を見張り、素直に頷いた。

「なぜそれが嫌なのか、俺には分からぬ。だから、なぜ嫌なのか教えろ」

「そんなこと、一々言わなけりゃ分かんねえのかよ。いや……お前はそういう奴だよな」

また頭を掻いた小春は、ふうっと深い息を吐いて言った。

「俺は力を返そうと考えた時点で、この先どうなるかなんて分かってた。いざやってみたら……まあ、思った以上に力が出なくて驚いたが、自分の選択を悔いたりはしなかった。俺が決めてやったことだ。悔いるくらいなら、その分も前に進みてえと思った」

きっぱりと述べた小春は、喜蔵の目をじっと見上げて続けた。

「お前、俺を憐れに思っただろ？　だから、俺に遠慮して何も言わなかったんだな？」

ぐっと詰まった喜蔵を笑った小春は、再び歩き出しながら語った。

「最初はさ、辛気臭え面してるから、からかってやろうと思ったんだ。俺が我儘《わがまま》言えば、『この馬鹿鬼！』とか怒鳴ってくると思ってさ」

だが、喜蔵は何も言わなかった。小春を憐れむ表情を浮かべたまま、堪えたのだ。

「仕方ねえから、もっと我儘を言ってやったけど、それでもお前は何も言わなかった。だらけていても、からかっても、悪戯しても、なーんも言わねえで、俺のこと憐れんでた」

「……そんなことはしておらぬ」

やっと反論した喜蔵は、己を抜いた小春を追って歩きだした。隣に並んだ時、ちらりと見下ろすと、目は鳶色に戻っていた。だが、そこにちらつく朱の影に、喜蔵は気づいた。

「蔵の件は最後の賭《か》けだった。あんだけやりゃあ、流石に本音をぶつけてくると思って」

「……お前の目論見《もくろみ》は当たったではないか。俺はまんまと本音を滑らせた」

「でも、あれだけじゃないだろ？　それに、お前謝ろうとしたじゃん。あれは大分腹が立ったな！　その腹いせに、妖怪相談処を開いたんだよ。お前を困らせてやろうってさ」

ふふんっと鼻を鳴らして言った小春に、喜蔵は眉間に皺を寄せた。

「……嘘だな」

「は!? 何で嘘なんだよ! 他妖の話ちゃんと聞いてたか!?」

首を覆った布をぐいっと掴みながら、小春は口角泡を飛ばす勢いで言った。

「俺の本音を引き出したいと思いつつ、いざ言われたらこたえたのではないのか? 想像通りの言葉だったとしても、他人の口から言われたら違った響きになるものだろう」

「他人の心も他妖の心も分からねえくせに、何で自信満々に言いきるんだよ」

「俺も同じだったからだ」

きょとんとした小春に、喜蔵は苦笑して続けた。

「お前が言う通り、俺は力を失ったお前のことを持て余していた。憐れに思ったわけではないが……否、そう思っていたのかもしれぬ。お前の傷はすっかり癒えたというのに、心のどこかでお前はずっと重い傷を負って寝たきりであるような気がしていたのだ」

「こんなに元気なのに、お前馬っ鹿だな!」

そう言った小春は、その場でくるりと宙返りをした。身軽な様子は、力を失う前と何ら変わらず、喜蔵は目を細めた。

「……役立たずの居候妖怪と申したのは、俺の本心だ。だが、俺はさらにお前を怒らせるようなことを思っていた」

「言えよ」

間髪容《い》れずに述べた小春に、喜蔵は俯きながら答えた。

「力などなくてもいい――俺はお前にそう言った。それも本心に違いなかった。だが……俺はいざそうなったお前を見た時、失望したのだ」

「……うん」

じっくりと頷いた小春は、横を見上げてニッと笑った。

「やっと言ったな！」

「……笑っているが、こんなことを言う狭量な俺に失望したのではないのか？」

ますます眉間に皺を寄せて言った喜蔵に、小春はぽかんとした表情を向けた。

「失望したっつーことは、それまでは俺の力を信じ、頼りにしていたということだろ？お前ごときに失望されるのは腹が立つが、悪い気はしねぇよ」

あっさり答えた小春は、ぱっと前に躍り出て、喜蔵の数歩前に立った。足を止めた喜蔵は、小春の顔に浮かんだ不敵な笑みを見つめた。

「……あの約束は宙ぶらりんになっちまったから、また約束してやる」

小春はそう言うと、びしっと喜蔵に指を差し向けた。

「いつか必ずお前の失望など吹き飛ばしてやる。また守ってやるから、覚悟してろよ！」

小春の迷いない声を聞いた喜蔵は、深い溜息を吐いて、また歩きだした。すれ違いざま、小春の額をべしっと叩き、すたすたと前に進んだ。

「……おい！　何とか言えよ！」

慌てて喜蔵の後を追いながら、小春は焦った声を上げた。

「お前が何も言わないんじゃ、俺が馬鹿みたいだろう!?　何とか言えって、こら！」

ぽかぽかと叩かれる背中は、大して痛くなかった。それが今の小春の精一杯の力なのか、力を抜いているのかは分からない。どちらにしろ、喜蔵の心は変わらなかった。

（なぜだか分からぬが……）

鼻の奥がつんとして、喜蔵は音が鳴らぬ程度に啜った。

「荻の屋主人の荻野喜蔵。猫股鬼の小春」

突如響いた声音に、二人はぴたりと足を止めた。

（何だ、これは……）

喜蔵は内心唸った。喜蔵と小春は今、鳥の影の中にいた。それは、二人を覆い尽くしてもあまりあるほど巨大なものだった。おそるおそる空を見上げた喜蔵は、目を見開いた。

「お前は……！」

そこには、影と同じ形をした巨大な鷲がいた。ばさり、と羽ばたく音が辺りに響いた。

「――約束は守る」

鋭い目をした鷲は、厳かに告げた。

（約束を守れ、ではなく、守る？）

疑問がよぎった瞬間、喜蔵は己の身が空高く持ち上がっていることに気づいた。

「何をする……！」

喜蔵は慌てて言った。鷲の嘴に挟まれ、空を飛んでいたからだ。眼下には、長屋に寺社に川に畑――どれもぼんやりとした輪郭ながら、よく知っている光景が広がっていた。

「暴れるな、落ちるぜ。今、空を飛んでいるんだろう？」

冷静に言ったのは、喜蔵と同じく嘴に挟まれた小春だった。肩から下を咥えられた喜蔵と違って、小春は嘴の中にその身のほとんどが収まっていた。

「……その恰好でよくも落ち着いていられるものだな」

「連れていかれた先でどうなるかはまだ分からんが、落ちたら間違いなく死ぬ」

喜蔵は黙り込んだ。小春の言うことはもっともだと思ったせいもあるが、それだけではない。視界に鷲神社が飛び込んできたのだ。そこには、思いがけない景色が広がっていた。

（――ああ……）

「おっかしいな……あれで何とかなると思ったんだが……神さんたちのくせに、約束を守ってくれなかったのか？　それとも、肝心の集客に難があったのか……そっちまで手が回らなかったからな～くそお……！」

小春の愚痴《ぐち》に、喜蔵は何も返さなかった。眼下の光景に目を奪われていたせいだ。

「……まるで夢幻のようだ」

ぽつりと述べた喜蔵に、小春は「何言ってんだ」とぶつくさ言った。

「夢でも幻でもねえよ、現だ現。だから、お前は深雪と家で留守番してりゃあよかったんだ。俺だけなら何とか逃げられるけど、お前がいたら――いたっ！　舌嚙んだ！」

小春の叫びを、喜蔵は遠くで耳にした。空高く飛んでいた鷲が、急降下しはじめたのだ。凄まじい風圧に、喜蔵は思わず目を瞑り、歯を食いしばった。鷲の動きが止まるまで、ほんの一瞬の出来事だったようだが、喜蔵にはひどく長く感じられた。

ドッと身を揺さぶる衝撃が走った直後、喜蔵はゆっくり薄目を開いた。そこにあった光景は、喜蔵が空の上から目を奪われたものと同じだった。

「……おい」

喜蔵は自由になった身を起こし、まだ鷲の嘴の中にいる小春に声をかけた。

「早くそこから出てこい」

「出られるもんなら出てるわい！」

元気な声が返ってきて、喜蔵はほっと息を吐いた。

「……出してやってくれ。こ奴は阿呆だが、ここで暴れるような真似はしない」

顔を上げた喜蔵は、鷲の鋭く大きな目をじっと見据えて言った。

「……………」

鷲は無言で嘴を軽く開いた。

「わー唾液《だえき》まみれ……かと思ったが、全然だな？　神の使いは身体の作りまで違うのか」

己の身に何の変化も起きていないことを訝しみながら、小春は嘴の中から這って出てきた。よっと喜蔵の横に降り立った小春は、「さーて、ここは……」と言いかけ、止まった。

「……何だこれ……」

周りを見回した小春は、呆然として呟いた。

「鷲神社だ」

喜蔵は素っ気なく答えたものの、その声には隠し切れない興奮の色が滲んでいた。

(空から見た光景と同じ――否、もっと輝いている)

喜蔵たちが立っているのは、境内にある大きな木の上だった。少し離れた左手には、本殿がある。本殿を含め、境内は黄金の光に包まれていた。きらきら、きらきら、と音が聞こえてきそうなほどの眩《まばゆ》さだった。

そこには、大勢の人々がひしめき合っていた。祖父に連れられていくども酉の市にやってきたことがあるが、どの時よりもずっと人数が多いようだった。人が少ない――と嘆いていた鷲の言が嘘のように思えるほどだ。

境内の至るところに出ている店には、多種多様の熊手が並んでいた。松竹梅、おかめや招き猫、小判に七福神――めでたいものがてんこ盛りにされた大きな熊手は、浅草一の商家に買われたようだ。わあっという歓声が上がり、祭りは早くも最高潮を迎えていた。

「すげえ……！」

素直な感想を口にした小春は、「あ！」と声を上げて、右下を指差した。

「黒木屋がいる！」

小春が指差した方を見下ろすと、そこには確かに黒木屋太兵衛の姿があった。父母と妻と四人で訪れたようだ。楽しそうな笑みを浮かべ、人混みの中をゆっくり前に進んでいる。

「鳥居を潜ったのは……山田屋と西屋《にしや》じゃねえか！　うん？……本殿の近くにひしめいている奴らも、うちの商家通りの連中か？　あ、やっぱりそうだ！　それぞれが引きつれているの、奴らの家族だもの。大所帯だなあ。町内で示し合わせて来たのかね？」

小春はあちこち指差しながら言った。鳥居の方は距離があって分からなかったが、本殿近くの一番混んでいるところには、確かに町内の者と思しき人々がいた。

「あっちには又七がいる！　人に化けた七夜も……又七の横にいるのは、例の恐妻か！　何だ……寄り添い合って仲よさそうじゃねえか」

笑った小春は、次の瞬間「あれ……？」と呟いた。小春が見つめている先――又七たちのすぐ後ろには、裏長屋の人々が連なって歩いていた。仁三郎によねにさと、菊にミチに江――いつだったか、井戸端で喜蔵のことを話して笑っていた者たちも交ざっていた。井戸端にいる時と同じく、明るい顔で歩いている皆を認めて、喜蔵はふっと笑んだ。

「……皆、来てくれたのか」

ぼそりと呟いた喜蔵は、ハッと手のひらで口を覆った。ごく小さな声だったので聞こえなかったかと思ったが、くるりと振り向いた小春は片眉を持ち上げて言った。

「もしや、お前の仕業か？」

「……何のことだか分からぬ」

そっぽを向いて答えた喜蔵を、小春はじっとねめつけた。

（言うものか）

何をされても口を割らぬ、と考えた喜蔵だったが――。

きらきら、と金色の粉が舞った。頭上に落ちてきたそれは、二人に幻の声を聞かせた。

――鷲神社の三の酉に来てください。

それは、先日から何度も口にした喜蔵の言葉だった。

――……人が集まらぬと、知己が大変なことになるのです。……知己のためではありません。俺が勝手に動いているだけです。こんなことをしても大した力にはならないことは分かっています。それでも、やれることはやろうと思いました。俺ができることはこれくらいですから。……どうか力を貸してください。

又七や町内の人々の許を一軒一軒訪ねて、喜蔵は頭を下げた。

――その知己は俺が困っているといつも助けてくれました。その恩返し――というのは大げさですが、敢《あ》えていうならそういうものかもしれません。

聞こえてくる己の声音に、喜蔵は眉を顰めた。しかし、なぜか声が出ず、身動きも取れなかった。横にいる小春も同じようで、何も言わず、身動《みじろ》ぎ一つしない。

――恩人？　いや、それほど大した相手ではありません。助けられもしましたが、同じくらい迷惑もかけられました。どうしようもない奴ですが、あれは俺の――。

「……やめろ！」

喜蔵の口から叫びが漏れた瞬間、聞こえていた声がぴたりと止まった。

「先ほどから、神気をひしひしと感じていたが――やっと見つけた。神々がお帰りにならられた……！」

歓喜の声を上げた鷲は、空高く舞い上がった。

「おい、その身で皆の前に姿を現す気か……!?」

喜蔵は少々慌てたが、巨大な鷲が空を飛んでも誰も気づく様子はない。

「こんな金ぴかな光に包まれてるのに気づかねえくらいだ。でかい鷲なんか見えねえよ」

馬鹿にしたような小春の声に、喜蔵はむっとしながら振り向き、目を見張った。

「……力が弱くなったせいで、心も弱くなったか。無様だな」

「本音を言えと言った途端それかよ！　本当に口が悪い男だな！」

鼻を鳴らした小春は、目許を袖でごしごしと拭った。遠くを見遣った小春の目に、涙が滲んでいたのだ。

「別段お前の言葉に感動したわけじゃあないからな！　俺は、お前なんかを助けてくれた皆の優しさと、立ち直ったあいつの健気さに心打たれただけだ！」

「あいつとは、一体誰のことだ？」

眉を顰めて問うた喜蔵は、小春が指差した方に視線を向けた。思わず目を眇めたのは、光に包まれた境内の中で、そこがひときわ輝いていたからだ。本殿の屋根の上にいる誰かの小さな手が、皆を懸命に招いている――その手の持ち主は、白い猫だった。

「……小梅」

喜蔵の口から漏れた呟きは、衣擦《きぬず》れに紛れそうなほど小さなものだった。しかし、遠くにいる小梅は確かに喜蔵の方を見遣って、にこっと笑んだ。そこには、溢れんばかりの幸せが宿っているように見えた。

「……あ奴は邪に染まっていたのではないのか？」

あれくらい、造作もなきことよ。見よ——人々の幸せを願い、福を授けるあの姿を。あれは、やはり福を招く猫だ。滅してしまわなくてよかった。これからも、小梅は皆の幸せを願い、福を授けつづけることだろう。

喜蔵の問いに答えたのは、見ず知らずの澄んだ声だった。

「……誰だ⁉」

「訊くなよ、野暮天」

辺りを見回しながら言った喜蔵に、まっすぐ前を向いている小春はにやりとした。

「ここ数日、俺が苦労に苦労を重ねて口説き落とした神さんたちだ。気安く声をかけられると思ったら大間違いだぜ。俺なんて、碌に姿も見てねえんだからな！」

「それが、『野暮用』の中身か？」

喜蔵の問いに、小春はこくりと頷いた。

「姿を見ることもできぬ神に、どうやって近づいたのだ？」

「初の力を借りた」

「あの人を巻き込むな」

「お前も訪ねたくせに、よく言うな」

呆れた声を出した小春に、喜蔵はぐっと詰まった。

「俺はお前と違って、事前に『行ってもいいか？』とお伺いを立てたからいいんだよ」

初と対面した小春は、会って早々こう切り出した。

——どうやったら神に近づける？

「……美味しい料理を作って差し上げれば、あるいは。

「……美味い飯を献上すれば、神に目通りが叶うのか？」

「馬鹿にした面してるけど、飯っつーのは大事なものなんだぞ。いずれ、そいつの血肉となるものだ。血肉は魂と同等だからな。つまり、飯はものすご一く大事ってことだ」

得心しきれぬ表情を浮かべた喜蔵だったが、ハッと気づいて言った。

「お前の料理の上達ぶりは、あの人の鍛錬によるものか！」

「お初さまの厳しい指導と、俺さまの涙ぐましい努力によるものだ」

喜蔵の言を言い直した小春は、もう浮かんでもいない涙を拭う振りをした。

——これならきっと大丈夫でしょう。

鍛錬後、初に真顔で太鼓判を押された小春は、鷲神社と浅草神社に作った馳走を持っていき、膝を折って熱心に祈りを捧げた。

「矜持、矜持と散々申したくせに……」

「うるせえな！」

憐れむような目をした喜蔵に、小春は噛みつくように答えた。小春が矜持を捨ててまで粘ったおかげか、神々は小春の前に姿を現した。

——望みは何だ。

神々にそう問われた小春は、こう答えた。

「鷲神社の神々には、『西の市には必ず帰ってくれ』、浅草神社の神々には、『小梅の邪を祓《はら》ってくれ』と頼んだ」

「……よくも引き受けてもらえたものだな」

「それは俺の妖徳が為せる業だよ」

ふふんっと胸を張った小春を、喜蔵は呆れた目で見下ろした。

(……俺が皆に頼まずとも、よかったのではないか?)

脳裏に浮かんだ考えに気づいたかのように、小春は「ありがとな」とぼそりと言った。

「神さんたちが本当に来るか、正直賭けだった。お前が皆を呼んでくれたおかげだ」

「……俺が声をかけたのは、町内だけだ。これほど大勢の者は呼べぬ」

「そりゃあ、あいつも頑張ってくれてるからな。……まったく、どこが禍を招く猫だよ」

苦笑交じりに言った小春は、本殿の方に手を振りながら、大きく笑った。またこちらに気づいたらしい小梅が、にこにことして手を振り返す。

「あ、手を振るな。招け、招け！　ほら、こうだぞ！」

慌てて述べた小春は、お手本を示すように手招きをした。

「……鬼の福招きだな」

喜蔵の呟きは、手招きをするのに夢中になっている小春には聞こえなかったようだ。

きらきらと眩い景色を眺めていた喜蔵は、真下を見て（あ）と思った。嫌そうな顔をしてこちらを指差していたのは、妖怪には見えぬ色男——桂男だった。

「お兄ちゃん、小春ちゃん！」

両手を上げて振ったのは、深雪だった。

（来るな、と申したのに……）

口を曲げた喜蔵は、深雪の傍らにいる者たち——綾子と初、彦次の姿を認め、苦笑した。

「おーい、何やってんだそんなところで！　危ないから下りてこいよ！　喜蔵も熊手買うだろ？　俺もお類さんの家に渡すために、奮発してでかいの買おうと思ってんだ！」

ぴょんぴょんっと跳ねながら述べた彦次に、喜蔵はぞんざいに言った。

「……煩い男だ」

「ま、元気になったみてえで何より何より。相手には見えねえってのに、まるでめげてねえみたいだし……強えな、あいつは。さあ、下りるか！」

皆に気づいたらしい小春が、元気よく言った。

「下りるというが、この木を伝って下りるのはなかなか難儀そうだが——」

下を見ながら述べた喜蔵は、次の瞬間宙に浮いていた。大きな翼の上に乗っている——

そう悟った時、翼の主は優しい声音で言った。

「神々を導いてくれた礼だ」

ふわり、と心地よい風が吹いた。

「もっと礼が欲しいとこだけど……ま、いっか！」

喜蔵の傍らに立っていた小春は、きらきらと輝く景色を見回し、ニッと歯を見せた。小春から地に視線を戻した喜蔵は、顔を顰めて呟いた。

「……十分だろう」

鷲神社を包み込む光と同じくらい眩しい笑みが、そこには数え切れぬほどあった。

本書は、書き下ろしです。

二 一鬼夜行 **鬼やらい**〈上・下〉

喜蔵の営む古道具屋に、なぜか付喪神の宿る品ばかり買い求める客が現れて……

三 一鬼夜行 **花守り鬼**

人妖入り乱れる花見の酒宴で、あれやこれやの事件が勃発!?

四 一鬼夜行 **枯れずの鬼灯**

今度は永遠の命を授ける妖怪「アマビエ」争奪戦!?

五 一鬼夜行 **鬼の祝言**

荻の屋に見合い話が持ち込まれた。前代未聞の祝言の幕が開く!

六 一鬼夜行 **鬼が笑う**

小春と猫股の長者との戦いについに決着が——シリーズ第一部、感動の完結編!

七 一鬼夜行 **雨夜の月**

小春の過去を遡る待望の番外編ほか、人と妖の交流と絆を描いた珠玉の一冊。

小松エメル
『一鬼夜行』シリーズ次回作

2017年夏
刊行!

鷲神社の神鳥から授かった品で、思わぬ力を身に宿した深雪は、人助けを始める。その活躍が評判になった頃、妖怪相談処を、小天狗が訪ねてきた。近々行われる天狗たちの頂上決戦に勝つために力を貸してほしいという。気軽に請け負った小春だが、相手方には驚きの助っ人が――。ますます目が離せない明治人情妖怪譚市井篇第二弾!

一鬼夜行《いっきやこう》 鬼《おに》の福招《ふくまね》き

小松《こまつ》エメル

2016年7月5日初版発行

発行者……長谷川 均
発行所……株式会社ポプラ社
〒160-8565 東京都新宿区大京町22-1
電話……03-3357-2212（営業）
03-3357-2305（編集）
振替……00140-3-149271
フォーマットデザイン 荻窪裕司（bee's knees）
組版・校正 株式会社鷗来堂
印刷・製本 凸版印刷株式会社

乱丁・落丁本は送料小社負担でお取り替えいたします。
小社製作部宛にご連絡ください。
製作部電話番号 0120-666-553
受付時間は、月～金曜日、9時～17時です（祝祭日は除く）。

ポプラ文庫ピュアフル

ホームページ http://www.poplar.co.jp/ippan/bunko/

N.D.C.913/316p/15cm
ISBN978-4-591-15083-2